Veronika M

400 Meilen Li

Das Buch

»Eine Fähre nach England? Ne, die gibt's schon seit Jahren nicht mehr! Jedenfalls nicht von Hamburg aus.« Harry starrte den Mann hinter dem Schalter an. »Das ist jetzt ein Scherz, oder?« Harry war nicht in der Stimmung für Diskussionen. Sein Gegenüber offenbar auch nicht. Das wettergegerbte Gesicht des Mannes hinter dem Schalter verfinsterte sich und der Blick wurde stechend.

»Seh ich aus, als ob ich Witze machen würde? Von Hamburg fährt nix nach Britannien. Keine Fähre, kein Dampfer und auch kein Tretboot. Da müssen Sie schon zum Hafen nach Holland.«

»Holland? Wie soll ich denn so schnell dahin kommen? Ich muss sofort nach Cornwall!«

»Dann nehmen Sie den Flieger. Gibt ja inzwischen genug Billigflüge nach London.«

»So viel Geld habe ich aber nicht«, rief Harry. »Was ist mit einer Nachtfähre?«, fragte er hoffnungsvoll.

Käpt'n Iglo verdrehte die Augen. »Sagen Sie mal, machen *Sie* jetzt Witze? Ich sag es zum letzten Mal! Es. Gibt. Hier. Keine. Fähre. Nach. England. Haben wir uns verstanden?«

Wortlos drehte Harry sich um und verließ das Kabuff. Flinke, grauweiße Schatten flitzten über das aufgewühlte Wasser der See. Möwen, dachte Harry wehmütig und wünschte sich in diesem Augenblick eine von ihnen zu sein. Dann könnte er einfach übers Meer fliegen. Zu Nora, die auf ihn wartete. Harry lief los. Er durfte keine Zeit verlieren.

Die Autorin

Veronika May ist das Pseudonym von Heike Eva Schmidt, die als erfolgreiche Roman- und Fernsehautorin arbeitet. Sie lebt im Süden Deutschlands zwischen Seen und Bergen. Ihre Ideen sprudeln beim Entdecken der Natur oder nachts, wenn sie am Sternenhimmel nach Kassiopeia sucht. Nach *Der Duft von Eisblumen* ist *400 Meilen Liebe* ihr zweiter Roman im Diana Verlag.

Veronika May

400 Meilen Liebe

Roman

DIANA

Von Veronika May sind im Diana Verlag erschienen:
Der Duft von Eisblumen
400 Meilen Liebe

Sollte diese Publikation Links auf Webseiten Dritter enthalten, so übernehmen wir für deren Inhalte keine Haftung, da wir uns diese nicht zu eigen machen, sondern lediglich auf deren Stand zum Zeitpunkt der Erstveröffentlichung verweisen.

MIX
Papier aus verantwortungsvollen Quellen
FSC® C014496
FSC www.fsc.org

Verlagsgruppe Random House FSC® N001967

Originalausgabe 07/2018

Neumarkter Straße 28, 81673 München
Redaktion: Wiebke Bach
Umschlaggestaltung: t. mutzenbach design, München
Satz: Leingärtner Nabburg
Druck und Bindung: GGP Media GmbH, Pößneck

Printed in Germany
ISBN 978-3-453-35964-2

www.diana-verlag.de
Besuchen Sie uns auch auf www.herzenszeilen.de
Dieses Buch ist auch als E-Book lieferbar.

Prolog

Harry, Liebster. Unser Streit tut mir leid. Ich war ein Scheusal und habe Dinge zu Dir gesagt, für die ich mich im Nachhinein schrecklich schäme. Wenn dieser Zorn mich packt, bin ich wie ein tollwütiger Hund, der blind um sich beißt und jeden verletzt, der ihm zu nahekommt.

Und Du bist mir zu nahegekommen, Harry, viel näher als je ein Mensch zuvor. Das ist zwar wunderbar, aber es macht mir auch Angst. Weil ich verletzlich geworden bin durch die Gefühle, die Du in mir auslöst. Dabei heißt es doch, Liebe macht stark und lässt einen alle Hindernisse überwinden. Aber Liebe macht auch schwach. Manchmal hätte ich am liebsten die Tür nicht aufgemacht, wenn Du davor gestanden hast. Weil ich gefürchtet habe, Du wärst gekommen, um mir zu sagen, dass alles ein Irrtum war. Dass Du Dich nicht für mich entschieden hast, sondern für Dein altes Leben.

Und deswegen schlage ich manchmal um mich, damit ich nicht zuerst getroffen werde.

Harry, mein Geliebter, ich werde von heute an jeden Nachmittag zu unserer Bank am Hafen gehen und auf Dich warten – so lange, bis Du kommst und mich in Deine Arme nimmst.

Für immer in Liebe, Nora

Der Luftzug von einer sich öffnenden Tür ließ den eng beschriebenen Papierbogen erzittern, ehe er sanft zu Boden segelte wie ein Blatt, das der beginnende Herbst nun von den Bäumen fallen ließ. Halb unter einem niedrigen, runden Tisch kam der Brief zum Liegen. Kurz darauf betrat ein Mann das Zimmer, dessen graue Haare bis auf den Kragen seines violetten Jacketts aus feinem Wollstoff reichten. Ein burgunderroter Schal und eine senfgelbe Cordhose vervollständigten sein exzentrisches Outfit.

Er sah sich in dem Appartement um. Ein Schrank in der Ecke, gegenüber ein kleiner Tisch, zwei Stühle, ein billiger Fernseher und ein braunes Sofa, auf dem sich vier oder fünf Bücher stapelten. Sein Blick fiel auf das schlichte Sideboard aus dunklem Holz, und er seufzte unwillig beim Anblick des Briefstapels, der sich darauf türmte. »Sieht nicht so ordentlich aus hier. Sollte mal jemand aufräumen«, murmelte er vor sich hin. Er öffnete das Fenster, das auf den asphaltierten Hinterhof hinausging und spähte hinaus, während er gleichzeitig die Taschen seines Jacketts abtastete, bis er die Schachtel Zigaretten gefunden hatte. Er klopfte eine davon aus der Packung, zündete sie mit einem Feuerzeug an und lehnte sich ein Stück hinaus, ehe er den ersten Zug nahm.

Es war ein ungewöhnlich warmer Tag Anfang September, aber der Baum vor dem Fenster leuchtete bereits im ersten orangegelben Schimmer des nahenden Herbstes. Harry musterte stirnrunzelnd die schlanke Birke und fragte sich, warum er jedes Jahr aufs Neue den Zeitpunkt verpasste, an dem die Bäume ihr sattes Grün verloren. Oder war das die Absicht der Natur – ein perfider Trick, zu warten, bis die Menschen schliefen, um ihnen dann über Nacht blitzschnell ein paar rötliche, herabgefallene Blätter zu präsentieren? Eine kleine bösartige Erinnerung an die eigene Vergänglichkeit?

Ein schrilles Piepsen riss ihn aus seinen Gedanken. Es war die Digitaluhr an seinem Handgelenk, die sich meldete. Harry drückte die erst halb gerauchte Zigarette auf dem Außenblech des Fensterbretts aus und warf dann einen beiläufigen Blick auf das blau leuchtende Display. Es zeigte die Worte »1 x Tab 10mg«.

Murrend schlurfte Harry in das kleine Bad, nahm das Zahnputzglas und füllte es mit kaltem Wasser. Suchend blickte er auf die Glasplatte über dem Waschbecken. Rasierzeug, Zahnpasta und Seife – aber die Schachtel lag nicht dort. »Mist«, murmelte Harry und wanderte mit dem vollen Wasserglas in der Hand zurück in den Wohnraum. Sein Blick fiel auf einen Bilderrahmen, der auf dem Sideboard stand und beinahe hinter dem Stapel Briefe verschwand. Harry nahm den Rahmen vorsichtig hoch. Das Bild darin war kein Foto, sondern ein Scherenschnitt, der das Profil einer Frau mit hochgesteckten Haaren zeigte. Nur ein paar Locken lösten sich aus dem Knoten, die der Künstler mit der Schere filigran ausgeschnitten hatte. Harry blickte auf das Frauenprofil und lächelte. »Nun guck nicht so streng«, sagte er leise und drückte das Bild kurz an sein Herz, als die Uhr erneut mahnend piepste.

»Ja doch«, knurrte Harry und stellte den Bilderrahmen widerwillig ab. Dann hob er den Stapel Post hoch, sah unter das Sofakissen und tastete über die Sitzflächen der Stühle, ehe er endlich das Gesuchte – eine weiße Schachtel mit blauer Schrift – auf dem Sofa fand. Hatte er sie gestern dorthin gelegt, nachdem er in dem Gedichtband gelesen hatte? Kurz schoss ihm durch den Kopf, dass vielleicht auch Nora die Tabletten dorthin gelegt haben könnte. Gleich darauf aber wusste er, dass es unmöglich war. Nora war gestern nicht hier gewesen und vorgestern auch nicht. Harry spürte sein Herz schwer werden, und um sich abzulenken, drückte er hastig eine der Kapseln aus dem Blister und spülte sie mit einem großen Schluck Wasser hinunter. Danach trank er das ganze Glas in einem Zug aus, als könnte er damit auch den bitteren Kloß in seinem Hals hinunterschlucken, der jedes Mal beim Gedanken an Nora seine Kehle verstopfte.

Mit raschen Schritten ging Harry zu den beiden Stühlen und hängte den Mantel an die Garderobe, der über der Lehne des einen hing. »Schon besser«, murmelte er und wollte nach dem Papierstapel auf dem Sideboard greifen, da fiel sein Blick auf den Boden und die heruntergefallene Seite mit der zierlichen Handschrift. »Harry, Liebster. Unser Streit tut mir leid ...«

Er hob das Papier auf. Plötzlich kam ihm sein Verhalten kindisch vor. Wieso verkroch er sich hier, in diesem kleinen Appartement mit den unpersönlichen Möbeln und dem winzigen Bad? Er hätte längst schon auschecken und abreisen sollen – zu Nora. Sie hatte doch geschrieben, dass sie jeden Tag auf ihn warten würde. Nur sein dummer Stolz hatte ihn so lange zurückgehalten. Entschlossen öffnete Harry die Schranktür und zerrte aus der hintersten Ecke eine marineblaue Sporttasche hervor. Hastig stopfte er seine Wäsche, Pullover und Hosen hinein, holte sein Rasierzeug und die Zahnbürste aus dem Bad und legte zum Schluss den Bilderrahmen mit dem Scherenschnitt oben auf die Kleidung. Nach kurzer Überlegung nahm er die Post – es waren sowieso ausschließlich Reklameschreiben – und warf den gesamten Stapel in den Papierkorb. Nur Noras Brief faltete er wieder behutsam zusammen und verstaute ihn in der Innentasche seines Jacketts, ehe er den Raum verließ, der sowieso nichts anderes als eine Zwischenstation gewesen war.

Der Pförtner an der Rezeption war mit zwei Gästen in eine hitzige Diskussion über das offenbar nicht funktionierende Heißwasser verstrickt und bemerkte Harry nicht einmal, als der das Foyer durchquerte und durch die gläserne Drehtür nach draußen trat. Mit einem tiefen Atemzug sog Harry die milde Septemberluft ein und spürte, wie sich sein Mund von alleine zu einem breiten Lächeln verzog. Mit energischen Schritten schlug er die Richtung zum Hafen ein. Er würde Nora finden, und dann konnte sie nichts mehr trennen.

Kapitel 1

Take The »A« Train

(Duke Ellington)

»Getrennt oder zusammen?« Marie legte die Rechnung auf das runde, weiß lackierte Cafétischchen. Zwei Kännchen Earl Grey Tee, eine Portion Apfeltorte mit Sahne, ein Stück Käsekuchen und zwei Gläschen Sherry. Das Pärchen am Tisch blickte hoch, und der Mann, dessen schlohweiße Haare einen interessanten Gegensatz zu seinem gebräunten, von Falten durchzogenen Gesicht bildeten, lächelte Marie an. »Zusammen natürlich, liebes Fräulein. Für meine Herzdame ist mir nichts zu teuer.«

Seine Begleiterin, eine etwa siebzigjährige Dame in einem eleganten hellblauen Kostüm und mit Perlenkette, errötete wie ein junges Mädchen. »Du bist wirklich ein Kavalier, mein Lieber. Aber nenn die jungen Frauen nicht immer ›Fräulein‹! Das haben sie heutzutage nicht mehr so gerne.«

»Ach, ist schon in Ordnung«, sagte Marie, während sie dem Mann das Wechselgeld herausgab. Viele der Gäste nannten sie »Kindchen«, »Liebchen« oder eben »Fräulein«, und sie hatte wirklich nichts dagegen. Die meisten Cafébesucher hatten die Siebzig bereits deutlich überschritten und sahen in ihr wahrscheinlich eine Art Enkelersatz. Sie strich sich eine Strähne ihrer dunklen, lockigen Haare hinters Ohr und lächelte die zwei alten Leute an. »Ich wünsche Ihnen noch einen schönen Tag.«

Der Mann legte ein großzügiges Trinkgeld auf den Tisch, dann stand er auf und bot der Dame galant seinen Arm. »Reich mir die Hand, mein Leben«, sagte er zärtlich zu seiner Begleiterin.

»Du und dein Don Giovanni«, seufzte sie, aber ihre Augen strahlten, und der Blick, mit dem sie ihn ansah, versetzte Marie einen Stich. Sie schaute den beiden nicht nach, sondern nahm die gebrauchten Teller und Tassen und trug sie hinter den Tresen. Aber sie hatte das Geschirr zu nachlässig gestapelt, sodass eine Kaffeetasse ins Rutschen geriet und zu Boden fiel. Mit einem lauten Knall zerbarst das Porzellan, und der Kaffeerest bildete eine braune Pfütze auf den Steinfliesen. »Verflixt«, rief Marie, und eine Sekunde lang hätte sie am liebsten die zweite Tasse samt den Tellern hinterhergeworfen. Doch weil die wenigen anderen Gäste schon erschrocken guckten – bis auf Frau Petersen, die ihr Hörgerät mal wieder nicht eingeschaltet hatte – beherrschte Marie sich. Sofort kam Gitta mit Kehrbesen und Schaufel an. »Nichts passiert! Guten Appetit die Herrschaften«, rief sie in die Runde und lachte ihr unschuldiges Gitta-Lachen, das wie ein Sonnenstrahl nach einer Sturmbö wirkte. Die Cafébesucher widmeten sich beruhigt wieder ihren Kaffees und Kuchenstücken, während Marie Gitta den Handbesen abnahm. »Alles okay mit dir? Du bist seit ein paar Tagen schon so nervös«, fragte Gitta leise, und der besorgte Ton in ihrer Stimme hätte Marie beinahe den Rest gegeben. Sie bückte sich hastig, sodass ihr das Haar ins Gesicht fiel und kehrte die Scherben zusammen. »Alles bestens. Ich hab nur nicht gut geschlafen.«

Gitta nickte mit ernster Miene. »Verstehe. Es ist wegen Steven, stimmt's?«

Marie zuckte zusammen, aber Gitta fuhr fröhlich fort. »Es macht mich bei meinem Göttergatten auch immer rasend, wenn er die ganze Nacht schnarcht. In dem Augenblick beneide ich die Frauen, die ihr Bett für sich alleine haben.«

Marie verzog das Gesicht zu einem gequälten Lächeln. Ungewollt hatte Gitta Salz in Maries Wunde gestreut. »Steven ist nicht da. Er besucht seine Familie.«

»In England?«

»Nein, in Papua-Neuguinea. Man hat ihn nämlich als Kind aus dem Dschungel entführt und nach Cornwall verschleppt.«

»Echt?«

Marie sah Gittas ehrlich verblüffte Miene und seufzte innerlich. Sie vergaß immer wieder, wie immun ihre Kollegin gegen jegliche Ironie war. Gitta glaubte an das Gute im Menschen, und Sarkasmus war ihr völlig fremd. Marie holte tief Luft. »Nein, war nur ein Witz. Ich bin heute einfach ... Ich weiß auch nicht.«

Doch natürlich wusste Marie ganz genau, warum sie am liebsten mit Geschirr um sich geschmissen und aus dem Café gerannt wäre. Steven war seit fünf Tagen weg, und Marie vermisste ihn schrecklich. Sie schrieb jeden Tag ellenlange Kurznachrichten an ihn, wobei sie sogar Grüße an Stevens Schwester ausrichtete – und an seine Eltern, obwohl sie und ihr Schwiegervater nicht gerade beste Freunde waren. Das lag unter anderem daran, dass sein Sinn für Humor ebenso unausgeprägt war wie der von Gitta, wobei deren sympathisch-naive Art ihm völlig abging. Sein Tonfall, den er seiner Frau und sicher auch manchmal seinen Kindern gegenüber anschlug, erinnerte Marie leider weniger an Mister Bean als an Mussolini. Trotzdem bemühte sie sich um ein gutes Verhältnis, denn sie war mit Steven verheiratet. Und wenn die Patels ihn nicht tatsächlich als Säugling heimlich adoptiert oder in der Klinik vertauscht hatten, dann mussten seine Eltern wenigstens ein bisschen von Stevens Charme, seiner Wortgewandtheit und seiner unnachahmlichen Art, Witze zu machen, in den Genen haben, oder?

Dummerweise schien die kühle britische Art im Familienurlaub auf Steven abzufärben. Er hatte auf Maries lange Nachrichten zwar zurückgeschrieben, immerhin. Genau zwei Mal. Knappe, freundliche Nachrichten und auch das »Love, Steven« am Ende hatte nicht gefehlt. Trotzdem hatte Marie sich nicht richtig darüber freuen können und war sich vorgekommen wie ein Kätzchen in einem dieser Internetclips, über dessen Tollpatschigkeit man nur müde lächelt. Ein Hauch von Gleichgültigkeit schien ihr aus dem Handy entgegenzustrahlen, wenn Steven schrieb, dass es ihm gut ging und er die Ruhe und die Zeit mit seiner Familie genoss.

Gleich darauf hatte Marie sich selbst jedes Mal energisch ermahnt, dass sie Gespenster sah. Bestimmt war Steven einfach froh, einmal nicht schreiben zu müssen, sondern auf langen Spaziergängen oder beim Essen mit seiner Familie den Kopf freizukriegen. Sein Alltag als Journalist für ein überregionales Magazin bestand darin, die wirtschaftliche und politische Weltlage zu analysieren und in möglichst kluge Zeilen zu verpacken. Oft kam er spät abends gestresst nach Hause. Seine dunkelblonden Haare waren dann noch zerzauster als am Morgen, wenn er das Haus verlassen hatte, und er regte sich beim Essen nicht nur über korrupte Wirtschaftsbosse, sondern auch über unfähige Politiker aus der ganzen Welt auf. Steven war nicht bereit, etwas zu schreiben, wovon er nicht überzeugt war. Diese Haltung unterstrich er, indem er sich weigerte, bei wichtigen Terminen immer angemessene Kleidung zu tragen. So hatte er es tatsächlich fertiggebracht, eine Pressekonferenz, bei der mehrere Diplomaten und ein Minister anwesend waren, in Baggyhosen und Flipflops zu besuchen. Samt eines T-Shirts, auf das ein Schimpanse und der Schriftzug »Monkey Business« gedruckt war. Lachend hatte er Marie erzählt, dass er ungerührt »Pressefreiheit« gekontert hatte, als man ihn deswegen der Veranstaltung verweisen wollte. Sie wusste, dass einige den Fehler machten, Steven wegen seines Äußeren zu unterschätzen. Die Leute bereuten es spätestens dann, wenn sie einen seiner scharfzüngigen Artikel lasen. Er besaß ein unglaubliches Gedächtnis für geschichtliche Fakten, und Marie bewunderte ihren Mann sehr dafür. Sie war alles andere als dumm, aber gegen Steven erschien Marie ihre Allgemeinbildung so lückenhaft wie der morsche Zaun, der den kleinen Garten ihrer Erdgeschosswohnung am Stadtrand Hamburgs von dem ihrer Nachbarn trennte. Nicht, dass Marie Steven um seinen Job beneidete. Jeden Tag von den Nachrichten aus aller Welt – und es waren meistens nicht einmal gute – förmlich überschwemmt zu werden, stellte sie sich schon unerfreulich vor. Auch noch unter all den Informationen und Meinungen die wichtigen Fakten wie ein Goldsucher herauszusieben und diese möglichst rasch und aktuell in eine lesbare Form zu bringen, wäre ein Albtraum für Marie. Stattdessen sperrte sie an fünf Tagen die Woche die leicht verzogene Tür zum Café auf, wobei beim Öffnen das Klingeln der Glocke und das leise Quietschen des verzogenen Türrahmens eine lang vertraute Geräuschkulisse waren. Als Erstes riss Marie die Fenster auf, um den scharfen Geruch von Essig und Kernseife zu verscheuchen, den ihre Putzfee Edda allabendlich nach Ladenschluss hinterließ.

Nachdem Marie am Morgen den Laden durchgelüftet und die riesige Kaffeemaschine angeschaltet hatte, fuhr bald darauf einer der Bäckergesellen mit dem Lieferwagen vor und brachte Torten und Gebäck fürs

Café. Während Marie die Köstlichkeiten in die Vitrine räumte, steckten schon die ersten Frühstücksgäste die Köpfe herein. Meist waren es Bewohner der nahe gelegenen Seniorenresidenz, die hier Zuflucht vor dem dünnen Kaffee und den faden Weißbrotscheiben des Wohnheims fanden. Marie kam sich oft wie ihre Komplizin vor, wenn die Stammkunden – drei ältere Männer Mitte siebzig – starken Espresso sowie ein herzhaftes Frühstück mit Eiern, Speck und Schwarzbrot bei ihr bestellten. »Die Panzerknacker in Rente«, nannte Marie sie bei sich und beobachtete amüsiert, wie das Trio sich über die Cholesterinbomben hermachte.

Die weibliche Kundschaft dagegen liebte die Törtchen oder Macarons und dazu ein Kännchen Tee.

Eine Dame, die mindestens neunzig sein musste, erzählte Marie immer wieder, dass sie als Kind noch mit Dienstboten und einer eigenen Köchin im Haushalt aufgewachsen war. »Sie hat die besten Zitronentörtchen gebacken, meine Liebe. Da kommt kein Konditor ran«, betonte sie und schob sich geziert einen Bissen von der Tartelette oder dem Schokoladenkuchen in den Mund.

Marie hatte all ihre Gäste ins Herz geschlossen, und es störte sie nicht, wenn Herr Harms seinen Kaffee verschüttete, weil das Zittern in seiner Hand immer schlimmer wurde und die Tabletten nicht mehr dagegen halfen. Marie kam dann mit einem feuchten Lappen und redete darüber, wie kühl es am Morgen war, »da kann man schon mal frieren, stimmt's Herr Harms?«

Und Frau Dülwers mit ihrem Rheuma schnitt sie den Käsekuchen klein, bevor sie ihn servierte.

Ein weiterer Vorteil ihrer betagten Gästeschar war, dass sich kaum junge Leute in das Café verirrten – schon gar keine Mütter mit Kinderwagen oder Sprösslingen im Krabbelalter. Die drehten beim Anblick der ausnahmslos weiß- oder grauhaarigen Cafégäste, die sie durch das große Fenster sahen, gleich wieder ab. Marie war es recht. Nicht, dass sie keine Kinder mochte. Im Gegenteil. Sie hätte nichts dagegen gehabt, aufzupassen, dass die Kleinen keine Meuterei mit Muffins anzettelten oder den Kaffee aus vollen Tassen zu einem See zusammengossen, auf dem man prima Servietten schwimmen lassen konnte. Es tat ihr nur weh zu sehen, dass sie kein Recht dazu hatte, all das zu tun. Weil es fremde Kinder waren. Daher war sie froh, dass junge Eltern ihr Café mieden.

Nicht nur deswegen hätte sie ihren Job auch nicht gegen den in einem hippen, lauten Szenecafé tauschen mögen. Das Kratzen der Kuchengabeln, die klappernden Löffel auf den Untertassen und die leisen Gespräche waren für Marie wohltuende Hintergrundgeräusche, während sie Tee brühte, Milch für Cappuccino schäumte und geschäftig mit vollen und leeren Tassen und Tellern herumlief. Manchmal ließ sie das alte Radio laufen, allerdings ausschließlich den Klassik-Sender und so leise, dass nur sie hinter der Theke etwas hörte. Für den seltenen Fall, dass sich einmal ein Jazzstück in das Radioprogramm schlich, schaltete Marie sofort ab.

Das sanfte Wischen und Klopfen der Jazzbesen auf der Trommel sowie der Klang des einsetzenden Saxophons, das nach durchwachten Nächten in einer Kneipe klang, stand für einen Abschnitt in ihrem Leben, an den sie nicht mehr denken wollte. Diese Zeit war vorbei, abgeschlossen und von Marie höchstpersönlich in eine Schublade gesperrt worden, deren Schlüssel sie tief in sich, an einem Ort des Vergessens aufbewahrte.

Ihr Handy piepte. Es war der Ton, der eine neu eingegangene Nachricht meldete, und Marie hatte schon so lange darauf gewartet. Rasch stellte sie ihr Tablett ab und fischte das Telefon aus der Tasche ihrer langen weißen Schürze, die sie über ihren Kleidern trug. Allerdings waren diese nie schwarz wie bei den meisten Bedienungen. Marie trug keine dunklen Farben, denn sie war überzeugt, dass die schlecht fürs Gemüt waren. Nein, ihre Kleidung sollte in allen Farben leuchten, das war gut für die Seele. Daher hatte sie sich heute für ein knallgrünes Wickelkleid mit einem Muster aus kleinen, weißen Blütenblättern entschieden. Dazu trug sie bequeme Turnschuhe – in Kobaltblau.

Grün ist die Hoffnung, dachte Marie und lächelte, während sie den Code eingab und ihr Smartphone entsperrte. Als sie den Absender der Nachricht sah, sanken jedoch ihre Mundwinkel. Ihr Vater hatte das Foto einer zerrupften Palme geschickt, die an einer Strandpromenade stand. Der Text war knapp. »Grüße aus Palma. Rolf und Claudia.«

»Na toll«, knurrte Marie. Das war typisch für ihren Vater. Reiste mit einer seiner häufig wechselnden Freundinnen in der Weltgeschichte herum und meldete sich – wenn überhaupt – mit Dreiwortsätzen und einem unpersönlichen Gruß bei seinem einzigen Kind. Er unterschrieb auch nie mit »Papa«, sondern immer mit seinem Vornamen. Er schien mit dem Tod von Maries Mutter vor zehn Jahren nicht nur sein bisheriges Leben als Ehemann, sondern auch seine Rolle als Vater abgelegt zu haben. »Gönn es ihm, Marie«, hatte Steven ihr schon vor längerer Zeit geraten, nachdem sie über ein Foto den Kopf geschüttelt hatte, das ihren Erzeuger im Kaftan und mit Turban beim Kamelreiten in der Wüste zeigte. »Du bist erwachsen und brauchst ihn nicht mehr. Freu dich lieber, dass er sich beschäftigt, anstatt dich dauernd vollzujammern.«

Stevens Argument war vernünftig, und Marie hatte ihm recht gegeben. Wie hätte sie ihm erklären sollen, dass man nie erwachsen genug war, um nicht wenigstens ab und zu ein Zuhause zu brauchen? Doch ihr Vater hatte die Doppelhaushälfte am Stadtrand von Hamburg, in der Marie aufgewachsen war, verkauft. Jetzt lebte er in einer Zweizimmerwohnung in einem kleinen Dorf an der Elbe, die mehr oder minder nur eine Station zwischen seinen Reisen war. Marie seufzte und schloss das Bild samt väterlichem Lebenszeichen. Trotzdem zögerte sie, das Handy wieder einzustecken. Seit zwei Tagen kein »*Miss you*« oder ein »Ich denke an dich« von Steven. War in dem kleinen Feriencottage seiner Eltern das WLAN ausgefallen? Oder hatte er sich bei einer Wanderung im Moor verirrt?

Dann erinnerte sie sich, dass Steven bereits einige Zeit vor seiner Abreise irgendwie abwesend gewirkt hatte. Beim Essen hatte er kaum mehr über seinen Alltag in der Redaktion gesprochen, sondern oft stumm das Essen in sich hineingeschlungen. Danach verzog er sich entweder auf die Couch, wo er sich in sein Tablet vertiefte – »Recherchen, Marie, ich habe im Moment einfach viel zu tun« – oder früh ins Bett verschwand. Wenn sie, die ein Nachtmensch war, dann später nachkam, schlief Steven schon tief und fest. Sie hatte dem keine große Bedeutung zugemessen, denn Steven war schon immer ein Arbeitstier gewesen, aber nun fragte sich Marie, ob sie etwas übersehen – oder besser gesagt überfühlt – hatte. Wann hatten sie und Steven eigentlich das letzte Mal miteinander geschlafen? Marie rechnete nach. Ihre Periode hatte gestern aufgehört, also war ihr Eisprung gute drei Wochen her. Das war auch die Antwort auf ihre Frage, dachte Marie bitter.

Noch einmal öffnete sie die App-Funktion. Zwei farbige Häkchen hinter der Nachricht, die sie Steven gestern am späten Abend geschickt hatte. Also war er online gewesen. Warum schrieb er ihr dann nicht zurück? Marie verspürte ein flaues Gefühl im Magen. Was, wenn er keine Lust hatte, ihr zu antworten? Weil er sie nicht ansatzweise vermisste? Bei dem Gedanken schlug ihr Herz schneller, es war das dumpfe Pochen einer vagen Angst. Doch was konnte sie tun? Noch eine

Nachricht schreiben? Unsinn! Marie kannte ihren Mann gut genug, um zu wissen, dass Steven auf Druck allergisch reagierte. In diesem Fall verschloss sich sein schmales Gesicht, und seine blauen Pupillen sahen aus wie Glasmurmeln. Nein, dachte Marie, am Ende würde er tagelang nicht mehr ans Handy gehen oder ihr eine kurze unfreundliche Antwort schicken. Gegen ihre Zweifel – oder war es eine Vorahnung? – half nur eins …

Marie steckte den Kopf in die winzige Küche, die direkt an das Café anschloss. »Gitta, kannst du mal für zehn Minuten hier übernehmen? Ich brauche eine kurze Pause.«

»Du bist ziemlich blass. Ist dir nicht gut?«, fragte Gitta. Dann schnappte sie nach Luft, und ihr Blick ging zu Maries Bauch. »Oder bist du etwa …«

Sofort wurde Marie noch elender zumute. »Nein, das ist es nicht«, unterbrach sie Gitta hastig. »Ich muss nur meinen linken Zeh bepflastern. Neue Schuhe, du weißt schon …«, schwindelte sie und hoffte, Gitta würde nicht weiter nachbohren.

Zu ihrer Erleichterung nickte ihre Kollegin. »Du weißt ja, wo der Erste-Hilfe-Kasten ist.«

»Danke. Dauert nicht lange«, sagte Marie, ehe sie durch die Hintertür des Cafés schlüpfte. Die führte in den Flur des Jugendstilhauses, in dessen Erdgeschoss sich das Café befand. Das Treppenhaus hätte zwar einen neuen Anstrich gebraucht, doch die Buntglasfenster und die breite Holztreppe, die sich in die oberen Stockwerke schwang, erinnerten immer noch an die frühere Pracht des Gebäudes. Marie steuerte auf eine zweite, schmalere Treppe zu, die in den Keller führte. Die Luft wurde merklich kühler, je weiter sie nach unten stieg. In einer Art Vorraum befand sich die Garderobe, wo die Bedienungen ihre Taschen und Mäntel lassen konnten. Ein wackliger Tisch und zwei Stühle erweckten den Anschein, dass es sich um einen Ruheraum handelte, wobei sich keine der Mitarbeiterinnen lange hier unten aufhielt. Wer wollte schon freiwillig in einem Kellerverlies Pause machen? Marie und ihre Kolleginnen kamen höchstens hierher, um aus der Kühlung, die sich hinter dem Vorraum befand, einen neuen Milchkarton, einen Becher Sahne oder Kaffeebohnen zu holen, wenn diese im Café ausgegangen waren.

Marie setzte sich auf einen der Holzstühle und angelte nach ihrer Handtasche. Darin befanden sich all die Dinge, ohne die Marie niemals das Haus verließ: Lippenbalsam, Deospray, Pfefferminzbonbons, ein Abdeckstift und – eigentlich das Wichtigste – ihr Tarotspiel. Marie hatte lange auf dieses Kartendeck gespart, ehe sie es sich schließlich im Internet bestellt hatte. Mit einem feierlichen Gefühl hatte sie damals den kleinen Karton geöffnet, in dem das Deck verschickt worden war und hütete es seitdem wie einen Schatz. Die Bilder und Gestalten auf den einzelnen Karten waren in gedeckten Farben gezeichnet und muteten altertümlich an. Für Marie strahlten die Karten Weisheit und ein geheimes Wissen aus, und sie zog das Spiel immer zu Rate, wenn sie vor einem Problem oder einer wichtigen

Entscheidung stand. Das war ziemlich häufig der Fall. Gut verborgen in einem Beutel aus dunkelrotem Samt warteten die Karten darauf, zum Einsatz zu kommen. Normalerweise legte Marie erst am Abend die Karten und nur, wenn Steven nicht da war, denn der hielt nicht viel von »diesem esoterischen Schnickschnack«, wie er Marie erklärte. Jetzt aber befand sie sich in einer Ausnahmesituation, und daher musste der klamme Garderobenraum für eine Sitzung herhalten. Marie zog das Kartendeck aus dem Beutel, legte es mit der Rückseite nach oben auf die zerkratzte Tischplatte und atmete tief durch. Mit der linken Hand hob sie dreimal von dem Kartenstapel ab. Es war wichtig, das Ritual einzuhalten, sonst würden die Karten nicht die Wahrheit preisgeben. Nachdem der Stapel auf diese Weise gemischt worden war, kam nun der Hauptteil. Mit der flachen Hand fuhr Marie einmal über das Deck, sodass es wie ein Fächer auf der Tischfläche ausgebreitet lag. Dann schloss sie die Augen und konzentrierte sich, während ihre Lippen lautlos die Frage für das Tarot formten. »Wie steht es um die Beziehung zwischen Steven und mir?«

Maries linke Hand schwebte über dem Spiel. Immer wenn sie einen Impuls verspürte, ähnlich einem leichten Stromschlag, zog sie die Karte, über der sich ihre Hand befand. Sie hatte nur ein einziges Mal versucht, Steven zu erklären, dass beim Tarotlegen die Intuition das Wichtigste war. »Das ist keine Intuition. Es ist eine Illusion des Verstehens«, hatte Steven erwidert und dabei sein »Professorengesicht« aufgesetzt, wie Marie es nannte: Die Augenbrauen hochgezogen und den Mund etwas gespitzt. So hatte er Marie in Grund und Boden argumentiert. »Die Karten zeigen dir nur Bilder. Die Bedeutung oder gar eine Vorhersage interpretierst du aber hinein. Ich wette, wenn du drei Leuten dieselbe Frage stellst, würde jeder von ihnen die Karten anders deuten. Man macht sich damit vor, die Zukunft weissagen und sein Leben kontrollieren zu können, aber das ist Nonsens.«

Marie hatte daraufhin das Thema nie wieder angeschnitten und fortan das Tarot heimlich befragt. So wie jetzt. Nachdem sie vier Karten gezogen und in die Form eines Kreuzes gelegt hatte, drehte Marie sie nacheinander um. Die Linke stand für die Situation, in der die Beziehung zu Steven sich befand. »Die Liebenden«. Im ersten Moment atmete Marie auf. Die beiden Figuren auf der Karte symbolisierten Adam und Eva im Garten Eden. Das war ein gutes Zeichen, oder? Dann fiel ihr jedoch ein, dass den beiden der herrliche Zustand nicht all zu lange vergönnt gewesen war, ehe sie hochkant aus dem Paradies geflogen waren. Zur Sicherheit faltete Marie das kleine Heftchen auf, das dem Deck beilag und die Symbolik der einzelnen Karten erklärte. Ihr Blick flog über die schwarzen Buchstaben. »In der Bedeutung der Tarotkarten stehen die Liebenden nicht unbedingt für ein Happy End«, stand da. »Vielmehr ist diese Karte ein Hinweis, sich für den richtigen Weg zu entscheiden. Je nach Situation kann die Auslegung positiv sein, dann steht die Karte für Liebe und Fürsorge. Der negative Aspekt ist Orientierungslosigkeit oder sogar Betrug.«

Marie schluckte. Was traf auf sie und Steven zu? Vielleicht gaben die anderen Karten einen Hinweis. Die zweite Karte stand für die unbewussten Wünsche des Fragenden, also Maries. Sie drehte sie um: »Acht der Kelche«. »Die Karte steht für Unklarheit aber auch Opferbereitschaft«, las Marie. »Noch weiß man nicht, wohin der Weg führt. Aber nimmt man das Opfer in Kauf, wird die Mühe sich lohnen, auch wenn man sich im Augenblick noch im Ungewissen und Dunklen befindet.« Das klang schon besser, fand Marie, denn tatsächlich hatte sie ja das Tarot befragt, weil sie sich unsicher fühlte.

Sie zögerte, die nächste Karte aufzudecken, denn diese stand für Steven. Beziehungsweise seine Einstellung zu Marie und der Beziehung. Ihre Hände zitterten leicht, und sie schloss kurz die Augen, ehe sie ihren Mut zusammennahm und nachsah, welches Symbol sie gezogen hatte. Es war die »Fünf der Münzen«. Laut Beschreibung wies diese Karte auf Isolation, Unbehagen und Zielsuche hin. Aber auch auf die Notwendigkeit, zusammenzuhalten, wie Marie aus der Beschreibung erfuhr. Das war gar nicht schlecht, dachte sie. Unter Umständen brauchte Steven sie gerade jetzt, wo er in England war. Sie hatten keine leichten Zeiten hinter sich, und genau deswegen war er ein paar Tage weggefahren. Doch tat ihm das so gut, wie er behauptete? Vielleicht war er zu viel allein mit seinen Gedanken und quälte sich? Entschlossen drehte Marie die letzte Karte um, die einen Rat geben sollte, was Marie jetzt zu tun hatte. Es war der »Bube der Stäbe«. Diese Karte kannte sie, sie wies auf einen Aufbruch und neue Herausforderungen hin. Tatsächlich stand in der Erklärung, man sollte dem Ruf seines Herzens folgen und offen für das Unbekannte sein.

Mit einem tiefen Atemzug schob Marie das Tarotspiel zusammen und verstaute den Kartenstapel wieder in dem Samtbeutel und anschließend in ihrer Handtasche.

Dabei merkte sie, dass ihre Finger von der kühlen Kellerluft eiskalt waren. Das machte nichts, denn innerlich war ihr warm. Sie wusste jetzt, was sie zu tun hatte.

Kapitel 2

Georgia On My Mind
(Ella Fitzgerald)

»Das ist nicht dein Ernst!« Gitta starrte Marie an, als hätte sie gerade verkündet, zum Mond fliegen zu wollen.

»Meine Güte, Gitta. Wir sind hier weder ein Sternerestaurant noch eine In-Disko. Du kommst locker ein paar Tage ohne mich aus. Ich brauche eben kurzfristig frei.« Marie hörte selbst, wie angespannt sie klang, und sofort tat ihr der harsche Ton leid. Gitta war eine liebe Kollegin, nur manchmal etwas schwerfällig. Trotzdem hatte sie es nicht verdient, von Marie angeschnauzt zu werden. Daher bemühte sie sich um ein Lächeln und legte Gitta die Hand auf den Arm. »Sieh mal, es ist so etwas wie ein ... privater Notfall.«

Gitta riss die Augen auf. »Etwas Schlimmes?«

Ich hoffe nicht, dachte Marie. Laut aber sagte sie: »Nein, aber dringend.«

»Na ja, viel ist wirklich nicht los bei uns. Natürlich komme ich ohne dich klar«, sagte Gitta zögernd.

Marie wollte schon aufatmen, da fuhr ihre Kollegin fort: »Aber ich kann das nicht entscheiden. Da muss ich erst Bernd fragen.«

Marie rollte insgeheim die Augen. Das hatte sie befürchtet. Bernhard Koch, genannt Bernd, war ein gut aussehender, dauergebräunten Mittvierziger mit nach hinten gekämmtem Haar. Er trug immer lässige Jacketts zur Markenjeans und lief im Sommer stets barfuß in schicken Lederslippern. Er sah aus, als würde er jeden Moment bei der Crew des »Traumschiffs« anheuern, war aber in Wirklichkeit Inhaber des Cafés und Maries Chef. Da sie ahnte, was er zu ihren kurzfristigen Plänen sagen würde, versuchte Marie, Gitta zu besänftigen. »Ach was. Es reicht doch, wenn du einverstanden bist, mich alleine hier zu vertreten. Bernd sagt sowieso immer, dass wir selbstständig denken sollen und der Dienstplan unsere Sache ist, oder?«

Tatsächlich war es Bernd ziemlich egal, wann welche Bedienung im Café war. Was zählte, waren die Einnahmen am Ende des Tages. Die waren nicht einmal schlecht, auch wenn sie nicht mit irgendwelchen angesagten Locations in Hamburgs In-Vierteln zu vergleichen waren. Da Bernd dort noch vier andere Cafés und Kneipen besaß, konnte er es sich locker leisten, »karitativ zum demografischen Wandel« beizutragen, wie er es nannte. Leider übersah er dabei nonchalant, auch etwas für die Altersvorsorge seiner Mitarbeiterinnen zu tun – sein Stundenlohn war nicht großzügig. Trotzdem hätte Marie nicht woanders arbeiten wollen, und Gitta ging es ähnlich. Dank der Tatsache, dass sie beide Ehemänner hatten, die gut verdienten, konnten sie es sich leisten, mehr ideell als finanziell zu denken, und zudem waren die alten Leutchen mit Trinkgeld nicht knausrig. Außerdem machte Marie diesen Job sowieso nur übergangsweise. Aber jetzt war es Zeit für eine Gegenleistung seitens ihres Chefs, fand Marie, und daher konnte Bernd wohl kaum etwas dagegen haben, dass sie sich einmal kurzfristig freinahm. Ihr letzter gemeinsamer Urlaub mit Steven war schon fast zwei Jahre her, denn in den vergangenen Monaten hatte sein Job ihn dazu gezwungen, quasi dauerpräsent zu sein. »Die Welt dreht sich gerade zu schnell, um Urlaub zu machen, *Love*«, hatte Steven ihr erklärt, während er seine Reisetasche gepackt hatte. Er war von seiner Nachrichtenredaktion kurzfristig für ein paar Tage nach Berlin beordert worden, wo sich die politische Elite gerade eine Nabelschau lieferte. Marie hatte es aufgegeben, ihren Mann darum zu bitten, einen längeren Urlaub zusammen zu machen. Daher war sie von seinen Reiseplänen nach Cornwall völlig überrascht worden. »Ich brauche einfach ein bisschen Ruhe. Und mal Zeit mit meiner Familie, das verstehst du sicher«, hatte Steven gesagt. »Und so spontan kannst du ja in deinem Café gar nicht freinehmen. Außerdem sind es nur ein paar Tage.«

Doch die Tarotkarten sagten, dass offensichtlich noch mehr dahintersteckte, und erneut ergriff Marie eine Unruhe und bange Vorahnung.

»Ich rufe Bernd von unterwegs an und erkläre ihm alles, okay?«, sagte sie daher hastig, während sie bereits die Bänder ihrer Schürze aufknotete.

»Das brauchst du nicht«, sagte Gitta milde. Na also, dachte Marie aufatmend, geht doch.

Gitta deutete nach draußen. »Da kommt er nämlich. Du kannst ihn also gleich persönlich fragen.«

»Sch…«, rutschte Marie raus. Zum Glück ging der Fluch in dem Läuten des Glockenspiels über der Tür unter, das Bernd auslöste, als er dynamischen Schrittes sein Café betrat.

»Na, Mädels, alles klar bei euch?« Er lächelte und zeigte dabei eine Reihe gerader weißer Zähne. »Moin, Moin, die Herrschaften«, rief er fröhlich ins Café und winkte. »Schön, dass ich Sie alle so munter und zufrieden sehe. Ich hoffe, das liegt nicht nur am Kuchen, sondern auch an unserem Service!«

Marie beobachtete insgeheim amüsiert, wie bezaubert die älteren Damen von Bernds Zahnpastalächeln und der Traumschiffkapitän-Nummer waren. Sie kicherten und winkten zurück, ehe sie sich wieder ihren Kaffee- und Teetassen widmeten. Bernd richtete seinen Blick auf Maries offene Schürzenbänder. »Na, schon Zeit für eine Pause?«, fragte er süffisant.

»Wie du sicher weißt, stehen mir laut Paragraf vier und fünf des Arbeitszeitengesetzes dreißig Minuten zu«, gab Marie im selben Tonfall zurück. Gleich darauf fiel ihr ein, dass das vielleicht nicht das Schlaueste war, wenn sie ihn gleich um einige Tage Spontanurlaub bitten wollte. Doch da waren die Worte schon raus, und sie sah, wie Bernds Augen sich verengten. Doch er ließ sich nichts anmerken, sondern lächelte unbeeindruckt.

»Immer schön, wenn die Mitarbeiter ihre Rechte und Pflichten kennen«, sagte er leichthin. Dann wandte er sich an Gitta. »Kannst du morgen kurzfristig im Elb-Bistro einspringen? Die Studentin hat sich krankgemeldet.« Auch das war typisch Bernd, fiel Marie auf. Er nannte viele Bedienungen nicht beim Namen. Für ihn waren sie »die Studentin«, »die Alleinerziehende« oder »die Köchin«. Marie wollte lieber nicht wissen, wie Bernd sie anderen gegenüber bezeichnete. »Die verkrachte Künstlerin?«

Gitta sah von Marie zu Bernd. »Aber das geht doch nicht«, platzte sie heraus. »Wer soll dann hier das Café machen, wenn Marie nicht da ist?«

Na prima, dachte Marie und verfluchte nicht zum ersten Mal Gittas Naivität. Bernd runzelte die Stirn. »Hab ich was verpasst?«

»Nein. Ich wollte gerade mit dir reden, ehe mir Gitta …« Marie bedachte ihre Kollegin mit einem gereizten Seitenblick, »… mir zuvorgekommen ist. Ich brauche kurzfristig ein paar Tage frei.«

»Frei?«, echote Bernd in einem Ton, der besagte, dass allein das Wort in seinen Ohren schon eine Frechheit war. Doch Marie durfte jetzt nicht nachgeben. Die Tarotkarten und ihr Gefühl sagten eindeutig, dass es um ihre Ehe ging – und um ihre Zukunft. Daher blickte sie Bernd fest an. »Nenn es wie du willst. Ich muss zu Steven nach England. Dringend.«

»Ist wer gestorben?«, fragte Bernd unbeeindruckt. Marie zögerte. Sollte sie ihren Chef anschwindeln? Sie könnte tatsächlich behaupten, Stevens Vater wäre tot. Oder zumindest mit einem Herzinfarkt in die Klinik eingeliefert worden. Oder seine Mutter hätte einen Unfall gehabt. Oder …

»Du zögerst zu lange mit der Antwort«, stellte Bernd fest. »Also kein Todesfall oder etwas Schlimmes. Daher lautet die Antwort: nein.« Damit wandte er sich ab. Marie und ihr Anliegen waren uninteressant für ihn geworden.

Eine Welle der Verzweiflung überkam sie. Sie musste zu Steven, das fühlte sie. Sie hatte schon seit geraumer Zeit eine Vorahnung gehabt, dass seine Reise nach Cornwall nicht aus einer Laune heraus geschehen war – und die Karten hatten ihr ein deutliches Signal gegeben. Sie brauchte diesen Urlaub, das musste sie Bernd klarmachen. »Moment mal …«, fing sie an, doch ihr Boss winkte ab. »Nein heißt nein. Ich kann es mir nicht leisten, dass meine Angestellten spontan in den Urlaub verschwinden. Wo kämen wir denn da hin?«

»Es ist kein Urlaub«, presste Marie heraus. »Sondern eine ziemlich wichtige Angelegenheit. Schließlich habe ich auch immer auf der Matte gestanden, wenn du mich gebraucht hast!«

»Na und?«, gab Bernd unbeeindruckt zurück. »Dafür bezahle ich dich schließlich. Und wenn es dir nicht passt, kannst du jederzeit gehen. In Hamburg-Ottensen werden ja immer Musiklehrerinnen gesucht.«

Seine Worte trafen Marie wie eine Ohrfeige. Gleichzeitig wurde ihr klar, dass ihr Chef nun endlich seine joviale Maske fallen ließ und sein wahres Gesicht zeigte. Seine Mitarbeiter waren ihm im Grunde völlig egal. Sie hatten zu funktionieren, alles andere interessierte ihn nicht, das sah sie an dem kalten Blick seiner Augen. Einige Sekunden lang konnte sie Bernd nur anstarren, während sich ein einziger Gedanke in ihrem Kopf ausbreitete: Nicht weinen! Vergeblich, schon spürte Marie einen heißen, bitteren Klumpen in ihrer Kehle aufsteigen. Sie schluckte krampfhaft und bemerkte aus dem Augenwinkel Gittas betroffene Miene. Die Gespräche im Café waren verstummt. Marie sah ihre betagten Gäste an und dachte daran, wie sehr sie diese ins Herz geschlossen hatte. Es schmerzte sie, daran zu denken, die meisten wohl nicht mehr wiederzusehen. Doch wie lange würden die alten Leutchen noch hierherkommen, ehe sie erst für ein paar Tage und dann für immer fortblieben? Frau Dülwers war schon seit fast einer Woche nicht mehr im Café gewesen, fiel Marie ein. Sie und die anderen Gäste standen ab jetzt für die Vergangenheit, während Maries Ehe mit Steven Gegenwart war – und auch Zukunft sein sollte. Dieser Gedanke war wie ein auffordernder Schubs für Marie. Manchmal musste man sich eben entscheiden. Sofort.

»Weißt du was, Bernd? Ich nehme dein großzügiges Angebot an«, sagte sie. Zwar klang ihre Stimme dünn und gepresst, aber immerhin waren die Worte nun raus. Sie zog ihre Schürze ab, zückte die Kellnerbörse und fischte fünfzig Euro heraus. »Mein Lohn für fünf Stunden Arbeit plus Trinkgeld«, erklärte sie.

Bernd glotzte sie mit offenem Mund an, offenbar hatte es ihm ausnahmsweise die Sprache verschlagen. Marie wandte sich an Gitta und drückte kurz ihren Arm. »Viel Glück für dich«, murmelte sie.

Ohne einen weiteren Blick zu Bernd ging sie zur Tür. Dort drehte sie sich noch einmal um und sah in die bedrückten und fassungslosen Gesichter von einem halben Dutzend Gäste. »Es tut mir wirklich leid. Aber ich muss mich um mein Leben kümmern«, erklärte sie. Dann wirbelte sie herum und lief aus dem Café. Sie wollte die Traurigkeit hinter sich lassen. Auch dieses Gefühl sollte ab jetzt der Vergangenheit angehören.

Die Reisetasche war schnell gepackt. Das Wetter in Hamburg und Cornwall hatte eins gemeinsam – es war selbst im schönsten Spätsommer unberechenbar. Also hatte Marie vom T-Shirt bis zur dünnen Daunenjacke alles dabei. Sogar an ein Paar Gummistiefel – mit pinkfarbenen Rosen auf rotem Grund – hatte sie gedacht. Die warteten nun im Kofferraum auf ihren Einsatz. Im Packen war Marie Profi. Damals, als sie viel unterwegs gewesen war, hatte sie gelernt, alles Wichtige innerhalb kurzer Zeit und platzsparend unterzubringen. Marie fiel der alte, klapprige Bus ein. Ob es ihn noch gab – und wer nun mit ihm durch die Lande kurvte? Hatten die anderen es wirklich fertiggebracht, ihn zu verkaufen – oder gar auf dem Autofriedhof zu entsorgen? Seine Rostflecken waren zahlreich gewesen, aber er fuhr Kilometer um Kilometer und man konnte seine Sitze nicht nur ausklappen, sondern sogar komplett ausbauen, sodass eine vierköpfige Crew samt Instrumenten darin Platz zum Schlafen hatte. Oder zum Proben, Kochen oder Quatschen. Wegen Maries panischer Flugangst war er ein wichtiges Transportmittel, aber vor allem ein Zuhause für sie und die Band gewesen. Ob Mo seine Kotletten immer noch so lang trug? Er hatte stur an diesem Look festgehalten, auch wenn Rick ihn immer aufzog, dass er damit aussah wie der alternde Elvis. Und was Zoe wohl machte? Wahrscheinlich hatte sie inzwischen ihre Haarfarbe mehrmals geändert. Das letzte Mal, als Marie sie gesehen hatte, trug sie einen pinken Pixie.

Verloren in dieser längst verdrängten Erinnerung lächelte Marie. Doch als sie sich ertappte, wie sie Duke Ellington summte, verstummte sie erschrocken und rief sich selbst zur Ordnung. Sie hatte keine Zeit zum Träumen! Sie musste zusehen, dass sie die gut hundertdreißig Kilometer nach Cuxhaven schaffte. Dort gab es eine Frachtfähre nach England, die jedoch auch Autofahrer mitnahm. Vorausgesetzt, man war rechtzeitig vor Ort. Daher griff Marie jetzt hastig nach ihrer Tasche, überprüfte Ausweis, Schlüssel und Handy, ehe sie die Wohnungstür hinter sich zuzog und zweimal absperrte. Wenn sie das nächste Mal die Wohnung betreten würde, dann hoffentlich nicht mehr alleine, sondern zusammen mit Steven.

Zu ihrem Leidwesen musste sie quer durch Hamburg, um auf die Autobahn zu fahren und während sie sich durch den Altstadtverkehr quälte, kamen Marie Zweifel. Wie würde Steven reagieren, wenn sie plötzlich vor seiner Tür oder besser gesagt der des Cottages seiner Eltern stand? Dann aber sagte sie sich, dass er verstehen würde, warum sie so und nicht anders handeln musste. Bestimmt würde er sich freuen. Sie legte aus Sehnsucht mehr als tausend Kilometer zurück – gab es einen größeren Liebesbeweis?

Die Fähre würde die ganze Nacht über die Nordsee brauchen und Marie rechnete damit, morgen Nachmittag bereits in Cornwall zu sein. »I Drove All Night« fiel ihr ein und sie sang die Anfangstakte des Songs »*I had to escape, the city was sticky and cruel. Maybe I should have called you first, but I was dying to get to you …*« Dann aber drehte sie das Radio laut – Klassiksender. Doch auch Smetanas Moldau konnte die hartnäckig wiederkehrende Frage nicht verscheuchen, ob es wirklich klug gewesen war, Herz über Kopf ins Ungewisse aufzubrechen. Als sie in Richtung Alter Fischmarkt abbog, fiel Marie der Spruch ihrer Großmutter ein: »Im Krieg und in der Liebe sind alle Mittel erlaubt«, hatte die immer gesagt. Allerdings befand Marie sich nicht im Krieg, schon gar nicht mit Steven, und sie hoffte, dass ihr Auftauchen bei seinen Eltern auch nicht dafür sorgen würde. Die Patels waren von ihrer Schwiegertochter noch nie begeistert gewesen, und vor allem Stevens Vater hatte sie oft spüren lassen, dass er sich jemand anderen an der Seite seines Sohnes gewünscht hätte. Wahrscheinlich eine Trägerin des Pulitzerpreises, dachte Marie spöttisch und drückte unwillkürlich etwas fester aufs Gaspedal. Aber zwischen ihr und Steven hatte vor etwas mehr als drei Jahren der Blitz eingeschlagen, und da konnte man nichts gegen tun.

Auch jetzt schlug der Blitz ein. Allerdings in Form einer Polizistin mit Kamera und Stativ. »Verdammt«, murmelte Marie und trat auf die Bremse, natürlich zu spät. Ein paar Meter weiter stand prompt ein Polizeiauto am Straßenrand. Samt zweier Beamter, die Marie mit einem Stoppschild in eine Haltebucht winkten. Schicksalsergeben kurbelte sie die Fensterscheibe herunter und versuchte ein Lächeln. Vielleicht half es. Denn sie durfte keine Zeit verlieren. Das Schiff, das sie zu Steven bringen sollte, würde nicht auf sie warten.

»Eine Fähre nach England? Ne, die gibt's schon seit Jahren nicht mehr! Jedenfalls nicht von Hamburg aus.«

Harry starrte den Mann hinter dem Schalter an. »Das ist jetzt ein Scherz, oder?« Er war eine gefühlte Ewigkeit an den Glas-Stahl-Konstruktionen der St. Pauli-Landungsbrücken entlanggelaufen, bis er das Hafenbüro gefunden hatte, in dem Tickets für Fahrgastschiffe verkauft wurden. Harry war nicht in der Stimmung für Diskussionen. Sein Gegenüber offenbar auch nicht. Das wettergegerbte Gesicht des Mannes hinter dem Schalter verfinsterte sich, und der Blick wurde stechend.

»Seh ich aus, als ob ich Witze machen würde? Von

Hamburg fährt nix nach Britannien. Keine Fähre, kein Dampfer und auch kein Tretboot. Da müssen Sie schon zum Hafen nach Holland.«

»Holland? Wie soll ich denn so schnell dahin kommen? Ich muss sofort nach Cornwall!«

»Dann nehmen Sie den Flieger. Gibt ja inzwischen genug Billigflüge nach London.«

»So viel Geld habe ich aber nicht«, rief Harry.

Der gealterte Seebär zuckte die Schultern und kaute ungerührt auf seiner kalten Pfeife herum. Damit und mit seiner schwarzen Prinz-Heinrich-Mütze war er ein solches Klischee, dass Harry sich kurz fragte, ob die Schifffahrtsgesellschaft ihn zu dieser Kostümierung gezwungen hatte. Um den Verkauf von Tickets anzukurbeln – für eine Fähre, die es gar nicht mehr gab. Jedenfalls nicht nach England. Wobei Harry wieder bei seinem ursprünglichen Problem war. »Was ist mit einer Nachtfähre?«, fragte er hoffnungsvoll.

Käpt'n Iglo verdrehte die Augen. »Sagen Sie mal, machen *Sie* jetzt Witze? Ich sag es zum letzten Mal! Es. Gibt. Hier. Keine. Fähre. Nach. England. Haben wir uns verstanden?«

Wortlos drehte Harry sich um und verließ das Kabuff mit seinen schmutzigen Plexiglaswänden, die einen verschwommenen Blick auf die See gewährten. Flinke, grauweiße Schatten flitzten über das aufgewühlte Wasser. Möwen, dachte Harry wehmütig und wünschte sich in diesem Augenblick, eine von ihnen zu sein. Dann müsste er sich nicht mit einem unfreundlichen Hans-Albers-Abklatsch herumärgern und könnte einfach übers Meer fliegen. Zu Nora, die auf ihn wartete. Harry lief los. Er durfte keine Zeit mehr verlieren.

»Einundzwanzig Stundenkilometer drüber. Da waren Sie in einer geschlossenen Ortschaft ziemlich zackig unterwegs«, sagte der Polizist ungerührt und sah stoisch durch Maries Lächeln hindurch.

»Macht achtzig Euro und einen Punkt. Geschenk des Kraftfahrtbundesamts Flensburg«, fügte der Zweite an.

»Was?«, rief Marie erschrocken. Dummerweise hatte sie nämlich bereits zwei Punkte in den vergangenen eineinhalb Jahren aufgebrummt bekommen, unter anderem weil sie die Rotphase einer Ampel ... nun ja, *unterschätzt* hatte.

»Kann ich, ich meine, kann man da nichts machen?«, fragte sie bang.

»Nein. Und die achtzig Euro kriegen wir bitte gleich. Sofortkasse«, schnarrte Polizist Nummer eins. »Außerdem würden wir gerne Ihren Führerschein und die Fahrzeugpapiere sehen.«

Marie wurde schwarz vor Augen. Diese Zeitverzögerung konnte sie unter Umständen ihre rechtzeitige Ankunft an der Fähre in Cuxhaven kosten! Außerdem hatte sie nicht übermäßig viel Bargeld dabei, denn sie und Steven zahlten das meiste mit der Kreditkarte, und zum Bankautomaten hatte sie es nicht mehr geschafft. Was, wenn sie jetzt zwar planmäßig am Fährhafen ankam, doch die Überfahrt bar bezahlen musste? Marie schluckte und startete einen letzten Versuch. »Hören Sie, ich verstehe ja, dass ich Mist gebaut habe. Aber ich muss dringend nach Cuxhaven und dort die Fähre nach England erwischen.« »Ach ne. Und deswegen fahren Sie wie der Leibhaftige durch Hamburg? Dann organisieren Sie sich eben besser, junge Frau.«

»Genau das konnte ich doch nicht! Es war eine spontane Entscheidung. Quasi ein Notfall«, rief Marie flehend. Innerlich verfluchte sie ihr leichtes Lispeln, das sich wie immer verstärkte, wenn sie aufgeregt war.

Der Polizist verzog keine Miene. »Joah, Notfall, schon klar. Was glauben Sie, wie oft ich diese Ausrede in meiner Dienstlaufbahn schon gehört habe? Jetzt geben Sie mir bitte Ihre Papiere, oder ich werde ungemütlich.«

Das war der Moment, in dem Marie die Nerven verlor. Sie hatte es weder gewollt, noch geplant, aber die Enttäuschung über Stevens ausbleibende Nachrichten, ihre Kündigung im Café und die erschütterten Mienen der betagten Gäste überschwemmten sie einfach. Die Tränen kamen wie ein Sturzbach. Schluchzend saß sie auf ihrem Sitz und sah nicht, dass die beiden Beamten einen betretenen Blick tauschten. »Nu beruhigen Sie sich ma'. So ein Punkt in Flensburch is doch kein Weltuntergang«, sagte der ältere Polizist von beiden und vergaß vor lauter Väterlichkeit sein Beamtenhochdeutsch.

»Es ... ist wegen ... Ste-Stev-ven«, schluchzte Marie. »Ich muss zu ihm, weil ... Er ist in England und hat sich seit Tagen nicht mehr bei mir gemeldet. Ich habe solche Angst, dass er unsere Liebe vergisst«, fügte sie leise hinzu.

»Oh Mann«, murmelte der Jüngere. Marie wischte sich die Augen und sah die Polizisten an. Der Ältere kratzte sich unter seiner Mütze am Kopf und sein junger Kollege starrte auf seine Schuhe.

»Warum nehmen Sie dann nicht den Flieger?«

»Ich habe panische Angst in der Luft«, schniefte Marie und fühlte förmlich den Stempel »Neurotikerin« auf ihrer Stirn.

Ein paar Sekunden herrschte Schweigen.

»Die Messtoleranz von so einem Lasergerät ist vielleicht doch ein bisschen größer als angenommen.« Der ältere Polizist räusperte sich.

Sein Kollege starrte ihn an. »Hä? Ich dachte, da gibt es ganz klare ...«

»Ich meine, vielleicht waren Sie ja nicht einundzwanzig, sondern nur zwanzig Stundenkilometer drüber«, fuhr der Polizist ungerührt fort und sah Marie an. »Dann würde der Punkt wegfallen. Und die siebzig Euro können Sie auch später noch überweisen.«

»Oh«, sagte Marie, die allmählich begriff. Ebenso wie der andere Polizist, der zwar schwieg, sich aber ein Grinsen verbiss. Erleichterung durchflutete Marie, und sie sah die beiden Uniformierten an. »Ich glaube, Sie retten gerade meine Ehe.«

Der Ältere nahm sie streng ins Visier. »Das bleibt aber unter uns, junge Frau! Klar?«

»Versprochen«, nickte Marie.

»Und beim nächsten Mal sind wir nicht so tolerant. Passen Sie ab jetzt besser auf. Ich sach nur: Weg mit Bleifuß«, mahnte er im besten Norddeutsch.

»Noch mal versprochen. Und ... Danke!«

»Nun hauen Sie schon ab. Aber langsam! Wir haben hier schließlich einen Job zu machen.«

Mit artigen dreißig Stundenkilometern zuckelte Marie davon. Trotzdem ging sie am Ende der Haltebucht einmal kurz auf die Hupe und winkte mit der linken Hand aus dem offenen Fenster, ehe sie rechts auf die Hafenstraße abbog. Langsam beruhigte sich ihr aufgeregter Herzschlag, und sie beschloss, den glimpflichen Ausgang ihrer Begegnung mit der Polizei als gutes Omen für ihre weitere Reise anzusehen.

Beschwingt fuhr Marie die breite Straße am Hafen entlang und sah aus dem Augenwinkel die riesigen Containerschiffe und weiter draußen einen Kreuzfahrtdampfer. Plötzlich freute sie sich, dass sie heute Abend selbst auf See sein würde. Sie hatte etwas mehr als hundert Kilometer vor sich, bis sie in Cuxhaven sein würde, und wenn alles glatt ging, konnte sie die Zeit bis zur Abfahrt der Fähre noch in einer kleinen Hafenbar verbringen. Fast so wie früher, als das Unterwegssein ihr Leben gewesen war. Das alte Gefühl von Freiheit und Vorfreude meldete sich zurück, und Marie sehnte sich auf einmal nach den vergangenen Tagen mit der Band zurück. Nach dem gemeinsamen Lampenfieber, dem Geruch der Kneipenräume und der Hitze der Scheinwerfer ... Aber das Gefühl hielt nur kurz an, denn in diesem Moment gab ihr Handy einen Signalton von sich. Reflexartig schielte Marie zum Beifahrersitz, auf dem das Gerät lag. In der Vorschau auf dem Display konnte sie den Absender erkennen – es war Steven!

Hastig griff Marie danach. Die Straße war zwar breit, aber sie konnte nirgends anhalten. Rechts und links parkten Lastwagen, die für den Hafenbetrieb entweder abgestellt waren oder gerade entladen wurden. Marie fuhr langsamer, während sie die vier Codezahlen in ihr Handy tippte, um es zu entsperren und dabei die Straße im Auge behielt. Endlich entdeckte sie eine Lücke zwischen zwei Lieferwagen und stellte das Auto kurz ab, wobei sie den Motor laufen ließ. Sie musste wenigstens einen kurzen Blick auf Stevens Nachricht werfen. Mehr war nicht nötig, wie sie gleich darauf erkannte. Ihr Mann hatte ihr nämlich kommentarlos ein Foto von den Klippen bei St Ives geschickt. Felsen, Meer, noch mehr Felsen im Hintergrund. Kein Selfie, kein Text – und schon gar nicht die Worte »Ich liebe dich«, nach denen sie sich seit Tagen sehnte.

Die Ernüchterung war wie ein Schwall kaltes Nordseewasser, und Marie drückte es kurz die Luft ab. Dann aber dachte sie, dass das Foto vielleicht nur der Anfang war. Womöglich war Steven gerade dabei, noch ein paar Zeilen zu schreiben? Doch ein Blick in die App zeigte Marie, dass er bereits wieder offline war. Ein paar Sekunden saß sie wie betäubt bei laufendem Motor da. Dann atmete sie tief durch und legte entschlossen den ersten Gang ein. Die Tarotkarten hatten nicht gelogen: Es war höchste Zeit, nach England aufzubrechen.

Sie schlug das Lenkrad nach links ein, blickte in den Rückspiegel und fuhr los. Es gab einen dumpfen Schlag, und Marie stieg voll auf die Bremse. Halb über ihrer Motorhaube hing ein Mann. Durch die Windschutzscheibe trafen Maries erschrockene grüne Augen auf seine braunen, und sie starrten sich einen Augenblick lang an. Verwirrt registrierte sie, dass er seine grauen Haare halblang trug und scharf geschnittene, aber nicht unsympathische Gesichtszüge besaß. Mit zitternden Händen stellte sie den Motor ab, riss die Fahrertür auf und sprang aus dem Auto. »Haben Sie sich verletzt?«

Der Mann richtete sich auf und zog sein lilafarbenes Jackett zurecht. »Sie sollten vielleicht nicht in den Rückspiegel sehen, wenn sie vorwärtsfahren«, sagte er, wobei er probehalber Arme und Beine bewegte. Scheinbar war nichts gebrochen, dachte Marie erleichtert. »Tut mir wirklich leid, aber Sie sind wie aus dem Nichts zwischen den parkenden Lkws aufgetaucht«, rechtfertigte sie sich.

Der Mann musterte erst Marie, dann das Auto. Steven hatte erst voriges Jahr den Leasingvertrag für den Jahreswagen abgeschlossen. Der Blick des Mannes blieb an dem Markenzeichen, den charakteristischen vier Ringen unterhalb der Motorhaube hängen. »Nun, ich denke, wir können uns ohne Polizei einigen. Ich meine, finanziell.«

Marie schnappte nach Luft. »Wie bitte?« Empört

blickte sie den Unbekannten an. Mit der Kombination aus violettem Jackett, rotem Schal und gelber Hose hätte er eigentlich aus hundert Metern Entfernung sichtbar sein müssen. Marie beschlich ein Verdacht. »Das haben Sie absichtlich gemacht!«

»Was?« Jetzt sah der Mann ehrlich verblüfft drein, sodass Marie doch an ihrer Theorie zweifelte. Aber nur kurz. »Sie sind mir extra vor die Motorhaube gelaufen. Und jetzt drohen Sie mir mit der Polizei, aber in Wirklichkeit wollen Sie mich nur abzocken.«

Der Grauhaarige runzelte die Stirn und wirkte verwirrt. »Aber Sie haben mich doch angefahren«, antwortete er schließlich.

»Ich glaube, wir rufen tatsächlich besser die Polizei.« Er bückte sich nach einer dunkelblauen Sporttasche, die Marie erst jetzt registrierte. Sie dachte an die Begegnung mit den zwei Polizisten vorhin und erschrak. »Passen Sie ab jetzt auf«, hatte der eine gesagt, und Marie hatte ihm noch ihr Versprechen gegeben. Das hatte nicht mal eine halbe Stunde gehalten, da beging sie schon den nächsten Fahrfehler. Sie brauchte nicht viel Fantasie, um sich auszumalen, dass die Ordnungshüter diesmal nicht so viel Kulanz zeigen würden. Selbst wenn sie behauptete, dass der Mann ihr mit Absicht vors Auto gelaufen war: Wem würden die Polizisten wohl eher glauben? Dem älteren Fußgänger oder der Autofahrerin, die kurz vorher mit einer erheblichen Geschwindigkeitsübertretung in eine Radarfalle gerauscht war? Unter Umständen würde sie sogar ihren Führerschein verlieren oder zumindest für einige Zeit abgeben müssen. Und damit würden die Reise zu Steven und die Rettung ihrer Ehe enden, noch bevor Marie überhaupt einen Fuß auf britischen Boden gesetzt hatte.

Schon wieder kamen ihr die Tränen, aber diesmal drängte Marie sie mit aller Macht zurück. Dieser alte Typ mit seiner schäbigen Masche hatte ihre Verzweiflung nicht verdient, und sie würde ihm nicht die Genugtuung geben, sie weinen zu sehen. Daher bediente sie sich eines Tricks, von dem Steven ihr einmal erzählt hatte. »Verhalte dich in brenzligen Situationen so, wie dein Gegenüber es auf keinen Fall erwartet«, hatte er gesagt. Und mit seinem typischen Steven-Grinsen, das Marie unwiderstehlich fand, hinzugefügt: »Manchmal funktioniert es.«

Also blickte Marie den komischen Kauz entschlossen an. »Bitte, tun Sie sich keinen Zwang an. Rufen Sie die Polizei. Ich werde erzählen, wie fies Sie mich um Geld erpressen wollten, und dann werden wir ja sehen, was passiert.«

»Ich wollte Sie nicht erpressen«, gab der bunt gekleidete Fremde empört zurück. »Ich verlange nur eine angemessene Entschädigung dafür, dass Sie mich fast umgefahren hätten. Schließlich hätte es sein können, dass ich Ihretwegen nicht nach Holland komme.«

»Nach Holland? Sie sind hier in Hamburg. Sind Sie sicher, dass Sie da nichts verwechseln?«, fragte Marie, die zunehmend verwirrt war. Was faselte der Typ da?

»Natürlich weiß ich, wo ich mich befinde, junge Frau!

Aber ich muss nach Holland zum Hafen. Von dort fährt ein Schiff nach England.«

»Dafür müssen Sie nicht in die Niederlande. Eine Fähre gibt's auch in Cuxhaven«, antwortete Marie ohne Nachzudenken.

Der ältere Mann zog die Augenbrauen hoch. »Ach wirklich?«, fragte er interessiert. »Woher wissen Sie das?«

»Weil ich auf dem Weg dorthin bin. Ich will nämlich selbst nach England. Genauer gesagt nach Cornwall.« Marie wusste nicht, wieso sie dem Fremden das verriet. Irgendwie hatte sie das Gefühl, wenn sie mit ihm redete, würde er vielleicht sein Vorhaben, die Polizei zu rufen, vergessen.

Tatsächlich wirkte der Mann wie verwandelt. »Warum sagen Sie das nicht gleich?«, rief er und lächelte. Es veränderte sein ganzes Gesicht, sodass er plötzlich richtig sympathisch wirkte. Seine braunen Augen strahlten, und die scharfen Falten in seinem Gesicht wurden wie durch einen Weichzeichner gemildert. »Cuxhaven ist ja nur einen Katzensprung von Hamburg entfernt!«

»Nun ja, gute zwei Stunden mit dem Auto«, berichtigte ihn Marie freundlich.

»Das ist wirklich nett von Ihnen.« Mit diesen Worten griff der Mann seine Tasche, ging ganz selbstverständlich zur Beifahrerseite, öffnete die Tür und ließ sich auf den Sitz plumpsen.

»He, Moment mal«, stotterte Marie. »So war das nicht gemeint! Ich kann Sie nicht einfach mitnehmen!«

»Warum nicht?«

»Weil … Also erstens sitzen Sie auf meinem Handy«, gab Marie zurück. Der Mann drehte sich zur Seite und zog das Smartphone unter sich hervor. »Bitteschön. Können wir jetzt fahren?«

»Nein«, rief Marie.

»Was ist denn noch?«

»Wer sagt mir, dass Sie kein verrückter Psychopath sind, der mich an der nächsten einsamen Stelle umbringt und meine Leiche im Hafenbecken versenkt?«

Der Grauhaarige sah Marie perplex an, dann lachte er ungläubig. »So etwas glauben Sie von mir?«

»Ich frag mal umgekehrt. Wer sagt mir, dass es nicht so ist?«

»Wieso sollte ich die Polizei rufen wollen, wenn ich ein verrückter Mörder wäre? Das macht doch überhaupt keinen Sinn.«

Marie musste ihm insgeheim recht geben, trotzdem wollte sie den Typen nicht in ihrem Wagen haben. Schon gar nicht zwei Stunden und einhundertzwanzig Kilometer lang. Doch der Mann machte nicht den Eindruck, als würde er wieder aussteigen. »Also, nehmen Sie mich jetzt mit – oder soll ich doch noch einen Anruf bei der Polizei …«

»Schon gut. Sie haben gewonnen. Machen Sie es sich ruhig bequem.« Maries Stimme triefte vor Sarkasmus, aber der Mann schien dagegen immun zu sein. Er lehnte sich zufrieden zurück. Schnell zückte Marie ihr Handy und machte ein Foto von ihm. Irritiert richtete er sich auf. »Was war das denn?«

»Nur zur Sicherheit. Dieses Foto wurde soeben automatisch an meinen Mann gesendet«, log Marie. Sie hoffte, dass der Typ alt genug war, um sich mit den neuen Smartphones und Apps nicht auszukennen und somit ihren Schwindel zu durchschauen. Tatsächlich sah er einfach nur sehr verwirrt aus. »Und was macht Ihr Mann damit? Kürt er mich jetzt zum *Anhalter des Jahres,* oder fordert er mich zum Duell?«

Marie schnaubte. Seine Witze konnte er sich sparen. »Sollten Sie irgendeinen Scheiß vorhaben, werden Sie nicht weit kommen. Die Polizei findet Sie aufgrund des Fotos mit Sicherheit, ehe Sie über die Grenze sind.«

»Junge Frau, Sie haben eindeutig zu viele Krimis im Fernsehen gesehen«, sagte ihr unerbetener Fahrgast. »Mein Name ist übrigens Harry Thomsen. Falls Sie das Ihrem Mann noch mitteilen wollen«, fügte er hinzu, ehe er den Sitz zurückstellte und die Augen schloss.

Marie verkniff sich jeden weiteren Kommentar, drehte den Zündschlüssel und fuhr los. Sobald sie auf der Fähre nach England waren, würde jeder seiner Wege gehen. Und danach sah sie diesen seltsamen Zeitgenossen hoffentlich nie wieder.

Kapitel 3

All Blues
(Miles Davis)

Ein zarter Duft kitzelte Harrys Nase. Noras Parfüm. Er drehte den Kopf und da sah er sie. An die Kaimauer gelehnt stand sie da, während die Wellen hinter ihr an den Beton klatschten, und lächelte ihn an. Sie sah keinen Tag älter aus als an dem Tag, an dem sie sich kennengelernt hatten. »Nora«, flüsterte Harry beglückt, »du hast auf mich gewartet!«

Er lief auf sie zu und wollte sie küssen, doch Nora wandte sich ab und ging davon. Nur noch einmal blickte sie über die Schulter zurück und lächelte. »Schlaf, Harry. Solange wir von einander träumen, ist alles gut.«

Harry wollte ihr folgen, doch seine Beine schienen am Boden festgewachsen zu sein. »Nora«, rief er ihr verzweifelt hinterher und versuchte, das Meeresrauschen zu übertönen. »Warte auf mich! Es tut mir leid, wenn du böse auf mich bist. Aber lauf doch nicht immer weg!«

Doch sie war schon zu weit entfernt und hörte ihn nicht. Harry beugte sich nach vorne, um mit beiden Händen sein taubes Bein vom Boden wegzureißen – und wachte mit einem Ruck auf. Die Kaimauer samt der

Bank davor war verschwunden. Er hörte das monotone Brummen eines Motors und sah durch die Windschutzscheibe die weiße Markierung der Autobahn vorbeifliegen. Er blickte nach links und musterte die junge Frau mit den dunklen Haaren am Steuer. Sie hatte den Blick starr auf die Straße gerichtet. Die unnahbare Fremde, dachte Harry. Laut sagte er: »Sie haben sich noch gar nicht vorgestellt!«

Sie zuckte leicht zusammen, und ihre Hände schlossen sich fester um das Lenkrad. »Marie«, sagte sie nach einer Weile. »Aha, Marie. Ich bin Harry. Harry Thomsen.«

»Ich weiß, dass haben Sie vorhin schon gesagt.«

»Ich dachte, falls Sie es vergessen haben.«

»Und wenn schon. Es spielt doch sowieso keine Rolle«, antwortete sie. Gleich darauf schien ihr aufzufallen, wie ruppig das geklungen hatte, denn sie blickte kurz zu Harry hinüber. »Sorry. Ich meine, wir fahren zusammen nach Cuxhaven und nicht zu einem Abschlussball.«

Harry schmunzelte. Wenn die junge Frau sorry sagte, hörte man ein leichtes Lispeln. Es klang charmant und ließ sie irgendwie mädchenhaft wirken. Daher war er ihr auch nicht böse. »Sie haben recht. Aber wir haben ein gemeinsames Ziel. Wollten Sie nicht auch nach England?«

»Ja«, sagte Marie knapp. Über den Grund schwieg sie sich allerdings aus, vielleicht wollte sie das einem Fremden nicht auf die Nase binden, dachte Harry. Er beschloss, nicht weiter zu fragen, und da in diesem

Augenblick das Schild für die Ausfahrt Cuxhaven auftauchte, bog Marie schwungvoll ab. Wegen der scharfen Kurve geriet ihre Handtasche auf der vorderen Ablage ins Rutschen und fiel Harry quasi in den Schoß. Ein pinkfarbener Stoffriemen mit ziemlich vielen Schlüsseln dran, ein Lippenstift sowie ein kleiner dunkelroter Samtbeutel rutschten heraus, und Harry schloss rasch die Hände um die Sachen, damit sie nicht in den Fußraum und unter den Sitz fielen.

»Vorsicht! Da sind meine Karten drin«, rief Marie und schielte nervös nach rechts.

»Was denn für Karten?« Harry fragte sich kurz, ob die junge Frau in den bunten Klamotten vielleicht Pokerspielerin oder etwas Ähnliches war. Nein, dazu war sie viel zu fahrig und nervös, dachte er. Wer einen harmlosen Anhalter für einen psychopathischen Mörder hielt, konnte niemals erfolgreich ein Pokerspiel bestreiten. Jemand wie diese Marie würde gleich in der ersten Minute durch nervöse Blicke und ihre Mimik auffliegen.

»Tarotkarten«, gab sie da zurück.

»Sie meinen diesen magischen Hokuspokus mit Kelchen und Stäben und Rittern?« Harry musterte die Frau mit den dunklen Locken und stellte fest, dass so ein Wunderglaube eigentlich zu ihrer etwas überspannten Art passte.

»Das ist kein Hokuspokus«, gab Marie hitzig zurück. »Nur, weil es jenseits von Statistik und nüchternen Zahlen noch etwas anderes gibt, das wir mit dem reinen Verstand nicht erfassen, heißt das doch noch lange nicht, dass es Humbug ist.«

»Aleister Crowley, stimmt's?«, wollte Harry wissen. »Schwarzmagier, Astrologe und Schöpfer des berühmten Crowley-Tarots.«

Marie sah ihn verblüfft an, und er schüttelte den Kopf. »Warum glauben die Menschen eigentlich immer noch, ihr Schicksal vorhersagen zu können?«

»Sie reden genau wie mein Mann«, grummelte sie.

»Falsch. Ich rede wie ein rational denkender Mensch. Karten, Runen, Kristallkugeln, Wahrsagerinnen, die angeblich ein Medium sind ... Nonsens! Jeder bestimmt sein Schicksal größtenteils selbst«, erklärte Harry. Er warf Marie einen kurzen Blick zu. »Eigentlich ganz einfach. Es gibt Dinge, die man tut – oder eben nicht tut. Diese Entscheidung treffen wir oft in Sekunden. Wie soll man selbst, geschweige denn jemand anders da in der Lage sein, den Verlauf eines Lebens Monate oder gar Jahre vorher zu prognostizieren? Hm?«

»Die Tarotkarten sind keine Zukunftsdeutungen. Sie sind ... ein Hilfsmittel, um sich über die momentane Situation klar zu werden.«

»Dazu braucht ein vernünftiger Mensch keine bunten Bildchen auf irgendwelchen Pappdeckeln. Da genügt etwas Nachdenken und Selbstreflexion«, gab Harry zurück.

Marie zuckte schweigend die Schultern, aber er sah an dem angespannten Zug um ihren Mund, dass er offenbar einen wunden Punkt bei ihr getroffen hatte.

Doch da tauchte der große Rundbogen mit den Schriftzeichen »Willkommen in Cuxhaven« vor ihnen auf und enthob Marie einer Antwort. »Wir sind da«, sagte sie, und Harry hörte sehr wohl den erleichterten Tonfall in ihrer Stimme.

Ebenso rasant wie sie die Autobahnausfahrt genommen hatte, bog sie jetzt auf den großen Parkplatz vor der Fährstation ein. Als könnte sie es kaum erwarten, riss sie die Fahrertür auf und stieg aus dem Wagen. Harry tat es ihr auf der anderen Seite gleich – nur etwas gemächlicher.

Schweigend gingen sie nebeneinander in die Halle, in der die Tickets für die Frachtfähre verkauft wurden.

»Ein Wagen, zwei Personen«, stellte der Schalterbeamte fest. Sekundenlang hatte Harry Angst, dass Marie widersprechen und ihn damit vielleicht in Schwierigkeiten bringen würde. Wer wusste, ob die Fährgesellschaft für einzelne Reisende ohne Auto überhaupt eine Reisegenehmigung ausstellen würde?

»Ich beteilige mich selbstverständlich zur Hälfte an sämtlichen Kosten«, flüsterte Harry rasch. Marie sah ihn erstaunt an, dann aber nickte sie und bezahlte den Gesamtbetrag mit der Kreditkarte, ehe sie mit Harry im Schlepptau die Schalterhalle verließ. Draußen bestand er darauf, ihr den Betrag sofort und in bar zu geben. »Sehen Sie es als Entschädigung, dass Sie einen potenziellen Psychopathen im Auto mitgenommen haben«, scherzte er. Jetzt hoben sich Maries Mundwinkel kurz, dann streckte sie ihm die rechte Hand hin. »Na dann. Gute Reise, Herr Thomsen und viel Glück.«

Harry schüttelte sie feierlich. »Dasselbe wünsche ich Ihnen, Marie. Und verlassen Sie sich in Zukunft lieber auf Ihr Herz und Ihren Verstand – statt auf die Tarotkarten.«

Mit diesen Worten ließ er sie stehen und steuerte eins der zahlreichen Hafencafés an. Die Aussicht, morgen um diese Zeit auf englischem Boden zu stehen und Nora wiederzusehen, ließ seinen Mund ganz trocken werden, und Harry verlangte es nach etwas zu trinken. Etwas Stärkerem als Wasser.

»Herr Thomsen«, hörte er da Marie rufen und drehte sich um. Sie hielt seine marineblaue Reisetasche hoch. »Die werden Sie vermutlich brauchen!«

Harry lächelte. »Natürlich. Vielen Dank.«

»Jetzt sind wir quitt. Danke, dass Sie vorhin nicht die Polizei gerufen haben.«

Harry grinste. »Das wäre sowieso nicht möglich gewesen. Ich besitze nämlich gar kein Handy.«

Nachdem ihr Fahrgast im Sägefisch – einer Mischung aus Café und Pub, wie es aussah – verschwunden war, atmete Marie auf. Der bunt gekleidete Exzentriker war ihr suspekt geblieben, obwohl es sehr anständig von ihm gewesen war, ihr die Hälfte der Fährkosten zu bezahlen. Marie machte eine Bewegung mit den Schultern, wie um ihre Gedanken abzuschütteln und ging ein paar Schritte Richtung Hafenmauer. Es war ein typischer Fährhafen mit flachen Gebäuden, einem hohen Radarturm und wuchtigen Containerschiffen. Sie betrachtete die Schiffsriesen und wunderte sich insgeheim, wie diese tonnenschweren Ozeandinosaurier in der Lage waren, zu schwimmen. Natürlich wusste sie, dass es mit der Verdrängung des Wassers und dem Auftrieb zu tun hatte. Steven hatte es ihr erklärt, aber Marie hatte die Details wieder vergessen. Technische Dinge konnte sie sich nicht merken. Nur der Ausdruck »Bug mit genietetem Balkensteven« fiel ihr beim Betrachten der Fähre jetzt wieder ein. Das hatte sie sich gemerkt, weil darin der Namen ihres Mannes vorkam. Marie musste lächeln. Vielleicht war auch das ein gutes Omen. Sie trat an die Hafenmauer und sog tief den Geruch von Tang, Salzwasser und Fisch gemischt mit einem Hauch von Motoröl ein. Ihr Herz begann, schneller zu klopfen und ihr Bauch kribbelte. Es war eine Mischung aus Aufbruchsstimmung und Abenteuerlust, ein altes, wohlbekanntes Gefühl, das sie lange nicht mehr verspürt hatte. Marie schloss die Augen, während eine Windböe ihr das dunkle Haar aus dem Gesicht blies.

»Sie sehen aus wie im Film ›Titanic‹«, ertönte eine Stimme hinter ihr. Marie zuckte zusammen und drehte sich um. Es war Harry. Er hatte eine brennende Zigarette zwischen den Lippen, deren Rauch durch den Wind fast waagrecht in der Luft hing. Sein Schal wehte und seine halblangen grauen Haare lagen alles andere als ordentlich am Kopf.

»Das sagt jemand, der aussieht wie der ›kleine Prinz‹«, gab Marie belustigt zurück. Harry stutzte kurz, dann lachte er. »Eins zu Null für Sie, junge Frau.«

»Warum sind Sie schon wieder da? Wollten Sie nicht etwas trinken gehen?«

»Wollte ich das?«, fragte Harry zurück, und Marie glaubte, einen spöttischen Unterton herauszuhören. Doch ehe ihr eine Erwiderung einfiel, deutete Harry auf ein mächtiges Schiff, das soeben die Rampe ausklappte, wobei es aussah, als öffne ein eiserner Wal sein Maul. »Ich glaube, das ist unsere Fähre. Sie sollten Ihr Auto holen«, sagte er und warf den Stummel seiner Zigarette achtlos weg. Eilig lief Marie zum Parkplatz, stieg ein und startete den Motor. Einen Augenblick lang überfiel sie die Angst, dass sie es nicht schaffen würde, den Wagen ins Innere des Schiffs zu manövrieren. Bisher war meist Steven gefahren, und er hatte auch alle komplizierten Einparkmanöver übernommen. Was, wenn Marie sich irgendwo in dem stählernen Schiffsbauch verfuhr? Oder später nicht mehr herauskam? Bei dem Gedanken schluckte sie und ertappte sich kurz bei dem Wunsch, einfach umzudrehen und zurück nach Hause zu fahren. Aber was dann? Sollte sie etwa alleine in ihrer gemeinsamen Wohnung hocken und sehnsüchtig darauf hoffen, dass ihr Mann sich irgendwann wieder meldete? Nein, dachte Marie – sie würde die Sache jetzt durchziehen. Entschlossen steuerte sie auf den stahlgrauen Bug zu, und nachdem sie ihr Ticket vorgezeigt und eine kurze Einweisung von einem Lotsen bekommen hatte, fand Marie problemlos ihren Stellplatz im Inneren der Fähre. Sie stellte den Motor ab, zog die Handbremse und stieg aus. »Der erste Teil wäre geschafft«, murmelte sie, und ein Gefühl von Stolz und Triumph erfasste sie. Gleich darauf schüttelte sie jedoch den Kopf über sich. Wer war sie – Odysseus? Eine Fährüberfahrt war wahrhaftig heutzutage keine Heldentat mehr. Ohne einen Blick zurück zu ihrem Auto ging Marie durch die schwere eiserne Tür und stieg die Stahltreppe hoch. Sie wollte sich einen Schlafsessel organisieren – möglichst weit weg von dem Platz, wo Harry Thomsen nächtigen würde.

Am nächsten Morgen wurde Marie durch ein lautes Tuten geweckt. Die große Uhr an der Wand zeigte bereits elf Uhr. Verschlafen richtete Marie sich auf und zuckte gleich darauf zusammen. »Au«, stöhnte sie und griff sich in den Nacken. Völlig verspannt, stellte sie fest – kein Wunder nach einer unruhigen Nacht in einer Stellung zwischen Sitzen und Liegen. Ächzend rappelte sie sich hoch und taumelte zu einem der Plexiglasfenster. Das Schiff pflügte durch die graue See, und vor sich konnte sie schemenhaft die Umrisse einiger Kräne eines Schiffsrumpfs ausmachen. Das musste der Hafen von Immingham sein, wo die Fähre anlegte. Tatsächlich wurde das Schiff langsamer und drehte leicht, während es träge Kurs nahm. Eine kribbelnde Ungeduld erfasste Marie, und am liebsten wäre sie ins Wasser gesprungen und die letzten hundert Meter an Land geschwommen. Sie verzichtete auf Zähneputzen und Frühstück und zog sich stattdessen nur einen Kaffee aus einem Automaten, der an der Wand stand. Der Raum war mit scheußlich orangenen Plastikstühlen und zerkratzten, gelblichen Tischen eingerichtet. Sein Anblick deprimierte Marie, und sie fragte sich unwillkürlich, ob Steven ihre Ehe vielleicht genau so sah: zerkratzt und schon leicht veraltet. Kein Ort, an dem man sich gerne aufhielt. War er deshalb allein nach England gefahren? Oder wollte er dem bedrückenden Gefühl entfliehen, dass inzwischen nicht nur sein Job, sondern auch ihr gemeinsames Liebesleben nach Plan ablief?

Marie seufzte. Der Kaffee war lauwarm und schmeckte nach Teer. Sie warf den halbvollen Pappbecher in den Abfalleimer unter der Gittertreppe, ehe sie die Tür zum unteren Parkdeck aufriss und zu ihrem Auto eilte.

»Halt! Sie dürfen erst einsteigen, wenn wir im Hafen sind!« Der Schiffsmitarbeiter in seiner gelben Warnweste war wie aus dem Nichts aufgetaucht, und Marie zog erschrocken ihre Hand zurück, die sie schon am Türgriff hatte. Sie versuchte es mit einem Lächeln: »Aber ich habe es eilig.«

»Davon legen wir auch nicht schneller an, Lady«, war die ruppige Antwort, und Marie fügte sich seufzend. Doch sobald sie kurze Zeit später das Signal zum Start bekam, saß sie hinter dem Steuer und musste sich beherrschen, den Wagen nicht mit Vollgas aus dem düsteren Frachtraum nach draußen zu fahren. Im Kopf überschlug sie bereits die Entfernung nach Cornwall und wie viele Stunden es dauern würde, bis sie bei Steven war.

»Guten Morgen«, erklang es plötzlich hinter ihrem

Rücken, und vor Schreck verriss Marie das Lenkrad, sodass sie beinahe seitlich über die Rampe hinausgeschossen wäre. Sie legte eine Vollbremsung hin und hörte einen dumpfen Schlag. Es war ein Kopf, der gegen die Beifahrerrücklehne prallte – genauer gesagt Harrys Kopf. Im Rückspiegel erblickte sie den grauhaarigen Mann, der sich die Stirn rieb. »Sind Sie verrückt geworden?«, rief Marie und drehte sich wütend um. »Sie haben mich fast zu Tode erschreckt!«

»Tut mir leid, aber ich bin gerade erst aufgewacht«, antwortete er.

»Wie aufgewacht? Soll das etwa heißen, dass Sie in meinem Auto geschlafen haben?«

Harry blinzelte schuldbewusst. »Nun ... Es war nicht abgesperrt. Aber ich hatte meine Gründe.«

»Ach ja? Und welche bitte?«

Er zuckte die Schultern. »Was glauben Sie?« Er nahm die Hand herunter, und Marie sah, dass sich eine ordentliche Beule unterhalb seines Haaransatzes gebildet hatte. Doch ihr Mitleid hielt sich in Grenzen. »Sie wollen, dass ich Sie nach Cornwall mitnehme«, stellte sie fest.

Ein Lächeln überzog Harrys Gesicht, und er sah fast erleichtert aus. »Exakt!«

»Vergessen Sie's! Ich habe gesagt, in Cuxhaven trennen sich unsere Wege. Ich möchte, dass Sie jetzt aussteigen und ...«

Ein lang gezogener Piepton unterbrach Marie. Er kam vom Rücksitz, und nachdem es ein zweites Mal schrillte, sah Marie, dass das Geräusch von der klobigen Uhr an Harrys Handgelenk kam.

»Ich muss Sie leider unterbrechen«, sagte er höflich, griff nach seiner blauen Tasche und kramte darin herum. »Aber …«, setzte Marie an, doch Harry winkte mit einer herrischen Geste ab, während er eine blau-weiße Pappschachtel herausfischte und öffnete. »Gegen die Kopfschmerzen«, erklärte er und steckte eine kleine längliche Kapsel in den Mund. Marie sah, wie sich sein Adamsapfel beim Schlucken bewegte.

»Gegen Kopfweh hilft frische Luft«, sagte sie kühl. »Sie können das direkt ausprobieren – schließlich steigen Sie ja jetzt aus.«

Harry saß zwei Sekunden lang regungslos. »Warum sind Sie bloß so?«, fragte er dann leise und sah auf einmal alt und müde aus. »Da ist jemand, der Hilfe braucht, und Sie haben ein großes Auto. Sie fahren sogar in meine Richtung – und trotzdem setzen Sie mich, ohne mit der Wimper zu zucken, auf die Straße.«

Schlagartig fühlte Marie sich richtig mies. War es wirklich so schlimm, diesen älteren Mann noch ein Stück mitzunehmen? Harry hatte ihr nichts getan, er war höflich und hatte sich sogar an den Kosten für die Fähre beteiligt. Warum sträubte sich trotzdem alles in ihr, noch länger in seiner Gesellschaft zu sein? Weil Marie keine Antwort auf diese Frage fand, blieb ihr nichts anderes übrig, als sich erneut zu Harry umzudrehen. »Also gut, überredet. Ich nehme Sie mit. Aber kein Wort mehr über meine Tarotkarten, verstanden? Sonst können Sie aussteigen und sich eine andere Mitfahrgelegenheit suchen.«

»Habe ich jemals etwas über Tarot gesagt?« Harrys Miene war undurchdringlich, und wider Willen musste Marie grinsen. »Schnallen Sie sich gefälligst an. Nicht, dass Sie noch mal gegen die Kopfstütze knallen. Das stört beim Fahren.«

»Ihre Schreckhaftigkeit sollten Sie wirklich mal in den Griff kriegen«, murmelte Harry, legte aber gehorsam den Gurt an. »Sie haben in Ihrem schicken Wagen nicht zufällig eine Kühltruhe, damit ich meine Beule kühlen kann?«

»Bedaure, eine solche Luxuslimousine fahre ich nicht. Aber trösten Sie sich – Einhörner sind gerade total in«, stellte Marie fest, ehe sie erneut aufs Gaspedal trat, da hinter ihr bereits die Autos ungeduldig zu hupen begonnen hatten.

»Stimmt«, antwortete Harry bedeutungsvoll, »und ebenso wie diese Fabeltiere bin auch ich der Letzte meiner Art.« Er zog ein kleines Notizbuch heraus und begann, darin herumzukritzeln. Marie verzichtete darauf, über seine kryptische Bemerkung nachzudenken. Sie beschloss, diesen komischen Vogel so gut es ging zu ignorieren. Sie musste sich sowieso voll auf den ihr fremden Linksverkehr konzentrieren. Die 400 Meilen nach Cornwall würde sie mit Harry hoffentlich hinter sich bringen, ohne ihn zu erwürgen. Ein Entschluss, der genau eine Stunde und vierzehn Minuten hielt.

Kapitel 4

My Funny Valentine
(Chet Baker)

»Sie sollten Ihre Tankanzeige im Auge behalten.« Harry beugte sich vom Rücksitz nach vorne und deutete auf das Zapfsäulen-Symbol. »Ich wollte sowieso an der nächsten Tanke rausfahren«, schwindelte Marie und hoffte, dass in diesem Niemandsland tatsächlich bald etwas kam. Seit einer gefühlten Ewigkeit fuhren sie entlang riesiger Felder, an deren Rändern höchstens mal eine große Scheune oder ein herrenloser Traktor standen. Marie hatte keine Ahnung, ob sie sich auf der richtigen Straße befand. Geografie war noch nie ihre Stärke gewesen, und der Begriff Orientierungssinn war in ihrem Wortschatz nicht vorhanden. Sie besaß nämlich keinen.

»Eigentlich brauchst du nicht joggen zu gehen, weil du sowieso jedes Mal die doppelte Strecke zu deinem Ziel läufst«, hatte Steven gescherzt. Für sein Auto hatte er gerade ein nagelneues Navigationsgerät gekauft, und Marie hatte erleichtert bemerkt, dass es auch Karten anderer Länder in Europa gespeichert hatte, jetzt aber bezweifelte sie, dass diese tatsächlich stimmten.

»Sieht nicht so aus, als kämen wir in nächster Zeit an einer Zapfsäule vorbei. Sind Sie sicher, dass dieses sprechende Ding an Ihrer Windschutzscheibe funktioniert?« Harry sprach aus, was Marie dachte, und das ärgerte sie. »Natürlich funktioniert das Navi. Mein Mann hat es erst kürzlich gekauft.«

»Warum lassen Sie eine Maschine für sich denken, statt die Straßenkarte zu lesen?«

Marie biss die Zähne zusammen. »Weil ich es nicht kann, okay? Ich habe kaum räumliches Vorstellungsvermögen, und daher hilft mir dieses ›sprechende Ding an meiner Windschutzscheibe‹, damit ich von A nach B komme.«

»Nonsens. Sie trauen sich nur zu wenig zu! Jeder Mensch kann Karten lesen. Das ist eine Frage des gesunden Menschenverstands und der Übung.«

Marie atmete zweimal tief durch, um nicht vor Wut loszubrüllen. Genauso hatte sie sich als Kind gefühlt, wenn ihr Vater »rechts ist da, wo der Daumen links ist«, sagte. Lange Zeit konnte Marie rechts und links nur auseinanderhalten, indem sie sich erinnerte, mit welcher Hand sie schrieb. Nämlich mit der Linken. Aber die meisten Leute verstanden das nicht, beziehungsweise, sie machten nicht einmal den Versuch. Genau wie Harry waren sie so arrogant zu glauben, jeder müsste die gleichen Fähigkeiten haben wie sie. Marie verkniff sich, Harry zu sagen, dass der Linksverkehr in England ein Albtraum für sie war und sie nicht wusste, wie sie es bis nach Cornwall schaffen sollte, ohne nach irgendeiner Autobahnausfahrt als Geisterfahrerin zu enden.

»Schalten Sie das Gerät aus, und richten Sie sich nach den Himmelsrichtungen! Cornwall liegt von uns aus gesehen im Süden.« Harry war wirklich stur.

»Es könnte auch neben Atlantis liegen. Ich wiederhole mich ungern, aber: Ich kann mich nicht orientieren. Punkt«, stieß Marie hervor.

»Wie kann man nur so stur sein?«, fragte Harry kopfschüttelnd. Zum Glück tauchte in dem Moment vor ihnen ein Schild am Straßenrand auf. Darauf war ein roter Kreis zu sehen, in dessen Mitte ein weißer Stern und der Buchstabe »T« prangte und darunter stand »2 Miles«.

»Na, da haben wir aber Schwein gehabt«, kommentierte Harry, und Marie atmete auf. Kurz darauf erblickte sie tatsächlich eine Tankstelle mit angeschlossenem Rastplatz und setzte den Blinker. Nach der unruhigen Nacht auf der Fähre und der fürchterlichen Brühe aus dem Automaten konnte sie jetzt einen starken Kaffee vertragen. Zudem fühlten ihr Gesicht und ihre Hände sich schon leicht klebrig an, und die Raststätte hatte vielleicht eine saubere Toilette, wo sich die Gelegenheit zu einer Katzenwäsche bot. Aber erst das Koffein, entschied Marie. »Möchten Sie auch einen Kaffee, Herr Thomsen?«, fragte sie höflich.

Harry strahlte übers ganze Gesicht, und ohne es zu wollen, rührte Marie seine spontane Freude über ihr Angebot. »Gerne. Und bitte nennen Sie mich Harry, junge Frau.«

»Okay, aber dann sagen Sie Marie zu mir. Junge Frau klingt irgendwie spießig, und so alt sind Sie doch noch nicht.«

»Naja, ich habe die sechzig ja schon knapp überschritten, aber ich verspreche, Sie ab sofort nicht mehr so zu nennen.«

Während Marie durch die automatische Glastür in das Restaurant ging, blieb Harry am Auto stehen. Wahrscheinlich fühlte er sich verpflichtet, darauf aufzupassen, vermutete Marie. Eigentlich war er ganz in Ordnung, wenn er nur seinen Hang zum Klugscheißern nicht ständig ausleben müsste, dachte sie. Sie bezahlte den Kaffee und sah sich noch kurz die Snacks in den gläsernen Auslagen an. Doch weder die goldgelben Croissants noch die belegten Sandwiches konnten sie locken. Sie hatte keinen Appetit, sondern wollte möglichst schnell das Auto volltanken und weiterfahren. Ihre innere Unruhe war wieder stärker geworden, sobald sie aus dem Auto ausgestiegen war, und in Gedanken beschäftigte sie sich seitdem ständig mit der Frage, was Steven von ihrem Spontanbesuch halten würde. Marie war klar, dass sie nicht unbedingt mit einem begeisterten Empfang rechnen konnte, vor allem nicht bei Stevens Eltern. Und vielleicht wäre ihr Mann zunächst etwas überrumpelt. Was würde er erst sagen, wenn er erfuhr, dass sie deswegen ihren Job im Café gekündigt hatte? Es war eine unausgesprochene Vereinbarung zwischen ihnen, dass Marie erst aufhören würde zu arbeiten, wenn es einen Anlass dazu gab. Und den gab es bisher nicht. Leider. Marie grauste inzwischen vor der Monatsmitte. Vor diesen wenigen Tagen, in denen sich alles entschied: Ob die Spannungsgefühle in der Brust, ihr vermehrter Appetit oder die schlechte Laune nur Anzeichen ihrer bald einsetzenden Periode waren – oder ob es Anlass zum Feiern gab. Und die tiefe Enttäuschung, wenn am Morgen wieder Blut auf dem Toilettenpapier war. In letzter Zeit hatte sich Marie manchmal gefragt, ob Steven ihre Tränen und die Tage, an denen sie wie betäubt umherlief, nicht langsam auf die Nerven gingen. Doch er hatte sich nie etwas anmerken lassen, und Marie hatte ihre Befürchtungen als Hirngespinst abgetan.

Bis er ihr plötzlich verkündet hatte, er würde zu seiner Familie fahren – allein. Ein unbehagliches Gefühl überkam sie. Hätte sie sich an den heißen Kaffeebechern nicht fast die Finger verbrannt, wäre sie noch länger wie gelähmt mitten im Raststättencafé stehen geblieben. So aber beeilte sich, nach draußen zu kommen.

Harry stand lässig ans Auto gelehnt und winkte einem riesigen Truck nach, der soeben hupend auf die Auffahrt zur Straße einbog und gleich darauf zwischen den grünen Feldern immer kleiner wurde.

»Hier. Vorsicht, er ist heiß«, sagte Marie und reichte Harry den einen Kaffee.

»Dankeschön. So elegant habe ich selten einen ordinären Pappbecher gereicht bekommen.«

»Tja, gelernt ist eben gelernt«, rutschte es Marie raus.

Harry blickte interessiert. »Sie arbeiten in der Gastronomie?«

»Ich habe in einem Café gearbeitet«, wich Marie aus. »Momentan nehme ich mir eine kleine Auszeit.« Dass sie ihren Job hingeschmissen und keine Ahnung hatte, wie es nach dem Englandtrip weitergehen sollte, verschwieg sie Harry. In kleinen Schlucken nippte sie an dem schwarzen aromatischen Getränk, während sie mit der linken Hand die Autotür öffnete. Sie ließ sich auf den Sitz gleiten, wobei sie penibel darauf achtete, nichts zu verschütten. Irgendetwas kam ihr merkwürdig vor, aber zunächst wusste sie nicht, was. Ihre Tasche lag zwischen den Sitzen, die Zündung funktionierte, doch etwas fehlte …

»Wo ist das Navi?«, fragte Marie.

»Das habe ich dem netten Trucker gegeben, den Sie eben wegfahren gesehen haben. Er kann es gut gebrauchen, sagt er, denn er fährt immer alleine und kann nicht gleichzeitig steuern und Karten lesen.«

Es dauerte drei Sekunden, bis Harrys Worte ihr Gehirn erreicht hatten. Und selbst dann konnte Marie es nicht glauben. »Sie haben Stevens neues Navigationsgerät verschenkt? Sind Sie wahnsinnig geworden?«

Harry runzelte die Stirn. »Kein Grund, ausfällig zu werden! Ich wollte Ihnen nur helfen.«

»Indem Sie mir die einzige Orientierungshilfe wegnehmen, die ich hatte? Geht's noch?«

»Ach kommen Sie schon. Wir sind nicht Hänsel und Gretel, denen die Vögel die Brotkrumen weggefressen haben! Das hier ist ein Rasthof, und dort gibt es Straßenkarten zu kaufen.«

»Na und? Erstens haben Sie kein Recht, über meinen Kopf hinweg für mich Entscheidungen zu treffen, und zweitens war das Navi verdammt teuer! Steven wird bestimmt stinksauer sein, wenn er davon erfährt.«

»Haben Sie Angst vor Ihrem Mann?«

»Natürlich nicht«, widersprach Marie heftig, insgeheim war ihr aber doch bang. Nicht genug, dass sie Steven unvermittelt in seinem Familienurlaub überfiel, nun kam auch noch hinzu, dass sie nachlässig mit seinem Besitz umging. Obwohl sie wirklich nichts dafür konnte, dass ein exzentrisch gekleideter Typ Navigationssysteme verschenkte wie andere Leute Bonbons.

Zum Glück hatte sie ihr Handy griffbereit, und hoffentlich würde die »Lotsen-App« auch hier funktionieren. Doch Marie hatte sich geirrt. »Kein Netz« meldete ihr Handy, nachdem sie das Display aktiviert hatte. Als sie versuchte, die App trotzdem zu öffnen, erschien statt der Karte nur ein Text. »Aufgrund eines Problems kann nicht auf Ihre Offlinekarten zugegriffen werden. Versuchen Sie es später erneut.«

»Scheiße«, rief Marie. Am liebsten hätte sie Harry das Gerät an seinen Dickschädel geworfen. Er schien das zu spüren, denn er setzte eine beschwichtigende Miene auf.

»Hören Sie, ich mache es wieder gut. Sie gehen jetzt da hinein und besorgen eine Straßenkarte, und ich tanke derweil den Wagen voll. Auf meine Kosten. Einverstanden?«

»Nein, aber was bleibt mir anderes übrig? Bei diesen

verzweigten Landstraßen werde ich den Truckfahrer wohl kaum mehr finden.« Mit diesen Worten stapfte Marie zurück zu der Raststätte. Sie brauchte jetzt nicht nur eine Straßenkarte, sondern auch dringend etwas Süßes für die Nerven.

»Ich hatte als Kind mal einen Hamster. Der hat auch alles, was er ergattern konnte, in seinen Backentaschen verstaut.« Hastig schluckte Marie den Rest ihres Schokoladenmuffins hinunter. »Haben Sie getankt?«

»Ich nicht, nur Ihr Wagen.«

Marie rollte die Augen, aber als sie Harrys verschmitztes Grinsen sah, verkniff sie sich einen miesgelaunten Kommentar.

Sie waren jedoch keine hundert Meter weit gefahren, da ertönte ein unheilvolles Hämmern. »Das kommt unter Ihrer Motorhaube hervor«, stellte Harry fest, da leuchteten auch schon mehrere gelbe Lämpchen an der Wagenanzeige auf, und Marie beeilte sich, an der Seite anzuhalten und den Motor auszustellen. »Shit, was kann das bloß sein? Der Wagen ist erst zwei Jahre alt«, rief Marie.

»Das verstehe ich auch nicht«, sagte Harry ratlos. »Ein leerer Tank ist jedenfalls nicht die Ursache, ich habe das Auto ja gerade getankt. Randvoll mit gutem, englischen Benzin.«

Marie hatte das Gefühl, als würde der Muffin in ihrem Magen explodieren. »Benzin?«, quiekte sie. »Das ist verdammt noch mal ein Diesel!«

Harry runzelte die Stirn. »Ein Diesel?«, wiederholte er.

»Natürlich! Das steht doch groß und fett auf dem Tankdeckel. Scheiße! Ich fasse es nicht! Und jetzt?« Marie spürte, wie sie anfing zu zittern. Sie saß fest. Mitten in der englischen Pampa in einem ruinierten Auto, und Gott wusste, wann und wie sie hier wieder wegkam.

»Nun beruhigen Sie sich mal, junge Frau«, versuchte Harry zu beschwichtigen und brach damit sein Versprechen, Marie nur noch bei ihrem Vornamen zu nennen. »Diese Art von Motoren sind doch sowieso skandalbehaftet und daher vom Aussterben bedroht.«

Der Blick, den Marie ihm zuwarf, war offenbar derart mörderisch, dass Harry rasch einlenkte. »Als Erstes müssen wir eine Werkstatt auftreiben. Das Benzin, das Sie getankt haben, muss aus dem Tank entfernt werden.«

»Ich?«, rief Marie. »Das haben Sie doch verbockt! Also sorgen Sie gefälligst dafür, dass wir irgendwoher einen Automechaniker kriegen. Und beten Sie, dass Stevens Vollkasko den Schaden übernimmt, sonst können Sie sich nämlich schon mal frischmachen!«

»Immer mit der Ruhe«, murmelte Harry, aber er wirkte eingeschüchtert. Immerhin stieg er aus dem Auto aus und ging zurück in das Tankstellenhäuschen, wo Marie ihn durch die Glasscheibe mit dem Kassierer reden sah. Nach etwa zehn Minuten kam er wieder heraus.

»Der nette junge Mann ruft einen Freund an, der in der Nähe eine Autowerkstatt besitzt«, erklärte Harry. »Er kann uns sicher helfen, Ihr Auto wieder flottzukriegen.«

»Tut mir leid, das sagen zu müssen – aber ich sehe für Ihre Weiterfahrt heute ziemlich schwarz.« Der korpulente Engländer im grünen Overall, der über seinem runden Bauch spannte, hob bedauernd die Schultern. »Ich muss den Wagen abschleppen, den Tank aussaugen, reinigen – und dann kann ich sehen, ob noch ein größerer Schaden entstanden ist. Das wird einige Zeit dauern. Wo wollten Sie denn hin?« Er sprach Englisch mit einem ziemlichen Dialekt, und Marie hatte Mühe, ihn zu verstehen.

»Nach Cornwall«, antwortete sie und spürte, wie ihr die ersten Tränen kamen.

»Na, na. So ein falsch betankter Wagen ist kein Weltuntergang«, beschwichtigte der Mechaniker sie freundlich. »Passiert übrigens mehr Leuten, als man glaubt. Einmal in Gedanken nicht bei der Sache – zack, hängt der falsche Zapfhahn drin.«

»Sehen Sie, ich bin nicht der Einzige«, warf Harry ein und sah zu Maries Ärger fast ein wenig zufrieden aus.

»Na und?«, fuhr sie ihn an. »Ich bin auch nicht die Erste gewesen, die beinahe einen plötzlich aufgetauchten Fußgänger überfahren hat. Aber das hätte Ihnen auch nichts genutzt, wenn Sie vor meinem Kühlergrill geklebt hätten, oder?«

»Oh, da ist aber jemand wütend«, sagte Harry.

»Sie können mitkommen. Meine Frau und ich haben neben der Werkstatt ein kleines Häuschen mit Terrasse. Elsie hat immer einen Eistee im Kühlschrank und freut sich über jeden Gast«, schaltete sich der Mechaniker in das Gespräch ein. Er hatte bei ihrem auf Deutsch geführten Wortgefecht wie bei einem Tennismatsch hin- und hergesehen und befürchtete wegen Maries zorniger Miene offenbar ernsthafte Konsequenzen.

»Wir können das auf keinen Fall …«, fing sie an, doch Harry übertönte sie. »Sehr gerne, junger Mann, vielen Dank.«

»Sagen Sie ruhig Pete zu mir.«

»Erfreut. Harry Thomsen.«

»Marie«, sagte Marie widerstrebend. Ihr passte es nicht, dass sich ihre Reise nun erneut verzögern würde, aber vielleicht war es wirklich besser, bei Mechaniker-Pete zu warten als an dieser Raststätte. Dort war ein beständiges Kommen und Gehen von Autos – *fahrenden* Autos – und Marie befürchtete, dass ihr Anblick sie dazu verleiten könnte, ihre guten Vorsätze gegenüber Harry doch zu vergessen.

»Also gut, das ist ein wirklich nettes Angebot von Ihnen«, beschloss Marie und lächelte Pete an. In ein paar Stunden wäre ihr Wagen hoffentlich wieder fahrtüchtig, und sie würde ihre Reise fortsetzen können.

Harry sah Marie schräg von der Seite an. »Sehen Sie es mal so – jetzt brauchen Sie sich wenigstens keine Sorgen mehr um die fehlende Navigationsmöglichkeit zu machen.«

Die Behausung von Pete und Elsie entpuppte sich als das Gegenteil aller romantischen Vorstellungen eines englischen Küstenhäuschens. Seine Fassade war in einem Braunton gestrichen, bei dem Marie unwillkürlich an einen Hundehaufen denken musste. Die Garage war vorgebaut und verlieh dem Haus ein L-förmiges Aussehen. Doch Pete schien sehr stolz auf sein Eigenheim zu sein, denn er wies mit großer Geste darauf. »Da sind wir!«

Da wurde schon die – ebenfalls braun gestrichene – Haustür aufgerissen. Die Frau, die heraustrat, füllte mit ihrer Statur beinahe den gesamten Türrahmen aus. »Verdammt noch mal, Pete! Wo hast du gesteckt? Ich hatte das Essen auf dem Herd, und du haust einfach ab.«

»Sorry, Darling, aber ich hatte einen Notfall.« Pete grinste. »Und du weißt, dass ich jede Gelegenheit nutze, um vor deinen zweifelhaften Kochkünsten zu fliehen.«

Maries Augen wurden groß, und auch Harry wirkte verblüfft. Elsie schnaubte und stemmte die Hände in ihre ausladenden Hüften. »Wenn du so gut Autos reparieren könntest, wie ich koche, dann hätten wir keine Sorgen mehr, sondern könnten in einer Villa in London leben.«

»Wenn ich Autos so reparieren würde wie du kochst, würden wir innerhalb eines Monats unter der Brücke hausen«, gab Pete zurück. Beide maßen sich mit Blicken, dann brachen sie wie auf Kommando in schallendes Gelächter aus.

Marie starrte das merkwürdige Paar an, Harry aber lächelte. »Was sich neckt …«, raunte er. Da schob Pete ihn und Marie schon vor sich her zu Elsie. »Hier, ich habe dir was mitgebracht. Stichwort Benzin statt Diesel ...«

»Oh weh«, rief Elsie und wirkte plötzlich wie verwandelt. Alle Schroffheit war von ihr abgefallen. »Nun kommt erst mal mit, ihr zwei Unglücksraben. Ich wette, ihr könnt etwas zu trinken vertragen.« Mit diesen Worten winkte sie Marie und Harry ins Haus, ehe sie sich nochmals zu ihrem Mann umdrehte. »Und du sieh zu, dass du den Wagen wieder flottkriegst. Du wirst schließlich fürs Autoreparieren bezahlt – und nicht für dumme Sprüche.«

Damit schlug sie Pete die Haustür vor der Nase zu, Marie konnte ihn jedoch von draußen lachen hören.

Eine Stunde später schien Pete das Lachen vergangen zu sein. Mit ernster Miene kam er auf die kleine Terrasse, wo Elsie mit Harry und Marie saß. Sie hatte ihnen Tee und aufgetaute Fertigscones hingestellt und plauderte jetzt mit Harry über die Vorteile von Ziersträuchern im Gegensatz zu Blumen. Harrys Englisch war ausgezeichnet, und Marie überlegte, warum er die Sprache so gut beherrschte. Doch sie wollte ihn nicht fragen, außerdem fuhren die Gedanken in ihrem Kopf Karussell. Sie drehten sich um die Begegnung mit Steven, und Marie konnte sich kaum auf Elsies Sätze konzentrieren. Auch Petes Miene verhieß nichts Gutes. »Tja, Marie, es tut mir wirklich leid. Ihr Wagen hat einen ziemlichen Schaden an der Einspritzanlage. Sie hätten nach dem Tanken auf keinen Fall den Motor starten dürfen. Dadurch ist zwar nur eine geringe Menge Benzin in das Einspritzsystem gelangt, aber es hat gereicht, dass wir jetzt richtig Ärger haben.«

Eine unsichtbare Faust schien sich in Maries Solarplexus zu bohren. »Was heißt das?«

»Nun ja, es wird eine aufwendige Reparatur werden. Und leider nicht billig. Ich muss die kaputte Einspritzanlage ausbauen, aber ich habe keine Ersatzteile da. Die muss ich bestellen, und das wird einige Zeit dauern.«

»Wie lange?«

Pete zog den Kopf zwischen seine massigen Schultern und blickte sie bedauernd an. »Vier bis fünf Tage?«

»Was?«, schrie Marie entsetzt auf. »Aber ... das geht nicht, ich muss unbedingt nach Cornwall zu meinem Mann!«

»Ich kann versuchen, einen Leihwagen zu kriegen, aber wir sind hier ziemlich ab vom Schuss.«

»Zum Kuckuck, Pete! Stell dich nicht so an, du wirst doch irgendwoher ein Auto für die Lady auftreiben können«, mischte sich Elsie ein. Pete funkelte seine Frau an.

»Versuch du es doch! Möglicherweise findest du ja was Passendes auf diesen Onlineshopseiten, die du dir immer heimlich anguckst, wenn du glaubst, ich sehe es nicht?«

»Pff, die Angebote dort sind alle Schrott. Sonst hätte ich mir längst einen netten Mann per Express schicken lassen.«

»In diesem Fall müsstest du aber auch gleich ein paar gute Joggingschuhe dazu ordern. Die wird der arme Kerl spätestens nach zehn Minuten mit dir brauchen.«

»Ähm, Entschuldigung?«, schaltete Marie sich ein. »Darf ich kurz unterbrechen?«

»Aber klar«, sagten Pete und Elsie unisono. Sie blickten sich kurz an, dann rief Elsie »Snap!«

»Verdammt«, murmelte Pete, »sie hat es schon wieder geschafft, schneller zu sein als ich.«

Elsie lachte. »Drei zu eins für mich. Du lässt nach, mein Schatz! Jetzt darf ich mir etwas wünschen.«

Pete seufzte resigniert, doch dann schien er sich darauf zu besinnen, dass Marie ein weitaus größeres Problem hatte, als zu spät »Snap« gerufen zu haben. Er räusperte sich. »Wie gesagt. Die Reparatur wird dauern, und vor morgen kann ich mich nicht um einen Ersatzwagen kümmern. Aber ich tue mein Bestes. Und ich fange gleich damit an.« Mit diesen Worten stapfte er über die Terrasse davon.

»Ich schätze, wir brauchen jetzt alle erst einmal etwas Stärkeres als Tee«, bestimmte Elsie. Sie verschwand im Haus, und kurz darauf hörte Marie sie dort mit Gläsern klappern. Sie saß immer noch wie betäubt da.

»Wenn einer eine Reise tut, dann kann er was erzählen«, ließ Harry in dem Moment verlauten, und Maries Hilflosigkeit verwandelte sich schlagartig in heißen Zorn. »Sind Sie eigentlich noch ganz dicht?«, fauchte sie. »Erst verschenken Sie das Navi, und dann ruinieren Sie auch noch mein Auto. Sie sind wirklich die Pest! Ich hätte Sie in Hamburg einfach auf der Straße stehen lassen sollen!«

Alle Farbe wich aus Harrys Gesicht, und er starrte Marie an wie ein Kind, das unvermittelt geschlagen wurde. Sie erschrak vor dem Schmerz in seinen Augen, dann aber fing sie sich rasch. »Sie brauchen mich gar nicht anzusehen wie Bambi, als seine Mutter erschossen wurde. Es ist und bleibt Ihre Schuld, dass ich heute Abend nicht bei Steven sein kann!«

»Warum ist das so wichtig?«

Marie traute ihren Ohren nicht. »Hallo? Weil er mein Mann ist und ich ihn liebe?!«

Harry nickte langsam. »Sie lieben Steven, und ich liebe Nora.« Er fuhr mit der rechten Hand über sein Jackett, so als wolle er sich versichern, dass er es noch trug. »Ich muss auch zu ihr. Dringend. Ich muss ihr so viel erklären ...« Er stockte, und sein Blick ging in die Ferne.

»Nora?«, fragte Marie, ungewollt neugierig geworden.

Harry nickte. »Wir gehören zusammen. Es gibt nichts, was ich nicht für sie tun würde.«

»Aber warum ist Nora dann hier in England und Sie in Deutschland?«

Harry sah sie ausdruckslos an. »Warum ist Ihr Mann in England und Sie in Hamburg?«

Eins zu null für dich, dachte Marie, aber sie schwieg, weil sie Harry nicht ihre heimlichen Ängste auf die Nase binden wollte. Harry musterte sie, als wollte er prüfen, ob er Marie vertrauen konnte, ehe er weitersprach. »Sie hat mir einen Brief geschrieben und darin steht, dass es ihr leidtut und sie mich sehen will. Sie schreibt, dass sie auf unserer Bank im Hafen von Mousehole auf mich warten wird. Jeden Nachmittag, bis ich komme.«

Eine unsichtbare Hand schien nach Maries Herz zu greifen und es aus ihrer Brust zu zerren. »Sie kommt wirklich jeden Tag zum Hafen, um auf Sie zu warten?«

»Wir hatten eine heftige Auseinandersetzung«, sagte Harry in diesem Moment und ersparte damit Marie, darüber nachzudenken, ob Steven jemals dasselbe für sie tun würde.

»Und danach sind Sie nach Hamburg abgehauen. Oder haben Sie sich getrennt?«, fragte sie Harry.

»Ich habe einen großen Fehler gemacht«, wich der ihrer Frage aus. »Aber jetzt werden wir uns wiedersehen, und alles wird gut.« Er erhob sich von seinem Plastikstuhl und machte eine leichte Verbeugung vor Marie. »Entschuldigen Sie mich kurz, ich muss mir die Hände waschen.«

Marie sah ihm nach, und obwohl sie noch böse auf Harry sein sollte, hatte ihr Zorn sich aufgelöst wie Nebelschwaden. Eigentlich hatten sie dasselbe Ziel: Die Liebe hatte bei ihnen beiden Wunden geschlagen – aber sie hielten beide an dem Glauben fest, dass sie all den Schmerz und die Mühen wert war.

Kapitel 5

In The Mood

(Glenn Miller)

»Vielen Dank, meine Liebe, das Frühstück war köstlich.« Harry tupfte sich mit der Serviette den Mund ab und schenkte Elsie ein strahlendes Lächeln.

Verstohlen schielte Marie auf seine Nase und erwartete fast, dass diese wegen der faustdicken Lüge wie bei Pinocchio ein Stück gewachsen war. Pete hatte leider recht gehabt: Seine Frau war eine grauenhafte Köchin. Das Rührei besaß die Konsistenz von Bauschaum, sodass man damit locker die Außenwand des Hauses hätte dämmen können, und der Porridge lag wie ein harter Klumpen in Maries Magen. Wenigstens war es ihr deswegen unmöglich gewesen, auch noch das Risiko einzugehen, Elsies selbst gemachte Marmelade zu versuchen.

Trotzdem war Marie gerührt von der Gastfreundschaft des englischen Paares. »Natürlich bleiben Sie beide heute Nacht bei uns«, hatte Elsie nach Petes fataler Diagnose von Maries Wagen ohne zu zögern bestimmt. Für Harry hatte sie die Couch im Wohnzimmer hergerichtet, und Marie fand einen Schlafplatz im Dachgeschoss des kleinen Häuschens. »Das war das Zimmer unseres Sohnes. Jetzt ist David in London und studiert da. Sehr zum Kummer seines Vaters. Er hätte ihn lieber mit ölverschmierten Händen in seiner Werkstatt gesehen. Aber ich bin froh, dass Dave etwas aus seinem Leben macht«, hatte Elsie Marie verraten, als sie die Tür zu dem schmalen Dachzimmer aufstieß. Offenbar hatte sie den Raum unverändert gelassen, denn an der Wand hingen immer noch die Wimpel eines englischen Hockeyteams, und auf einem kleinen Sideboard standen mehrere Pokale. Kurz durchzuckte Marie ein Gefühl der Wehmut. Elsie hatte wenigstens ein Kind, das sie vermissen konnte.

»Glücklicherweise kommt der Junge von der Statur her nicht nach seinen Erzeugern«, kommentierte Elsie, als sie sah, wie Marie die Sporttrophäen musterte.

Beim Frühstück langte ihre stämmige Gastgeberin dann kräftig zu, und auch Pete schien sich weder an verbranntem Toast noch am klebrigen Rührei zu stören. Vielleicht war er ja vom Mittagessen noch Schlimmeres gewohnt, dachte Marie.

»Sie führen dieses Hotel wirklich mit Charme«, setzte Harry in dem Augenblick noch ein Kompliment drauf, und jetzt lachte Elsie schallend. »Sie sind ein echter Komiker, Harry, aber ich mag Sie.«

Harry lächelte und schwieg. Plötzlich leuchtete das Display von Petes Handy auf, und der Mechaniker blickte kauend darauf. »Oh-oh«, sagte er.

Marie war alarmiert. »Dieser Unterton gefällt mir nicht.«

Pete seufzte. »Irgendwie scheinen Sie das Pech gepachtet zu haben, Marie. Jetzt sind auch noch sämtliche Mietwagen bei Habrough-Rental weg.«

»Alle?«, vergewisserte sich Elsie.

»Ja, PJ hat alle drei an eine Gruppe Urlauber vergeben«, sagte Pete, und Marie rollte die Augen. In diesem Kaff konnte man offenbar als Verleiher dreier Autos überleben. Das nutzte ihr allerdings wenig. »Ich versuche es weiter. Wir werden Sie schon nach Cornwall bringen.« Aufmunternd lächelte Pete sie an, und Marie gelang ein gequältes Grinsen. Er konnte schließlich nichts dafür. Ganz im Gegensatz zu Harry, der Wurzel allen Übels. Dessen Gesicht leuchtete bei der Erwähnung von Cornwall auf, und er lächelte.

Ja, grins du nur, dachte Marie, ohne dich wäre ich längst dort! Wütend funkelte sie ihn an, doch Harry bemerkte es nicht, weil er auf seine Armbanduhr sah, ehe er mit einer gemurmelten Entschuldigung in den Flur verschwand. Marie hörte, wie Harry den Reißverschluss seiner Tasche öffnete und anschließend offenbar darin herumkramte. Kurz danach kam er zurück und streckte Elsie etwas entgegen, das Marie zuerst für eine unterbelichtete Fotografie hielt. Erst Elsies entzückter Aufschrei, als Harry ihr das Papier übergab, ließ Marie genauer hinsehen – und ihr stockte der Atem. Es war ein Scherenschnitt.

»Haben Sie das gemacht? Etwa heute Nacht?«, wollte

Elsie wissen und nahm behutsam das Stück Papier entgegen.

Harry winkte bescheiden ab. »Meine Passion. Und das mindeste, was ich Ihnen für Ihre Gastfreundschaft bieten kann, Gnädigste.« »Sie sind ein Charmeur.« Die korpulente Frau lächelte und musterte staunend das filigrane Werk, das Harry da gezaubert hatte. Auch Marie beugte sich neugierig vor. Anders als die Scherenschnitte, die sie kannte, zeigte dieser kein Profil, sondern eine ganze Szenerie. Am rechten Rand war eindeutig Petes kräftige Silhouette zu erkennen, daneben die Umrisse des Kleinlasters, mit denen er Maries Auto abgeschleppt hatte. Auf der Motorhaube räkelte sich eine Frauengestalt, die eindeutig Elsies Züge trug: Die kurze Nase und ihre runde Wange im Profil waren unverkennbar. Doch ihr üppiger Körper war zu Maries Verwunderung der eines Vogels. Auch die Porträtierte schien bei aller Verzückung leicht verwundert über ihr Aussehen, denn sie blickte Harry fragend an.

»Für mich sind Sie eine Sirene, Elsie. Sie betören Ihren Mann, das sehe ich ganz genau. Und daher habe ich Sie dargestellt wie diese fabelhaften Wesen in der Sage.«

»Oh«, hauchte Elsie und wurde tatsächlich ein wenig rot. Pete sah sie ganz verzaubert an, und Marie durchfuhr ein Stich, weil sie die Liebe der beiden in diesem Augenblick beinahe körperlich spürte. Auf einmal vermisste sie Steven schrecklich und wünschte sich nichts sehnlicher, als dass er in dieser Sekunde vor der

Tür stünde. Vielleicht sollte sie ihn einfach anrufen, ihm alles erzählen und ihn bitten, sie hier abzuholen? Doch gleich darauf verwarf sie den Gedanken. Sie konnte Steven nicht mehr als dreihundert Meilen ins Nirgendwo schicken, um ihm dann sein kaputtes Auto, ihren unfreiwilligen Begleiter Harry und das nette, aber ziemlich verrückte Ehepaar mit der Werkstatt zu präsentieren. Dennoch schielte sie erneut auf Harrys Scherenschnitt und konnte nicht verhindern, dass sie Elsie ein wenig beneidete.

»Oh Harry, vielen, vielen Dank. Das ist einfach …«, Elsie stockte überwältigt und blickte ihren Mann an.

»Wunderschön«, sagten beide dann gleichzeitig.

»Snap«, dröhnte Pete und schlug sich anschließend triumphierend auf die Schenkel. »Diesmal war ich schneller.«

»Du hast meine Rührung ausgenutzt«, rief Elsie empört.

»Und wenn schon? Jetzt steht es zwei zu drei!«

»Das war eine ganz miese Tour, Peter O'Donnell«, schimpfte sie, aber der Mechaniker lachte nur und küsste seine Frau schmatzend auf die Wange. »Dann geh und heul doch ein bisschen auf deinem Felsen, meine kleine Sirene«, neckte er Elsie, und sie musste lachen. »Du bist unmöglich.«

Ein lautes Hupen ertönte von draußen, und Pete sprang mit dem Ruf »Kundschaft« von seinem Platz auf. Zehn Minuten später kam er wieder herein und strahlte übers ganze Gesicht. »Ich glaube, wir haben eine Lösung gefunden, wie Sie schneller an Ihr Ziel kommen, Marie. Buck fährt in Ihre Richtung. Zumindest fast.«

»Buck?«

»Ein alter Kumpel von mir. Er nimmt Sie nach Doncaster mit. Dort gibt es einen Bahnhof, von dem aus Züge zum Bahnhof King's Cross und weiter nach Cornwall fahren. Dann können Sie zu Ihrem Mann – und den Wagen holen Sie einfach auf dem Rückweg ab!«

Marie zögerte. Sollte sie wirklich ohne Stevens Wagen weiterfahren? Der Umweg über London würde sie zudem nicht bloß Zeit, sondern auch Geld kosten, und langsam kam Marie ans Limit ihrer finanziellen Möglichkeiten. Natürlich hatte sie auch die gemeinsame Kreditkarte von sich und Steven dabei, aber sie hatte sich vorgenommen, diese nur im Notfall zu benutzen. Doch was war die Alternative? Tagelang bei Pete und Elsie in einem abgelegenen Ort festzusitzen und darauf zu hoffen, dass die Autoersatzteile endlich kamen? Nein, beschloss Marie. Sie würde keine Ruhe finden, wenn sie tatenlos abwartete, und schließlich hatten die Tarotkarten ihr zwar einige Hindernisse prophezeit, aber trotzdem zum Aufbruch geraten.

Daher nickte sie entschlossen. »Okay, ich fahre mit«, sagte sie mit einem schwachen Lächeln.

»Da schließe ich mich an«, sagte Harry fröhlich, und Marie war drauf und dran, ihm in die Parade zu fahren, bis ihr einfiel, mit welcher Unbedingtheit er Nora wiedersehen wollte. Daher schluckte sie ihren bissigen Satz hinunter und wandte sich stattdessen Elsie zu. »Vielen

Dank für Ihre Gastfreundschaft und Hilfe, Elsie. Ich wünsche Ihnen alles erdenklich Liebe.«

»Na, na, Mädchen, nun mal nicht so melodramatisch. Außerdem werden wir uns hoffentlich bald wiedersehen, denn Ihr Auto müssen Sie ja irgendwann wieder abholen.« Sie lachte herzlich.

»Ja klar«, sagte Marie, »dann stelle ich Ihnen meinen Mann vor.« Hoffentlich, fügte sie in Gedanken hinzu. Aber sie bemühte sich, zuversichtlich zu sein und positiv zu denken. Eigentlich war das Schicksal ihr ein Happy End schuldig. Und sicher würde es Steven beeindrucken, welche Widerstände Marie überwunden hatte, um ihn zu sehen. Nach einer herzlichen Umarmung von Elsie, die Marie beinahe die Luft abdrückte, folgte sie Pete und Harry nach draußen. Dort stand ein Kleinlaster, in dem ein kleiner, kahlköpfiger Mann saß. Das musste Buck sein. Harry und Marie waren allerdings nicht die einzigen Fahrgäste. Auf einer offenen Ladefläche standen vier Ziegen, die ihre behörnten Köpfe über die Seitenrampe streckten und mit lautem Meckern protestierten – ob gegen die Pause oder die Weiterfahrt war nicht klar. Der Geruch der Tiere reichte, dass Marie beinahe wieder umgedreht und zu Elsie ins Haus geflüchtet wäre.

Aber da war Buck schon ausgestiegen und schüttelte erst ihr, dann Harry die Hand. »Na, dann wollen wir mal. Wer von euch beiden will in der Mitte sitzen?«

»Er«, rief Marie und deutete bestimmt auf Harry. Der nickte ergeben. Nachdem Buck ihr Gepäck im hinteren

Teil des Wagens verstaut hatte, fuhren sie zu dritt auf die Vorderbank gequetscht los, während Pete ihnen nachwinkte. Zum Glück trug der Fahrtwind den beißenden Ziegengestank mit sich fort, sodass Maries Magen nicht Gefahr lief, Elsies Frühstück retour zu schicken.

»Na, ihr zwei Vögel, auf welche Weise seid ihr denn Pete zugeflogen?«, fragte Buck munter.

Marie seufzte. »Es gab ein Missverständnis beim Tanken. Harry hat Benzin in meinen Diesel gefüllt.«

Harry runzelte die Stirn. »Sie sind selbst schuld. Hätten Sie vorher ein Wort gesagt …«

»Oh Verzeihung«, gab Marie spitz zurück. »Aber ich war damit beschäftigt, eine Straßenkarte aufzutreiben, nachdem Sie gerade erst mein Navi verschenkt hatten.«

Buck lachte. »Das hört sich ja ziemlich abenteuerlich an, Miss.«

»Mrs.«, berichtigte ihn Marie, ehe sie nachdenken konnte. »Ich bin verheiratet.«

»War ich auch«, antwortete Buck lakonisch. »Aber seit der dritten Scheidung bin ich endgültig kuriert.« Mit einem Kontrollblick in den Rückspiegel vergewisserte er sich, dass seine meckernde Fracht auf der Ladefläche wohlauf war.

»Ich war auch mal verheiratet«, schaltete sich Harry ein. »Vor Nora.«

Marie drehte den Kopf nach rechts und musterte den grauhaarigen Mann. Sie musste sich erst daran gewöhnen, dass in England das Lenkrad auf der linken Seite war. Mit abwesendem Gesichtsausdruck starrte Harry durch die Windschutzscheibe. Sah er nicht die flache grüne Landschaft dort draußen, sondern seine Geliebte, für die er offenbar eine Ehe aufgegeben hatte? Maries Sympathie für seine Liebesgeschichte mit Nora begann zu schwinden. »Sie haben Ihre Frau wegen ihr verlassen«, stellte sie fest und hörte selbst, wie vorwurfsvoll ihre Stimme klang.

»Ich weiß, für Sie bin ich ein Schuft. Ein schäbiger Ehebrecher. Genau das hat auch meine Frau zu mir gesagt. Und mein Sohn will bis heute nichts mit mir zu tun haben«, sagte Harry und blickte Marie in die Augen.

Sie wandte den Blick ab. »Aber ich konnte nicht anders«, fuhr er fort. »Die Begegnung mit Nora war … Ich kann es nicht beschreiben. Da ging ein Riss durch mein Leben, und danach war nichts mehr wie vorher.«

Harry und Nora

»Möchten Sie noch etwas zu essen bestellen? Die Küche hat nicht mehr lange geöffnet.«

Harry schüttelte müde den Kopf, ohne den Blick von der blank polierten Tischplatte vor sich zu nehmen. Er war direkt aus seinem Hotel in den nächstbesten Pub gestolpert und hatte sich gleich mit seinem Bier, das er bei dem Barkeeper bestellte, an einen Tisch in der Ecke verzogen. Das Telefonat mit Kristin ging ihm immer noch im Kopf herum. Jedes Mal, wenn er an den metallenen Ton dachte, den ihre Stimme stets bekam, wenn sie wütend war, kochte der Ärger in ihm hoch. Er hatte sich wahrhaftig nicht um den fünftägigen Aufenthalt in Exeter gerissen, aber das Pharmaunternehmen, für das er arbeitete, hatte seine Einwände nicht gelten lassen. Harry war Abteilungsleiter, also musste er zu dem Wissenschaftskongress fahren und die Hamburger Firma vertreten, hatte es geheißen. Daher hatte er einen kleinen Koffer gepackt und war mit der S-Bahn zum Flughafen gefahren. Dass Kristin ihn mit dem Auto hinbringen würde, stand nicht zur Debatte, und ehrlich gesagt war es Harry ganz recht gewesen. Es reichte ihre vorwurfsvolle Miene und die vielen, schlecht versteckten Hinweise, dass nun tagelang alles an ihr hängenbleiben würde. Der Haushalt! Der Junge, der gerade in der Pubertät war! Der Elternabend! Mit jedem Argument war ihr Mund schmaler und der Tonfall schärfer geworden. Als Harry ihr angeboten hatte, vor der Reise mit seinem Sohn ein ernstes Wörtchen zu reden und per Anzeige nach einer Putzfrau zu suchen, hatte Kristin ihn nur verächtlich angesehen. Harry war klar geworden, dass sie keine Lösung wollte – sondern dass er sich schlecht fühlte.

All das hatte dafür gesorgt, dass Harry sich nun doch beinahe auf seine Reise nach England freute.

Allerdings ließ Kristin ihm keine Chance, seinen Aufenthalt nur ansatzweise zu genießen. Nach den anstrengenden Vorträgen der englischen Kollegen, die Harry den ganzen Tag stoisch über sich ergehen ließ, machte sie ihm abends regelmäßig mit ihrer schlechten Laune am Telefon den letzten Rest seiner guten zunichte. So auch heute. Es war sein dritter Abend, und Harry war vor Kristins Frust, der aus dem Hörer zu kriechen und die Luft in seinem Hotelzimmer zu vernebeln schien, geflohen. Doch der Appetit war ihm vergangen, zudem war das englische Volk sowieso nicht für seine Kochkunst berühmt.

»Nein danke«, murmelte er daher und nahm einen Schluck von seinem Bier.

»Sie sind aus Deutschland, richtig?« Die etwas heisere Frauenstimme hatte nun einen eindeutig spöttischen

Ton, und überrascht sah Harry auf. Eingerahmt von halblangen, kupferfarbenen Haaren blickten ihn zwei Augen mit grauen Pupillen ruhig und unverwandt an. Harry war als Kind einmal an einen elektrisch geladenen Weidezaun gekommen und hatte einen Stromschlag bekommen. Genauso durchzuckte es ihn jetzt beim Blick in dieses rauchfarbene Augenpaar. Eine warnende Stimme in seinem Inneren sagte ihm, dass er jetzt besser zahlte und ging.

Harry blieb sitzen. »Woher wollen Sie wissen, dass ich Deutscher bin? Ist mein Akzent so grausam?«

»Nein, aber Sie trinken Bier und verzichten aufs Essen. Bestimmt glauben Sie, dass die englische Küche an Körperverletzung grenzt, habe ich recht?«

»Ertappt«, gab Harry zu, und die Frau warf lachend den Kopf zurück. Sie war um einiges jünger als er, und ihr Lachen war vibrierend und voller Leben. Vor Harry schien sich die Erde aufzutun, und ein leichter Schwindel erfasste ihn. Gleichzeitig war er sich bewusst, wie lächerlich und albern das war. Wieso war er von einer völlig fremden Frau derart fasziniert? Sie war keine makellose Schönheit, dafür war ihre Nase etwas zu spitz und ihr Mund einen Tick zu breit. Doch sie strahlte etwas aus, das Harry mitten ins Herz traf. Ehe er sich noch einen Satz in Englisch zurechtgelegt hatte, war sie jedoch hinter die Theke gegangen und durch die Schwingtür verschwunden.

»Jetzt hätte ich doch etwas Hunger«, sagte er eine halbe Stunde später, als die kupferhaarige Frau den

zweiten Gast außer Harry abkassiert und verabschiedet hatte und an seinem Tisch vorbeiging.

»Jetzt ist gerade unser Koch nach Hause gegangen«, antwortete sie. Aber sie blieb neben seinem Stuhl stehen, und Harry fiel in ihre grauen Augen wie ein hilfloser Wanderer in einen nebligen See.

»Wie heißen Sie eigentlich?« Harry stand in der Küche des Pubs und schnippelte Zwiebeln, während sie mit baumelnden Beinen auf der blank polierten Stahlfläche neben dem Kühlschrank saß und ihm dabei zusah.

»Nora Jones.«

»Sehr erfreut, ich bin Harry.«

»Ist das ein Nickname, oder haben Sie englische Wurzeln?«

»Meinen richtigen Namen wollen Sie nicht wissen, glauben Sie mir. Seit meinem ersten Schultag nennen mich alle Harry, und dabei ist es geblieben.«

Nora lachte. *»Ich habe auch einen zweiten Namen, den ich wohlweislich verschweige. Aber wenn Sie mir Ihren verraten, dann mache ich ebenfalls eine Ausnahme.«*

Ihr Lächeln war einfach unwiderstehlich, und Harry seufzte. »Ich heiße eigentlich Harald«, sagte er, »und wenn Sie jetzt lachen, gebe ich Ihnen nichts von meinem Essen ab.«

»Ich lache ja gar nicht. Als Nora Prudence *Jones sollte ich lieber den Mund halten.«*

»Prudence – *die Klugheit. Was ist daran so schlimm?«*

»Nichts, ich möchte bloß nicht so heißen. Ich finde, das klingt nach neunzehntem Jahrhundert, Sie wissen schon: langes Kleid, eine alberne Haube – und bei der kleinsten Aufregung in Ohnmacht fallen …«

Jetzt lachte Harry laut. Nora gefiel ihm immer besser. Gleich darauf rief er sich aber energisch zur Ordnung. Es reichte, dass er mit einer Fremden spät am Abend im längst geschlossenen Pub stand und Kartoffeln briet. Harry war über seinen eigenen Vorschlag überrascht gewesen, sich selbst etwas zu essen zu machen. Noch mehr aber verblüffte ihn, dass Nora sofort ja gesagt und ihn in die dunkle Küche der Kneipe gewinkt hatte. »Da drüben sind die Zwiebeln, und dort hängt eine Pfanne«, hatte sie nur gesagt und war verschwunden. Kurz darauf war sie mit einer Schüssel voll Kartoffeln zurückgekommen und hatte schweigend begonnen, sie zu waschen.

Jetzt zog der Duft gebratener Zwiebeln durch die Küche, und Nora reichte Harry ein Glas mit einer klaren Flüssigkeit, in der ein paar Minzblätter, Eiswürfel und eine Scheibe Zitrone schwammen. »Tonic mit Zitronenminze. Ohne Gin, weil ich nicht wusste, ob Sie noch fahren müssen.«

»Muss ich nicht, aber antialkoholisch ist in Ordnung. Cheers.«

Mit einem leisen Klirren stießen die Gläser aneinander, und auf einmal fühlte sich diese völlig absurde Situation des nächtlichen Imbisses in einer fremden Küche mit einer unbekannten Frau absolut richtig für Harry an. Der Streit mit Kristin sowie der Vortrag am morgigen Tag waren nicht mehr oder noch nicht wichtig. Das Einzige, was zählte, war diese dunkle Küche, die nur von einer einzigen Lampe über dem Herd erhellt wurde und deren polierte Stahlflächen sanft schimmerten – und die schöne Unbekannte, die neben Harry stand und soeben mit einer lässigen Handbewegung ein paar Blätter Thymian in die Pfanne warf.

»He, Sie verderben meine Bratkartoffeln!«

»Falsch«, gab Nora zurück. »Ich verfeinere sie. Nun seien Sie mal nicht so deutsch.«

»Nun ja, englisch ist diese Bratkartoffelvariante aber auch nicht.«

»Sie wird Ihnen schmecken, wetten?«

Nora hatte recht. Sie aßen einträchtig mit zwei Gabeln aus der gusseisernen Pfanne, und während sie anschließend spülten, summte Nora »In The Mood«. Ihre Stimme hatte ein dunkles Timbre, und Harry konnte sie sich gut auf der Bühne eines kleinen Jazzklubs vorstellen, begleitet von Klavier, Kontrabass und Schlagzeug. Auch in seinem Herzen schien eine Saite angeschlagen zu werden, und als Nora sich zu ihm umdrehte, machte er ohne zu überlegen zwei Schritte zu ihr hin und küsste sie. Sie legte ihm die Arme um den Hals, und Harry roch den schwachen Apfelduft des Spülmittels. Ihre Lippen aber schmeckten nach Thymian, und Harry wusste, dass dieses Aroma fortan immer mit der Erinnerung an Nora verbunden sein würde, auch wenn sie sich nie mehr wiedersehen sollten. Aber in einer verbor-

genen Ecke seines Herzens, dort, wo der Verstand keinen Zutritt hatte, wusste Harry bereits, dass er Nora wiedersehen wollte – egal, welchen Preis er dafür zahlen musste.

Kapitel 6

It's You Or No One
(Sarah Vaughan)

Harry seufzte leise. »Hätte ich mich aus Vernunftgründen gegen Nora entschieden, hätte sie mich trotzdem jede Nacht wie ein Gespenst verfolgt«, beendete er seine Erzählung und starrte auf die nicht gerade saubere Matte im Fußraum des Fahrerhäuschens, als lägen dort die Scherben seines alten Lebens.

Buck sah Harry an. »*Holy shit*«, murmelte er ehrfürchtig, bevor ein Holpern und das lautstarke, empörte Meckern der Ziegen hinten ihn daran erinnerten, dass er zu weit über die linke Fahrbahnbegrenzung gefahren war. Auch Marie war von Harrys Worten wider Willen beeindruckt.

»Ehe ich Nora kennenlernte, war ich Hauptverdiener und Ehemann. Um unseren Sohn kümmerte sich Kristin, meine Frau. Sie hat das wirklich toll gemacht, aber ich konnte bei dem Jungen nichts mehr richtig machen. Die Windel saß zu fest, das Lätzchen zu locker, und ins Bett bringen ließ er sich sowieso nur von seiner Mutter, denn er bekam mich ja den ganzen Tag nicht zu Gesicht. Aber wenn er schlief, verstummten auch

Kristin und ich. Das Kind war die Brücke zwischen uns, aber irgendwann fanden wir überhaupt nicht mehr zusammen. Und je älter Oliver wurde, desto mehr ging auch er auf Abstand zu mir. Vielleicht wäre ich trotzdem geblieben und hätte mich mit diesem Leben abgefunden. Unsere Ehe war nicht gut, aber auch nicht ganz schlecht. Eher so, als hätten wir irgendwann Betäubungssalbe darauf verteilt.«

Marie schluckte. Was Harry sagte, klang nachvollziehbar, und trotzdem sträubte sich alles in ihr, Verständnis für ihn zu haben. Für Marie war eine Ehe ein Versprechen, und das durfte man nicht einfach brechen. Nur weil eine andere Person schillernder, aufregender oder schlicht anders war. Vor allem, wenn man ein Kind zusammen hatte. Offenbar hatte Harry dieses Glück gar nicht zu schätzen gewusst, dachte Marie bitter. Ganz abgesehen davon, dass irgendwann auch Harry und Nora in ihrem Alltag ankommen und genauso eingefahren sein würden. Harry machte sich etwas vor, wenn er glaubte, die Liebe zu Nora würde immer wie ein Feuerwerk sein.

Auch sie und Steven hatten bereits mit den Tücken des Alltags gekämpft, und Marie hatte im Laufe der Jahre Eigenschaften an ihrem Mann entdeckt, die ihr ideales Bild von ihm ins Wanken geraten ließen. Aber waren eine Beziehung und vor allem eine Ehe nicht genau dazu da, um gemeinsam an den Herausforderungen zu wachsen? Sollte man nicht dem anderen bedingungslos zur Seite zu stehen – egal, was passierte?

»Natürlich«, antwortete Harry, als Marie ihm das vorhielt. »Aber wenn beide nicht mehr gemeinsam an einem Strang ziehen, sondern jeder an einem anderen Ende, hat man verloren.«

Ohne es zu wollen, schoss Marie der Gedanke durch den Kopf, an welchem Ende Steven zog. Warum war er ohne sie nach Cornwall aufgebrochen? Ohne ihr überhaupt eine Chance zu geben, mitzukommen? Oder vorher mit ihr zu reden. Aber vielleicht hatte er es genau deswegen getan: aus Liebe. Weil er ihr nicht länger seine Angespanntheit und den Stress zumuten wollte, die ihn in letzter Zeit manchmal ungeduldig und ungerecht hatten werden lassen. Meistens ausgerechnet dann, wenn Marie in Tränen ausbrach, weil sie wieder einmal ihre Tage bekommen hatte und damit ihre Hoffnung erneut vergeblich gewesen war. In solchen Augenblicken hatte Marie nicht die Kraft, Steven darauf anzusprechen, warum sich ihr Zusammensein manchmal anfühlte, als wäre eine hauchdünne Glaswand zwischen ihnen. Vielleicht empfand jedoch nur sie so? Und vielleicht war Steven deswegen weggefahren, um nach seiner Rückkehr noch einmal mit ihr von vorne zu beginnen.

Marie war in Gedanken versunken, und auch Harry war verstummt und sah erneut aus dem Fenster. Die Straße flog an ihnen vorbei, und Bucks Wagen fraß langsam, aber stetig Meile um Meile. »Ich brauche 'ne Pause«, ließ Buck schließlich verlauten. »Da vorn gibt's guten Kaffee und ein paar Snacks.« Einige Minuten später hielt der klapprige Kleinlaster vor einem geduckten Häuschen mit kleinen Butzenscheiben. »Paddy's Pub« stand über der Rundbogentür auf einem Schild, das von Efeu beinahe zugewuchert war.

Als Erste kletterte Marie aus dem Fahrerhaus und entfernte sich rasch ein paar Schritte von den stinkenden Ziegen, die schon wieder lauthals protestierten. »Mädels, nun beruhigt euch mal«, rief Buck und ging zu ihnen. Vier Paar Augen lugten zu ihm hinunter, und der rundliche Mann murmelte ein paar Sätze und kraulte jede Ziege kurz unterm Kinn. Zu Maries Verblüffung waren die Tiere danach still. Zufrieden standen sie da und reckten ihre Nasen in den leichten Wind. »So, jetzt können wir reingehen«, sagte Buck und lief zu der schiefen Tür des Pubs.

»Ich gehe zehn Minuten spazieren, wenn es keine Einwände gibt. Ich brauche etwas Bewegung«, sagte Harry formell und machte eine knappen Verbeugung, ehe er in den schmalen Weg hinter dem Pub abbog.

»Ich mag ihn«, bemerkte Buck, der Harry nachsah. Marie zog es vor, nicht darauf zu antworten. Sie war sich selbst nicht im Klaren darüber, wie sie zu dem älteren Mann stand, der unfreiwillig zu ihrem Reisebegleiter geworden war. Die meiste Zeit nervte Harry sie. Seine Art, Marie zu belehren – und vor allem die Überheblichkeit, mit der er dies tat – machten sie rasend. Und doch besaß er eine Lebensklugheit, die Marie wider Willen beeindruckte. Und sein völlig unerwartet aufblitzender Humor hatte sie immerhin schon ein paar Mal zum Lachen gebracht. Auch wenn sie ihm die Sache mit der falschen Tankfüllung natürlich übel nahm. Als sie sich daran erinnerte, dass sie eigentlich nur wegen ihm hier stand, neben einem erbärmlich stinkenden Ziegentransporter, statt mit ihrem eigenen Auto bereits kurz vor St Ives zu sein, überkam Marie erneut der Groll. »Ich glaube, ich brauche etwas Stärkeres als Kaffee«, knurrte sie und folgte Buck in den Pub.

»Paddy, alter Seeräuber, wie stehen die Aktien?«, dröhnte Buck und ging ohne Zögern hinter den breiten Holztresen. Marie brauchte eine Weile, bis sich ihre Augen an das Dämmerlicht gewöhnten. Dann sah sie einen ziemlich großen, bärtigen Mann mit Seemannsmütze, der sich nach einer herzlichen Umarmung mit Buck nun zu ihr umdrehte und Marie in ihrem knallblauen, taillierten Mantel wohlwollend taxierte. »Da hast du mir aber eine schöne Frau mitgebracht«, gab der Hüne zurück. Marie schätzte, dass er genau wie Harry um die sechzig war. Sein Bart und die Haare unter der weißen Mütze wurden langsam grau.

»Finger weg, du alter Casanova. Die Lady ist verheiratet«, lachte Buck.

»Da hat er recht«, sagte Marie und streckte Paddy die Hand entgegen. »Hallo. Ich bin Marie.«

»Warum so förmlich?« Ohne Weiteres zog Paddy sie an sich und küsste sie rechts und links auf die Wange. »Was möchtest du trinken, Marie?«

»Ich äh … erst mal Kaffee. Stark«, antwortete sie und ging zu einem der Tische und damit unauffällig auf Abstand zu Paddy. Sie war es von früher aus ihren damaligen Kreisen gewohnt, dass man sich zur Begrüßung oder zum Abschied ganz selbstverständlich in den Arm nahm, doch seit sie mit Steven zusammen war, hatte sie sich das abgewöhnt. Ihr Mann hatte diese Küsserei einmal als »Künstler-Chichi« bezeichnet, und obwohl er dabei einen scherzhaften Ton angeschlagen hatte, wusste Marie, dass es ihm nicht gefiel. Und eigentlich war es auch albern gewesen, dass sich Fremde benahmen wie enge Freunde, nur, weil sie im selben Klub auftraten oder sich bei einem Festival über den Weg liefen.

»Doppelter Espresso für die hübsche Lady und einen Spezial-Kaffee für unseren Ziegenflüsterer«, dröhnte Paddy in diesem Augenblick. Er war an ihren Tisch getreten und stellte zwei Tassen vor sie hin. Aus der, die für Buck gedacht war, stieg der eindeutige Geruch von Whiskey auf, und Marie hoffte, dass der Lkw-Fahrer es bei einem Spezialgetränk belassen würde. Sie kippte aus dem Zuckerspender, der genau wie das übrige Ambiente im Pub leicht klebrig wirkte, eine großzügige Portion in ihren doppelten Espresso und nippte vorsichtig an der heißen Flüssigkeit. Zu ihrer Überraschung schmeckte der Kaffee exzellent. »Ich habe eine kleine Rösterei an der Hand, die mir die Bohnen liefert«, antwortete Paddy auf Maries Frage. »Auch, wenn es hier nicht so aussieht, aber beim Essen und Trinken achte ich auf Qualität. Genauso wie bei meinen Frauen.« Buck lachte. »Apropos – wo ist eigentlich Penelope?«

Paddy sah ihn mit hochgezogenen Augenbrauen an. »Wann warst du das letzte Mal hier?«

»Ach so, klar. Vor mehr als einer Woche.«

»Na also«, stellte Paddy fest, als sei damit alles gesagt. Marie blickte fragend zwischen den Männern hin und her.

»Frauen bleiben bei mir nie länger als ein paar Tage«, erklärte Paddy mit der größten Selbstverständlichkeit.

»Das ist dein Seefahrergen«, erklärte Buck. An Marie gewandt fuhr er fort, »Paddy hat bis vor zehn Jahren als Matrose die halbe Welt befahren. Jetzt ist er sesshaft geworden, aber der alte Schwerenöter ist er geblieben.«

Paddy lachte nur. »Und jetzt bist du gerade solo«, stellte Buck fest.

»Vielleicht nicht mehr lange. Möchtest du nicht hierbleiben, Marie? Du bist eine schöne, junge Frau und riechst gut. Lass Buck doch mit seinen stinkenden Viechern alleine weiterfahren.«

Marie lachte. Paddy war wirklich lustig, und außerdem schmeichelten seine Worte ihr in einer Ecke ihres Herzens. Trotzdem schüttelte sie natürlich den Kopf.

Paddy beugte sich über den Tresen. »Ach, komm schon, Marie! Vergiss für ein paar Tage, dass du verheiratet bist. Wir beide könnten eine Menge Spaß haben, und ich bin jetzt schon in dich verliebt.«

Das ging Marie nun zu weit. »Verliebt? Quatsch! Sie kennen mich doch überhaupt nicht.«

Der Ex-Seebär blickte sie verständnislos an, als sei sie schwer von Begriff. »Eben. Verliebt ist man nur, solange man den anderen nicht kennt.«

»Unsinn«, wiederholte Marie.

»Kein Unsinn. Am Anfang legt man noch all seine Wünsche und Sehnsüchte in das Wesen des anderen. Er oder sie ist ohne Fehler, das makelloseste Geschöpf, das man sich vorstellen kann. Man möchte überlaufen vor Glück und den anderen gar nicht mehr loslassen. Jede Sekunde, die man zusammen ist, wird zu einem Fest. Aber jetzt kommt's. Je besser man sich kennenlernt, desto ernüchternder wird die ganze Sache. Liebe ist eine schillernde Seifenblase – und genauso schnell platzt sie auch. Und am Ende ist sie nichts anderes als Wasser und Seifenschaum.«

Marie konnte über so viel Oberflächlichkeit nur erneut den Kopf schütteln. »Es ist ganz normal, dass die anfängliche Verliebtheit irgendwann nachlässt«, erwiderte sie. »Aber erst, wenn man den anderen besser kennenlernt, kann sich echte Liebe entwickeln. Da kommt dann das Herz ins Spiel, alles andere sind die Hormone.« Marie dachte an den Anfang mit Steven zurück, diese verrückte Zeit voller Herzklopfen und Ungewissheit. Damals hatten sie nachts am Elbstrand Picknick gemacht, das hauptsächlich aus Rotwein und Küssen bestand. Einmal waren sie nach der Geburtstagsparty von einem seiner Freunde nicht nach Hause, sondern einfach weitergefahren – mitten hinein in den Sonnenaufgang. Sie hatten erst haltgemacht, als sie an der Nordsee angekommen waren. Sie waren barfuß über den von der Nacht kühlen Sand gerannt, hatten Krabbenbrötchen gefrühstückt, Knoblauchmayonnaise-Küsse getauscht und irgendwann einfach stumm vor Glück mit zwei dampfenden Kaffeebechern auf einer der typischen hölzernen Strandtreppen gesessen. Eng an Steven gekuschelt hatte Marie die Möwen beobachtet, die sich kreischend in die Luft warfen, um gleich darauf wieder hinabzustoßen und gedacht, dass sie angekommen war. Doch natürlich waren diese Unternehmungen mit Steven irgendwann weniger geworden und hatten dann ganz aufgehört. Sie waren zusammengezogen und hatten geheiratet, Steven hatte bei seiner Redaktion Karriere gemacht, und Marie … Nun, Marie hatte eine neue Aufgabe im Café gefunden. Jedenfalls so lange, bis sich ihr größter Wunsch erfüllen würde. Aber zu einer Familie passten keine nächtelangen Jazzsessions, wochenlange Auftrittsphasen in verschiedenen Städten oder spontane Rotwein-Picknicks. Sie sah den Kneipenwirt streng an. »Verliebtheit hat mit Liebe nicht viel zu tun. Und wer schafft es schon, andauernd auf Wolke sieben zu schweben?«

»Ich«, antwortete Paddy hinter seinem Tresen trocken. »Der Alltag kann mir gestohlen bleiben, den hab ich mit mir selbst schon genug. Eine Frau soll mich betören und verzaubern. Und dafür bekommt sie alles, was ich zu geben habe. Aber ehe die Liebe schal wird, schenke ich ihr die Freiheit zurück.«

»Und das nach spätestens einer Woche«, sagte Marie spöttisch.

»Sagen wir zwei. Auch Liebe hat ein Verfallsdatum«, gab Paddy zurück, und Marie ballte unwillkürlich die Hände zu Fäusten. Aber nicht die von Steven und mir, dachte sie. Trotzdem konnte sie nicht verhindern, dass Paddys Worte ihr einen kleinen Stich versetzten, und das nahm sie ihm übel.

Energisch griff sie die zwei leeren Kaffeetassen und trug sie zur Theke. Paddy beobachtete sie wohlwollend. »Du hast Talent zum Bedienen und würdest wirklich gut hierher passen, Marie.«

»Danke, aber ich habe gerade erst im Café gekündigt und bin nicht auf der Suche nach einem neuen Job«, antwortete sie etwas spitz.

Paddy lachte. »Du bist tatsächlich Kellnerin?«

»Nein. Ich meine doch. Seit etwa zwei Jahren.«

»Ach. Und was warst du vorher?« Paddy taxierte Marie mit echtem Interesse, und auch Buck sah sie erwartungsvoll an.

Marie zögerte. Normalerweise sprach sie ungern darüber. Vorbei war vorbei, und wen interessierte schon die Vergangenheit? Andererseits war sie kein Freund von Lügen. »Ich habe gesungen«, gab sie daher etwas widerwillig zu.

»Wow«, rief Buck. »Oper?«

Marie musste lachen. »Nein, Jazz und Blues. Mit meiner Band.« Wohlweislich verschwieg sie jedoch den Namen und dass sie in der Musikszene durchaus bekannt gewesen waren. Damals.

»Wow«, wiederholte Buck und sah Marie an, als

würde er sie zum ersten Mal sehen. »So richtig mit Auftritten und CDs und so?«

Marie nickte unbehaglich. »Aber das ist lange her«, versuchte sie weitere Fragen abzuwehren.

»Wie – du hast aufgehört? Aber warum?«, fragte Buck.

»Hat dein Mann es dir verboten?«, schaltete sich Paddy ein.

»Natürlich nicht!« Marie sah ihn erbost an. »Steven würde mir nie etwas verbieten. Ich habe aufgehört, weil ... Es war einfach Zeit für etwas anderes.« Und so war es auch gewesen, dachte Marie. Trotzdem tauchten vor ihrem inneren Auge die fassungslosen Gesichter von Mo und Rick auf, nachdem sie ihnen gesagt hatte, dass sie aussteigen würde. Ausgerechnet vor dem wichtigsten Ereignis ihrer gemeinsamen Laufbahn. Zoe hatte sich zunächst schweigend abgewandt. Aber später hatte es diesen hässlichen Streit zwischen ihnen gegeben, an den Marie nun erinnert wurde. Sie schüttelte heftig den Kopf, um die Erinnerung an Zoes schneidende Stimme loszuwerden – und an ihre Worte, die Marie damals so tief getroffen hatten, dass sie ohne Abschied gegangen war. All das hatte Marie schon lange vergessen, und auch jetzt wollte sie nicht mehr daran denken. Doch Paddy ließ nicht locker.

»Ich hab da hinten ein altes Klavier stehen. Komm schon, Marie, jetzt musst du uns eine Kostprobe geben.«

Für einige Sekunden wallte tatsächlich eine unbändige Lust zu singen in ihr auf. Einmal wieder die vertrauten

Takte von »Summertime« anzustimmen ... Gleich darauf aber kam Marie diese Sehnsucht kindisch vor, und sie fand sich undankbar gegenüber Steven. Daher schüttelte sie energisch den Kopf. »Die Zeiten der Bühnenauftritte sind ein für alle Mal vorbei«, sagte sie bestimmt. »Außerdem habe ich Gitarre gespielt, kein Piano.« Um ihre Worte zu unterstützen, griff sie nach ihrer Tasche. Es wurde eindeutig Zeit, weiterzufahren.

»Wo ist eigentlich unser dritter Mann?«, schaltete Buck sich wie aufs Stichwort ein.

Marie blickte zur Tür. »Keine Ahnung, Harry wollte doch etwas an die frische Luft.«

»Schon, aber er ist schon ziemlich lange unterwegs, findest du nicht?«

Marie zuckte die Schultern »Vielleicht ist er ja alleine weiter nach Cornwall.«

»Du klingst, als wärst du nicht gerade traurig darüber«, stellte Paddy fest, und Marie fühlte sich wider Willen ertappt. »Aber nein«, beeilte sie sich zu versichern. »Es würde nur zu Harry passen, sich zu verbummeln.«

»Ich gehe mal nachsehen, ob seine Sachen noch im Wagen sind«, sagte Buck, und Marie folgte ihm nach draußen, um nicht mit dem Weiberheld Paddy allein zu bleiben. Wer weiß, ob er ihr nicht noch schnell einen Heiratsantrag machte – Scheidung binnen einer Woche inklusive.

»Seine Sachen sind noch da«, ertönte dumpf Bucks Stimme. Er hatte sich durch die offene Tür in den Wagen gebeugt und zog jetzt Harrys blaue Reisetasche aus dem Fußraum. Der Reißverschluss stand offen, und Maries Blick fiel auf einen Bilderrahmen, der zwischen einem rosa-gelb gemusterten Hemd und einem Paar frischer Socken lag. Sie schielte darauf und sah, dass sich in dem Rahmen einer von Harrys Scherenschnitten befand. Dieser hier zeigte einen Frauenkopf, und Marie staunte erneut, wie filigran Harry mit dem Schneidwerkzeug umgehen konnte. Die Frau auf dem Bild hatte eine kurze Nase und eine hohe, fast kindlich gewölbte Stirn. Sie trug eine Hochsteckfrisur, doch Harry hatte mit der Schere ein paar Strähnen angedeutet, die sich daraus gelöst hatten und nun das Gesicht umspielten.

»Und? Fündig geworden?«

Paddy war aus dem Pub gekommen und stand nun hinter ihr. Schuldbewusst zuckte Marie zusammen und trat einen Schritt zurück. »Wohin führt denn der Weg hinter deinem Haus?«, fragte Buck. »Ins Hügelland und irgendwann entweder in den Wald oder zu den Felsen«, gab Paddy Auskunft.

»Hoffentlich ist Harry nichts passiert. Nicht, dass er gestürzt ist und jetzt irgendwo im Heidedickicht liegt«, meinte Buck. Marie schluckte. »Wir müssen ihn suchen gehen«, sagte sie, als plötzlich ein Klingeln die Stille durchbrach. Es kam aus Harrys Tasche. »Klingt nach einem Handy«, stellte Buck fest.

Marie runzelte die Stirn. »Aber Harry besitzt keins. Hat er mir selbst gesagt.«

Ein erneuter Signalton strafte ihre Worte Lügen.

Paddy nahm die Tasche und fasste hinein. Kurz darauf hielt er ein etwas altmodisches Mobiltelefon in der Hand, das zum dritten Mal klingelte. »Entweder hat er dich angeschwindelt oder während der Reise eins geklaut«, sagte er lakonisch.

Marie starrte das etwas altmodische Gerät an und fragte sich, warum Harry geleugnet hatte, so etwas zu besitzen. Hatte er in Cuxhaven einen Scherz gemacht – oder wollte er sein Image als leicht chaotischer Lebemann vor Marie aufrechterhalten?

Das Handy klingelte und klingelte. »Komische Nummer. Ziemlich lang«, stellte Paddy mit einem Blick aufs Display fest. »Sie werden da jetzt nicht rangehen«, pfiff Marie ihn zurück. Vielleicht war das aber Nora, schoss es ihr gleich darauf durch den Kopf. Trotzdem war ein fremdes Handy tabu. Das Klingeln verstummte, und Marie war erleichtert. Doch Paddy hielt ihr das silbrige Gerät unter die Nase. »Guck mal, Mädchen. Was ist das für eine Vorwahl?«

Marie warf einen Blick darauf und sah die Ziffern vier und neun. »Deutschland«, sagte sie. Nora konnte es also nicht gewesen sein, die angerufen hatte. Doch wer auch immer versuchte, Harry zu erreichen, hatte offensichtlich einen wichtigen Grund, denn das Display meldete »12 Anrufe in Abwesenheit«.

»Mist«, sagte Marie, »Was, wenn es ein Notfall ist und jemand dringend Harry sprechen muss?« Als hätte sie das Stichwort geliefert, fing das Telefon wieder an zu bimmeln.

»Ich gehe jetzt da ran«, verkündete Paddy, und ehe Marie protestieren konnte, hatte er den Knopf für »Anruf annehmen« gedrückt und meldete sich mit einem knappen »Hello?«

Marie hörte nur Gemurmel, es klang aber nach einem Mann. Paddy sagte auf Englisch, dass er nicht Harry Thomsen war, lauschte ein paar Sekunden, dann gab er das Handy kopfschüttelnd an Marie weiter. »Ich verstehe kein Wort«, sagte er. Widerstrebend hielt Marie sich das flache Gerät ans Ohr. »Ja bitte?«, sagte sie auf Deutsch.

»Wer sind Sie denn jetzt?«, ertönte eine gereizte Männerstimme. »Ich möchte sofort mit Harry Thomsen sprechen.«

»Das ist im Moment nicht möglich. Herr Thomsen ist gerade verhindert«, antwortete Marie vorsichtig. »Wer sind Sie denn?«

»Paul. Sein Enkel.«

Marie fiel vor Überraschung fast das Telefon aus der Hand. Hatte Harry nicht angedeutet, dass seine Familie den Kontakt abgebrochen hatte? »Oh«, sagte sie daher nur und überlegte fieberhaft, wie sie aus dieser Nummer wieder herauskam. Sie verfluchte Paddy, dass er überhaupt ans Telefon gegangen war. »Kann ich Harry vielleicht ausrichten, dass er zurückrufen soll?«

»Hören Sie, ich habe inzwischen ein Dutzend Mal versucht, ihn an den Hörer zu bekommen. Er muss meine Anrufe gesehen haben, aber er ruft nicht zurück. Dabei steckt er gewaltig in der Klemme.«

Marie schluckte, und sie bekam ein mulmiges Gefühl. War Harry etwa doch ein gesuchter Verbrecher?

»Wieso?«, fragte sie und hörte selbst, wie piepsig ihre Stimme klang.

»Er ist aus dem Heim abgehauen. Einfach so, ohne zu sagen, wohin er geht und wann er wiederkommt.«

Marie schloss die Augen. Oh Gott, dachte sie, Harry war kein gesuchter Verbrecher. Er war ein Psychopath.

»Die Bewohner von Haus Schwanenpark dürfen zwar im Prinzip frei über ihre Zeit entscheiden, aber sie können nicht einfach über Nacht oder sogar mehrere Tage wegbleiben. Deshalb hat die Leiterin der Residenz versucht ...«

Marie unterbrach die Stimme aus dem Hörer. »Residenz? Harry lebt in einem Seniorenheim?« Dazu war er doch noch viel zu jung, dachte Marie. Sie erinnerte sich an Harrys wache Augen, seine Schlagfertigkeit und seinen kraftvollen Gang. Mit Anfang sechzig zwischen lauter Menschen zu leben, die mindestens zwanzig Jahre älter waren – das passte doch gar nicht zu ihm!

Paul, der Mann am anderen Ende der Leitung, schwieg einen Moment. »Na ja, also ... es ist eher ein betreutes Wohnen«, sagte er zögernd. »So weit ich weiß, hat Harry in Hamburg offensichtlich niemanden. Daher war es wohl seine eigene Entscheidung, dorthin ...«

Marie ließ ihn wieder nicht ausreden. »Ach ne. Und wo sind seine Verwandten?«

»In München. Mein Vater hat ... hm ... kaum Kontakt zu ihm – und ich auch nicht.«

»Und Nora?«, unterbrach Marie erneut.

»Sie meinen die Frau, wegen der Harry meine Großmutter verlassen hat?«, fragte dieser Paul. Er war scheinbar tatsächlich mit Harry verwandt und kein Betrüger, der mit irgendwelchen Enkeltricks an Geld kommen wollte. Er konnte demnach jedoch nicht älter als achtzehn oder zwanzig sein, und Marie bemühte sich, erwachsen und ruhig mit ihm zu sprechen.

»Ja, die meine ich. Ich verstehe, dass dein Vater nicht begeistert von der Sache war, aber warum kümmert er sich nicht um Harry und schickt stattdessen dich vor?«

Unabsichtlich hatte sie Paul geduzt, und einige Sekunden herrschte verblüffte Stille. »Mein Vater ist im Urlaub«, sagte Paul dann. »Das Heim hat ihn nicht erreicht, sondern nur den Anrufbeantworter. Ich habe die Nachricht gehört, als ich in seiner Wohnung die Blumen gegossen habe.«

Aha, dachte Marie. Wahrscheinlich war Harrys Sohn reich und Paul daher einer dieser privilegierten Studenten mit eigener Bude.

»Hallo? Sind Sie noch dran?«, tönte es aus dem Handy, und Marie schrak auf. »Äh, ja klar, sorry.«

»Wo sind Sie überhaupt – und wo ist Harry?«

»Das ist etwas kompliziert«, sagte Marie zögernd. »Also eigentlich sind wir in England …«

»Was?«

»Ja, Harry will dort Nora treffen. Die beiden hatten sich gestritten. Beziehungsweise nachdem, was du erzählst, wohl getrennt, weil Harry ja allein in Hamburg wohnt. Aber jetzt will Nora sich mit ihm versöhnen. Da ich aus, hm, familiären Gründen auch in Richtung Cornwall muss, habe ich ihn im Auto mitgenommen.«

»Und warum ist Harry dann nicht zu sprechen?«

»Er wollte sich kurz die Beine vertreten. Aber er ist nicht wieder aufgetaucht. Wir wollten gerade nach ihm suchen.«

»Oh Gott, das wird ja immer besser«, stöhnte Paul an Maries Ohr. »Hören Sie, das Heim macht mir die Hölle heiß. Sie finden jetzt bitte meinen Großvater und sehen zu, dass er sofort wieder nach Deutschland reist!«

»Ich?«, rief Marie empört, »ich denke ja nicht daran! Ich wollte Harry von Anfang an nicht mitnehmen, aber er hat mir keine Wahl gelassen. Ich werde jetzt sicher nicht weiter Kindermädchen für ihn spielen. Wenn du was von ihm willst, dann kümmere dich gefälligst selbst um ihn. Er ist schließlich *dein* Großvater!«

Unverschämtes Studentenbürschchen, dachte Marie bei sich. Hat wahrscheinlich noch Semesterferien und alle Zeit der Welt, aber will mich verpflichten, sich um seinen durchgeknallten Opa zu kümmern.

»Okay«, ertönte Pauls Stimme durch das leise Knistern der Funkverbindung nach Deutschland. »Ich komme nach England und hole ihn. Wo seid ihr?«

»Tja, gute Frage. Momentan mitten in der Pampa, aber heute Abend werden wir voraussichtlich in London sein.«

»Gut. Ich buche gleich einen Last-minute-Flug, und wir treffen uns … Wo?«

»Am Bahnhof King's Cross«, antwortete Marie schnell.

»Meinetwegen. Ich werde so lange dort warten, bis Sie und Harry da sind.«

»Okay. Ich habe dunkle Haare und trage, äh …« Marie blickte an sich hinunter. Schick war anders, aber das war egal. »Jeans, einen blauen Mantel und …«

»Ich kenne Harry von Fotos.«

»Ah«, sagte Marie irritiert. »Na gut, dann bis später.«

»Hoffentlich«, seufzte Paul. »Finden Sie ihn. Bitte«, setzte er noch hinzu.

Zwar passte es Marie gar nicht, sich von so einem Jungspund herumkommandieren zu lassen, der nicht nur gute zehn Jahre jünger war als sie, sondern offenbar auch über die Kohle verfügte, einfach mal last minute nach London zu fliegen. Die Aussicht jedoch, Harry in Kürze in die Obhut seines Enkels zu geben, erleichterte sie. Vielleicht gelang es Harry, seinen Enkel dazu zu bringen, dass er vor seiner Heimreise noch Nora wiedersehen konnte, und mit einer Versöhnung der beiden würden sich möglicherweise alle anderen Probleme von selbst lösen. Daher verzichtete Marie auf eine spitze Erwiderung, sondern gab Paul ihre Handynummer und legte anschließend mit dem Gefühl auf, bald ein Problem weniger zu haben. Vorausgesetzt, sie fanden Harry.

Der Weg hinter dem Pub zog sich ein Stück, ehe er in den grünen Hügeln verschwand. Marie lief neben Buck her und hielt Ausschau, doch von Harry war nichts zu sehen.

»Mädchen, ich will ehrlich sein. Langsam mache ich mir Sorgen um unseren Freund«, bemerkte Buck nach einer Weile. Marie nickte. Obwohl sie es nicht zugab, ging es ihr genauso. Auf einmal gabelte sich der Weg. Rechts verschwand er zwischen den struppigen, hüfthohen Sträuchern und links …

»Verdammt«, murmelte Marie, als sie die steile Kante sah, auf die der Pfad zulief.

»Du gehst nach rechts«, bestimmte Buck, »und ich sehe hier mal nach, ob der gute alte Harry sich irgendwo in die Wiese gelegt hat, um ein Nickerchen zu machen.« Buck klang munter, aber Marie wusste genau, dass er seine Sorge überspielte. Zögernd schlug sie die ihr zugewiesene Richtung ein und ging mit klopfendem Herzen den beinahe vollständig zugewucherten Weg entlang, wobei sie gleichzeitig nach Harry Ausschau hielt und darauf achtete, dass die dornigen Zweige ihr nicht die Hose zerrissen. Nach etwa hundert Metern endete der Trampelpfad an einer schmalen Landstraße. Von Harry keine Spur.

»Oh, Mist, Mist, Mist«, fluchte Marie halblaut. Eine kalte Angst erfasste sie. Alles, womit Harry ihr bisher auf die Nerven gegangen war, war mit einem Schlag vergessen. Jetzt machte sie sich nur noch Sorgen um ihren Mitfahrer. Vor ihrem inneren Auge sah Marie ihn blutend unten an der Felskante liegen, schwer verletzt und bewusstlos oder angefahren an der Landstraße, irgendwo im Gebüsch, völlig hilflos. Ein Schluchzen entrang sich ihrer Kehle, und sie stolperte wie blind am

Rand der Landstraße lang. »Harry«, wollte sie rufen, aber vor lauter Panik kam nur ein heiseres Krächzen heraus. In diesem Augenblick wünschte sie sich verzweifelt Steven her. Ihr Mann wüsste bestimmt, was jetzt zu tun wäre, und er würde die Ruhe bewahren, während Marie durch die Gegend stolperte wie ein kopfloses Huhn. Andererseits hätte Steven sich sicher nicht darauf eingelassen, Harry überhaupt mitzunehmen. Er hätte ihn erst gar nicht angefahren, dachte Marie – weil Steven niemals so leichtsinnig wäre, aufs Handy zu sehen, während er ein Auto steuerte. Im Gegensatz zu ihr. Und das hatte sie nun davon, dachte Marie, während sie keuchend die Straße entlanghastete, die sich in einem leichten Bogen bergauf wand. Kurz blitzte in Maries Kopf der Gedanke auf, dass Steven wahrscheinlich niemals selbst nach Harry gesucht hätte, sondern die Polizei benachrichtigt und die Suche dann den Beamten überlassen hätte. Aber es war müßig, darüber nachzudenken, denn wer nun in der Tinte saß, war sie.

Da tauchte hinter der nächsten Kurve plötzlich die hölzerne Fassade eines Wartehäuschens auf. Marie taumelte darauf zu und hielt sich schwer atmend an dem Pfosten fest, an dem das Bushaltestellenschild befestigt war.

»Sie sollten in diesen Schuhen nicht so schnell laufen, junge Frau. Nicht, dass Sie noch umknicken.«

Die Stimme kam aus dem Nichts, und Marie schrie erschrocken auf. Dann aber lugte sie in das Häuschen und schnappte nach Luft.

»Harry! Wieso sitzen Sie denn hier herum, verdammt noch mal! Ich und Buck suchen Sie schon überall. Und Paddy ist wahrscheinlich kurz davor, die Polizei zu rufen.«

Harry steckte das kleine Notizbuch ein, das auf seinem Schoß lag, und sah sie leicht tadelnd an. »*Buck und ich* heißt das. Der Esel nennt sich selbst zuerst.«

»Das ist ja jetzt wohl scheißegal, wer wen zuerst nennt«, fauchte Marie. »Ich habe mir Sorgen gemacht! Geht das vielleicht mal in Ihren Schädel?«

Harry schnalzte mit der Zunge. »An Ihrer Ausdrucksweise könnten Sie wirklich noch etwas feilen, meine Liebe.«

»Und Sie klingen wie Fräulein Rottenmeier aus ›Heidi‹. Wieso weigern Sie sich eigentlich so beharrlich, mich Marie zu nennen?«

Harry lächelte warm. »Aber das tue ich doch gar nicht, Marie. Zufrieden?«

Jetzt erst spürte Marie die Erleichterung, die sie bei Harrys Anblick durchflutete. Daher atmete sie einmal tief durch, zählte stumm bis drei und sagte dann »Okay«.

»Gut. Dann gehen wir zurück zu Buck und ... Paddy«, erklärte Harry und stand auf.

»Nicht da lang«, rief Marie ungeduldig, weil Harry seelenruhig begann, an der Landstraße entlangzuwandern. »Wir müssen über den Pfad zurück und Buck aufsammeln. Der wähnt Sie wahrscheinlich schon als Beute der kreisenden Geier.«

Harry sah sie kopfschüttelnd an. »Sie haben eindeutig zu oft ›High Noon‹ gesehen, Marie. Hier gibt es allerhöchstens ein paar Möwen.«

Immerhin folgte er ihr bereitwillig zwischen den struppigen Sträuchern hindurch. Buck stand an der Gabelung und riss bei Harrys Anblick die Arme zum Himmel.

»Gott sei Dank, du lebst!«, rief er. »Ich hätte beinahe keine meiner Ziegen mehr darauf verwettet, dich wohlbehalten wiederzusehen.«

»Er saß an der Bushaltestelle«, verriet Marie. »Was wollten Sie eigentlich dort?«

»Nun, was will man wohl an einer Bushaltestelle?«, gab Harry ungerührt zurück.

»Da hast du's«, flüsterte Buck Marie zu. »Er wollte nicht mehr mit uns im Auto fahren, weil du nicht nett zu ihm warst.«

Marie sah Buck empört an. Sollte sie jetzt etwa als Sündenbock für Harrys kleinen Ausflug herhalten? »Es könnte aber auch an der Fracht gelegen haben«, gab sie kühl zurück. »Nicht jeder hält den Ziegengestank so problemlos aus wie gewisse Leute.«

»Nun streitet euch doch nicht«, schaltete Harry sich ein. »Ich wollte nicht zur Last fallen, das ist alles.«

Marie und Buck beeilten sich daraufhin, Harry zu versichern, dass er natürlich keinem von ihnen zur Last fiel. In einträchtigem Schweigen stapften sie zurück zu Paddys Pub. Trotzdem hatte Marie den Verdacht, dass Harry sein Verschwinden inszeniert hatte, damit sie sich Sorgen um ihn machte. Und er hatte damit tatsächlich

Erfolg gehabt, dachte Marie verbittert. Sie schielte zur Seite und fing Harrys Blick auf. Er lächelte sie verschmitzt an. Eins zu null für dich, dachte Marie. Aber überspann den Bogen nicht, Sonnyboy!

Harry und Nora

»Wann geht eigentlich dein Rückflug nach Deutschland?« Nora, deren Kopf auf Harrys Brust lag, schmiegte sich enger an ihn und sah hoch.

Der Blick ihrer rauchgrauen Augen ging Harry erneut durch und durch, und er zog Nora noch ein Stück näher. »Gestern.«

Nora richtete sich auf. »Wie bitte? Willst du damit etwa sagen …?«

Harry zuckte die Schultern. »Ich konnte einfach nicht zum Airport fahren und dich hier zurücklassen.«

»Du bist verrückt, Thomsen.«

Nora benutzte seit ihrem ersten Kuss nur noch Harrys Nachnamen. »Ich will dich nicht nennen wie alle anderen«, hatte sie gesagt, und für ihren Eigensinn und Stolz musste Harry sie gleich wieder küssen. Innerhalb eines Abends war er Nora verfallen und konnte nicht einmal erklären, warum. Etwas zog ihn mit aller Macht zu ihr, und während seine Finger mit Noras rötlichem Haar spielten, wusste Harry, dass er nie zuvor so starke Gefühle für eine Frau gehabt hatte. Und eine Ahnung sagte ihm, dass er auch danach nie wieder so empfinden würde. Dabei hatte Nora nichts getan, um ihn zu ermutigen oder gar zu verführen. Sie hatte an diesem ersten Abend in der Küche des geschlossenen Pubs seinen Kuss zwar erwidert, sich danach aber sanft von ihm gelöst. »Dein Essen wird kalt«, hatte sie gesagt und ihm eine Gabel gereicht. Dann angelte sie in der Besteckschublade nach einer zweiten, und so aßen sie die Bratkartoffeln mit Thymian direkt aus der Pfanne. Danach begleitete Nora ihn zur Hintertür des Pubs. Harry sah sie im schwachen Lichtschein der Küchenlampe stehen und wollte in diesem Moment nichts lieber, als Nora mitzunehmen. In sein Hotelzimmer, aber auch mitten hinein in sein neues Leben. Denn er ahnte bereits, dass er das alte nicht mehr würde weiterführen können.

Ehe er aber eine entsprechende Frage oder einen Satz über die Lippen brachte, schloss Nora lächelnd die Tür, und gleich darauf hörte Harry, wie von innen der Schlüssel umgedreht wurde. Natürlich hätte er zum Vorderausgang des Pubs gehen und dort warten können, bis Nora herauskam, aber er spürte, dass er gehen musste.

Doch er kam wieder. Am nächsten Tag sowie am übernächsten. Und Nora schickte ihn nicht weg. Er hatte ihr gleich erzählt, dass er verheiratet war. Nicht, um bei ihr über seine lieblose Ehe zu jammern oder sich zu rechtfertigen. Er wollte, dass es zwischen ihnen von Anfang an keine Geheimnisse gab. Nora hatte ihn ruhig angesehen. »Ich werde dir nicht in deine Ehe reinreden, Thomsen. Was du tust, liegt in deiner Verantwortung.

Ich habe noch nie an die Mär der bösen Ehebrecherin geglaubt. Denn wenn ein starkes Band zwischen zwei Menschen existiert und sie nur Augen füreinander haben, dann hat ein Dritter dazwischen sowieso keinen Platz.«

Allein in seinem Hotelzimmer hatte Harry lange über Noras Worte nachgedacht und erkannt, dass sie recht hatte. Die Ehe zwischen ihm und Kristin war damals auf einem Fundament von Vernunft und auch Freundschaft geschlossen worden. Harry hatte genug davon gehabt, bei der Suche nach der Liebe immer wieder gegen unsichtbare Wände aus Zweifeln oder unerwiderten Gefühlen zu rennen. Zudem hatte er sich lange nur auf sein Studium konzentriert und fühlte sich danach wie aus der Welt gefallen. Vor allem, was Frauenbekanntschaften anging. Kristin hatte er durch Freunde kennengelernt. Sie war unkompliziert, zupackend und wollte – genau wie Harry – zur Ruhe kommen. Anfangs hatte beide der Wunsch verbunden, jemanden zu haben, bei dem sie sich zu Hause fühlen konnten. Kurze Zeit hatte das auch gut geklappt, und sie waren sich selbst genug gewesen. Doch dann wollte Kristin schnell ein Kind. Oder zwei. Ein Haus für die Familie war ihr nächstes Ziel. Harry hatte es nicht so eilig damit, er wusste gar nicht, ob er sein Leben wirklich für viele Jahre auf den Rhythmus eines kleinen Menschen umstellen wollte und konnte. Aber als sie drei Monate verheiratet waren, drängte Kristin immer stärker darauf, und im vierten

Monat setzte sie ohne Harrys Wissen die Pille ab. Kurze Zeit später war sie schwanger. Und Harry hatte sich gefügt. Als sein Sohn Oliver dann in die Schule kam, wechselte Harry den Job, weil Kristin der Meinung war, an seiner alten Arbeitsstelle wären die Karrierechancen nicht gut. Er arbeitete gerne in dem wissenschaftlichen Institut, aber Kristin hatte recht. Also bewarb er sich statt in der Forschung bei großen Industriefirmen und bekam prompt ein lukratives Angebot. Und so wurde Harry, Biochemiker aus Leidenschaft, ein weiteres Rädchen im Getriebe eines großen Pharmaunternehmens. Allerdings mit einem Gehalt, das sich sehen lassen konnte und mit dem er seine kleine Familie mehr als gut ernährte. Und nur das zählte. Jedenfalls bis zu diesem Abend in Exeter, als Harry den Pub betrat. Nichts ahnend, dass ein Blick aus meergrauen Augen, ein paar gesprochene Sätze und ein Kuss reichen würden, um sein Leben komplett auf den Kopf zu stellen.

Am dritten Tag nahm er sein Mittagessen im Pub ein und überredete Nora, später ihren Feierabend für einen Spaziergang mit ihm zu nutzen und ihm die Stadt zu zeigen. Als Nora hörte, dass er Biologe war, führte sie ihn in den Bicton Park, eine Art Botanischer Garten. Sie spazierten die verschlungenen Wege entlang und redeten stundenlang. Sie erkannten, wie ähnlich sie über bestimmte Dinge dachten und fühlten. Harry schien es, als ob ihre Worte sich allmählich zu einem unsichtbaren Band verflochten, das niemand mehr durchtrennen konnte – egal, wie weit entfernt sie in Zukunft voneinander wären.

Unter den herabhängenden Zweigen einer Trauerweide küsste Harry Nora schließlich noch einmal – und diesmal schob sie ihn nicht weg. Sie hielten sich eng umschlungen, bis Harry nicht mehr wusste, wo ihr Körper begann und seiner aufhörte. Danach gingen sie in sein Hotel und blieben dort bis zum nächsten Vormittag, ohne etwas zu Abend zu essen. Mitten in der Nacht plünderten sie die Minibar, und nicht einmal der saure Weißwein und die ranzigen Erdnüsse konnten ihr Glück trüben. Sie passten zueinander wie zwei Mosaiksteine. Harry hatte das Gefühl, bei Nora wäre eine lange Suche zu Ende gegangen. Er hatte immer gedacht, ihm würde im Leben nichts fehlen. Doch jetzt wusste er, dass es Nora gewesen war.

Kapitel 7

Don't Blame It On Me

(Fats Domino)

»So, da wären wir. Von hier aus solltet ihr problemlos nach London kommen.« Buck schaltete den Motor seines Kleinlasters aus, und Marie blickte sich um. Sie standen vor einem lang gezogenen roten Backsteingebäude, an dessen Front eine riesige Uhr mit altmodischem Ziffernblatt prangte, die den Reisenden schon von Weitem anzeigte, ob sie ihren Zug noch rechtzeitig erreichen würden.

»Danke, Buck. Es war wirklich schrecklich nett, dass du wegen uns einen Umweg gefahren bist.«

»Keine Ursache, Marie. Das haben meine Mädels und ich gern gemacht.« Ein empörtes Meckern von der Ladefläche strafte Bucks Worte Lügen, und er lachte.

»Wir sollten die Geduld der Tiere nicht unnötig strapazieren«, sagte Harry. Er öffnete die Autotür, und Marie tat es ihm gleich. Auch Buck wuchtete sich vom Fahrersitz und reichte Marie ihr Gepäck. Harry hatte seine blaue Tasche schon in der linken Hand, und mit der rechten ergriff er Bucks breite Pranke. »Vielen Dank, junger Mann. Das war eine wahrlich gute Tat. Hier …«

Er wühlte kurz in seiner Tasche, ehe er ein schwarzes Stück Papier zum Vorschein brachte. Genau so eines, das er auch Elsie geschenkt hatte. Buck nahm es behutsam und hielt es gegen das Licht. Dann lachte er laut auf. Der Scherenschnitt zeigte eine zottige Gestalt, halb Mensch, halb Ziege. »Pan, der bocksfüßige Hirtengott«, erklärte Harry lächelnd. »Ich fand, er passt sehr gut.«

Buck grinste breit und schüttelte Harry die Hand. »Wie hast du das denn so schnell gezaubert?«

»Ach, ich habe Schere und Papier immer bei mir«, sagte Harry vage und winkte ab.

Buck gab sich damit zufrieden. »Du bist wirklich einmalig! Bleib sauber, Kumpel – und vertrag dich gefälligst wieder mit deiner Nora, hörst du?« Dann wandte Buck sich an Marie. »Und du passt mir gut auf ihn auf. Nicht, dass er dir irgendwo auf der Strecke wieder verloren geht!«

»Ich tue mein Bestes«, gab Marie zurück. Nachdem Buck auch ihr die Hand geschüttelt hatte – insgeheim war sie erleichtert, dass der Ziegenzüchter auf eine Umarmung verzichtete – stieg er in seinen Laster und war kurze Zeit später mit seiner meckernden Fracht um die Ecke verschwunden.

»So. Was machen wir jetzt hier?« Harry blickte sich um.

»Wir kaufen eine Fahrkarte nach London. Und Sie werden den Teufel tun, auch nur einen Fuß aus der Wartehalle zu setzen, bis der Zug kommt. Ich habe keine Lust, Sie noch mal suchen gehen zu müssen, weil Sie wieder auf eigene Faust losmarschieren«, wies Marie ihn an.

»Jetzt machen Sie sich mal locker. Wir sprechen hier doch von einem kleinen Spaziergang – und nicht von der Besteigung des Nanga Parbat.«

»Ja klar. Aber ich durfte die Suppe auslöffeln«, murmelte Marie. Harry sah sie stirnrunzelnd an. »Welche Suppe?«

Verdammt, dachte sie. Eigentlich hatte sie vorgehabt, Harry vom Anruf seines Enkels in Ruhe bei einer Tasse Tee zu berichten, nachdem sie ihre Zugtickets hatten. Jetzt aber sah sie sich genötigt, damit rauszurücken. »Während Sie verschwunden waren, hat Ihr Handy geklingelt. Obwohl Sie behauptet haben, keins zu besitzen. Und ... weil Paddy sich solche Sorgen um Ihr Verschwinden gemacht hat, ist er drangegangen.«

Marie stockte und wartete auf einen Wutausbruch. Sie würde ausflippen, wenn ein anderer als Steven an ihr Telefon ginge. Doch Harry sah sie nur ausdruckslos an. »Und?«

»Es war Paul.«

»Wer ist Paul?«

Mein Gott, dachte Marie, er kennt nicht einmal seinen eigenen Enkel. Zwar verstand sie den Groll von Harrys Frau, weil er sie wegen Nora damals im Stich gelassen hatte, aber dass sein Sohn den Kontakt deswegen so radikal abgebrochen und seinem Vater verschwiegen hatte, dass er Großvater war, empfand Marie trotzdem als grausam. Sie holte tief Luft. »Harry, Ihr

Sohn hat offenbar inzwischen selbst ein Kind. Sein Name ist Paul, und er ist schon fast erwachsen. Und er hat Sie angerufen. Offenbar hat das Heim versucht, seinen Vater, also Ihren Sohn, zu erreichen, weil Sie einfach ausgebüxt sind.«

Harrys Miene hatte sich verfinstert. »Das ist ja schlimmer als im Knast!«

Marie bemühte sich, vernünftig zu klingen. »Ich kann mir vorstellen, dass Sie sich zu jung für betreutes Wohnen fühlen. Aber Paul hat gesagt, es war Ihre Entscheidung, dorthin zu ziehen.«

Harry schnaubte. »Pah! Der größte Fehler meines Lebens war das!«

»Wie dem auch sei. Was halten Sie davon, wenn Sie dort anrufen und erklären ...«

Doch Harry unterbrach sie rüde. »Kommt nicht infrage! Ich bin niemandem Rechenschaft schuldig. Außerdem gibt es keinen Grund, dort anzurufen. Ich gehe sowieso nicht zurück.«

»Wegen Nora, stimmt's?«, fragte Marie. »Warum rufen Sie sie nicht wenigstens an, um ihr zu sagen, dass Sie schon auf dem Weg nach Cornwall sind?«

Harry schwieg einen Moment. »Ich habe ihre Nummer nicht«, antwortete er schließlich. Und ehe Marie nachfragen konnte, setzte er hinzu: »Außerdem will ich mit Nora nicht am Telefon reden. Ich muss sie berühren und ihr in die Augen sehen, wenn ich mit ihr spreche. Sie hat mir einen Brief geschrieben, dass sie auf mich wartet – und ich werde sie nicht enttäuschen.«

Mit diesen Worten wandte er sich ab, und Marie wusste, dass er nicht bereit war, weiter darüber zu reden. Sie fand das Ganze etwas theatralisch und inszeniert, aber vielleicht waren Harry und Nora eins dieser Paare, die das Drama brauchten, um sich in ihrer Liebe lebendig und einzigartig zu fühlen. »Sie scheinen ziemlich sicher zu sein, dass sie beide sich wieder versöhnen.«

Harry sah Marie an, als käme sie vom Mars. »Natürlich. Ich liebe sie. Und sie mich. Das hat sie mir doch geschrieben.«

»Natürlich«, wiederholte Marie leise. Sie dachte an den Satz aus irgendeinem kitschigen Film, der besagte, dass man in der Liebe niemals um Verzeihung bitten musste oder so ähnlich. Aber das war natürlich Unsinn. Gerade wer liebte, verletzte den anderen oft, bewusst oder unbewusst. Und natürlich hatten sie und Steven das auch schon getan. Und sich danach entschuldigt. Marie versuchte, sich an eine Situation zu erinnern, in der ihr Mann sie um Verzeihung gebeten hatte, aber ihr Kopf war wie leer gefegt. Wahrscheinlich wegen der Anspannung und Harrys Gemecker.

Sie hatte auch wahrhaftig andere Probleme, als sich an den letzten Ehekrach zu erinnern. »Wie auch immer. Paul kommt nach London und erwartet uns am Bahnhof. Alles andere klären Sie dann bitte mit ihm.«

»Worauf Sie sich verlassen können«, knurrte Harry. Er schien ernsthaft sauer und hüllte sich während der eineinhalb Stunden, die sie auf den Zug nach London warten mussten, in grimmiges Schweigen. Nachdem sie endlich in die Waggons des Virgin Trains East Coast einsteigen konnten, setzte Harry sich nicht zu Marie, sondern auf die andere Seite des Viererabteils. Er zog das kleine schwarze Büchlein heraus und begann zu schreiben oder zu zeichnen, das konnte Marie nicht genau erkennen. Vielleicht skizzierte er seinen nächsten Scherenschnitt oder zeichnete Nora, doch sie wollte ihn nicht weiter neugierig beobachten.

Außerdem bot sich durch Harrys Schweigen die Gelegenheit, ihren eigenen Gedanken nachzuhängen. Eigentlich wollte Marie überlegen, wann sie Steven anrufen und ihm ihr Kommen ankündigen sollte. Aber sie konnte sich nicht konzentrieren. Bilder und Satzfetzen der vergangenen zwei Tage geisterten durch ihren Kopf und verhinderten jeden klaren Gedanken. Sie sah Elsies und Petes hässliches Haus und hörte die beiden unisono »Snap« rufen. Der schwarze Scherenschnitt der Sirene tauchte vor ihrem inneren Auge auf. »Liebe ist nur eine schillernde Seifenblase«, raunte Paddys Stimme an ihrem Ohr, doch dann erinnerte sie sich an Petes Blick, mit dem er seine Elsie angesehen hatte. Bei der Erinnerung durchzuckte Marie wieder der kurze Schmerz. Wann hatte Steven sie zuletzt so angeschaut? Am Anfang natürlich, als er immer wieder wie zufällig in der Musikkneipe aufgetaucht war, in der Marie regelmäßig auf der Bühne stand. Damals hatte sie seine Blicke nicht nur bemerkt, sondern förmlich gespürt, und sie hatten Marie durch ihre Auftritte getragen wie ein fliegender Teppich. Nach ihrem ersten Kuss hatten sie sich sekundenlang schweigend angesehen, und Marie sah sich in Steves blauen Augen gespiegelt: eine Polyhymnia, die Muse des Gesangs – eine Göttin.

Später hatte sie Steven auch noch ein paar Mal so angesehen. Bei ihrer Hochzeit. Am Frühstückstisch, als sie mit dem Teststreifen aus dem Badezimmer kam – ehe er auf ihr Kopfschütteln hin den Blick senkte. Im Lauf der Zeit waren diese Momente immer seltener geworden. Und den letzten konnte Marie sich nicht mehr ins Gedächtnis rufen, so sehr sie sich auch anstrengte. Sie erinnerte sich nur an eins: Dass Steven ihr nie in die Augen geblickt hatte, während sie sich liebten. Immer, wenn sie ihm dabei ins Gesicht sah, hatte er die Lider geschlossen und öffnete sie auch nicht, wenn sie ihn küsste. Marie hatte sich nicht getraut, ihn darauf anzusprechen und sich angewöhnt, ebenfalls die Augen geschlossen zu halten. Wahrscheinlich wollte Steven sich ganz darauf konzentrieren, dass ihre Körper sich in diesen Momenten so nahe waren.

Plötzlich aber zweifelte sie tief in ihrem Herzen, ob das wirklich der Grund war.

Harry und Nora

Obwohl Harry das Ortsschild inzwischen kannte, musste er jedes Mal schmunzeln, wenn er es passierte. »Mousehole« – Mauseloch, auf so einen Namen würde man in Deutschland nie kommen, dachte er. Dabei hatte das kleine Fischerdorf rein gar nichts mit einem Loch zu tun, im Gegenteil. Knallbunte Hausfassaden in Türkis, Rosa und Sonnengelb empfingen den Besucher. Die alte Hafenmauer, unterhalb derer sich ein schmales Stück Sandstrand erstreckte, zog viele Maler an, die sich darauf niederließen, um die ebenfalls farbenfrohen Boote mit Ölfarbe oder Kreide auf die Leinwand zu bannen.

»Ursprünglich könnte der Name ›Mowesheyl‹ gelautet haben«, hatte ihm Nora vor einiger Zeit erklärt. »Das ist kornisch und bedeutet ›an der Mündung des Flusses der jungen Frauen‹.«

»Die können mir gestohlen bleiben. Ich habe ja schon die Schönste von allen«, hatte Harry lachend geantwortet und Nora geküsst.

»Für einen Deutschen machst du sehr charmante Komplimente, my love.«

»Weißt du, ich kenne da so eine Engländerin, die mir das beigebracht hat. Groß, schlank, rötliche Haare. Eigensinnig und mit diesem grauenhaft britischen Humor ausgestattet, aber irgendwie doch ganz nett, und … autsch!« Harry hatte sich weggeduckt, ehe Nora ihn noch einmal gegen die Schulter boxen konnte.

Inzwischen lebte Harry seit mehreren Jahren auf »der Insel«, wie die Briten ihr Land liebevoll nannten. Obwohl er die englische Sprache gut beherrschte, war ihm die neue Umgebung anfangs nicht leichtgefallen. Zwar war er froh, aus der Trostlosigkeit seiner Ehe mit Kristin ausgebrochen zu sein, aber Oliver gegenüber quälten ihn immer noch heftige Schuldgefühle. Er hatte versucht, dem Jungen alles zu erklären und wollte ihm versprechen, dass er immer für ihn da sein würde – aber Kristin hatte ganze Arbeit geleistet. Die Erinnerung an den kalten, hasserfüllten Blick seines Sohnes war Harry über die See gefolgt, und die Gewissensbisse, Oliver kein guter Vater gewesen zu sein, suchten ihn auch in seiner neuen Heimat oft noch heim.

Doch immer, wenn Harry Nora ansah, sie berührte oder ihre Stimme hörte, wusste er, dass ihre Liebe dies alles wert gewesen war und er nicht anders hätte handeln können. Er hätte Oliver gerne erklärt, dass es keinen Sinn machte, wenn zwei Menschen nur der Form halber ein Leben lang miteinander ausharrten. Früher oder später würde es zumindest einer von beiden bereuen und den anderen jeden Tag dafür büßen lassen. Vielleicht würde Oliver das irgendwann verstehen. Vielleicht aber auch nicht.

Inzwischen kam es Harry fast so vor, als wäre er schon immer hier in England gewesen. Auch im Job hatte er Glück gehabt. Als er damals in Deutschland kündigen wollte, um nach England zu ziehen, hatte sein Unternehmen ihm eine Stelle in seinem Schwesterunternehmen in Penzance angeboten, Schwerpunkt Meeresbiologie. Es hatte einige Fortbildungen und eine Menge Theorie gebraucht, aber all das hatte Harry gerne auf sich genommen, denn endlich fühlte er sich im Leben angekommen. Nicht wegen seiner Arbeit, sondern wegen Nora. Sie hatte Exeter ohne Bedauern verlassen und war zu ihm nach Cornwall gezogen. Auch hier gab es genügend Restaurants, Pubs und Cafés, und inzwischen war Nora stolze Pächterin einer kleinen, aber feinen Kneipe, in der sie unter der Woche die Gäste mit guter, bodenständiger Küche verwöhnte. Am Wochenende enterten regelmäßig bekannte und unbekannte britische Musikbands die kleine Bühne, und dann war der Laden bis weit nach Mitternacht proppenvoll. Auch Harry hielt sich gerne dort auf und half Nora beim Aufräumen, wenn schon das erste graublaue Morgenlicht durch die schmalen Fenster kroch.

Penzance war keine Stadt, deren Schönheit sich auf den ersten Blick offenbarte, dazu waren die Gebäude zu grau und die breite Uferpromenade zu nahe an der Hauptverkehrsstraße. Doch wenn man erst einmal die kleinen Seitenstraßen mit Pubs, Cafés und den vielen verrückten Läden dazwischen entdeckt und zum ersten Mal den Weg an der Küste entlang eingeschlagen hatte, begriff man auch den rauen Charme dieser Stadt am Meer, das sich Tag und Nacht an der hohen Ufermauer brach. Wenn die Nächte nicht allzu kalt waren, ließen sie meist das Fester ihres Schlafzimmers offen und lauschten dem entfernten Donnern der Brandung. Harry und Nora lagen dann eng umschlungen Bauch an Rücken – zwei Körper wie einer –, und das Rauschen der Wellen wiegte sie in den Schlaf, und der Atlantik flutete in ihre Träume.

Doch wenn der Frühsommer kam, zog es Nora aus der Stadt hinaus. An zwei Tagen in der Woche übergab sie den Pub dann nachmittags an eine ihrer Bedienungen und schnürte ihre Wanderschuhe. Sie liebte den Küstenpfad und bekam nicht genug davon, ihn immer und immer wieder abzuwandern. »Das Meer hat jeden Tag eine andere Farbe, und der Himmel besitzt Hunderte von Schattierungen. Warum also sollte es mir langweilig werden?«, antwortete sie stets, wenn Harry sie neckte und eine »Wiedergängerin« nannte.

Fast immer trafen sie sich nach Noras Wanderungen am frühen Abend im Hafen von Mousehole, diesem kleinen Fischerörtchen drei Meilen von Penzance entfernt. Meistens erwartete ihn Nora schon auf einer Bank sitzend – ihrer *Bank. Sie stand etwas abseits, auf einer kleinen Anhöhe hinter dem Hafen. Dorthin führte ein schmaler, von Gestrüpp beinahe überwucherter Weg, den außer ihnen beiden fast niemand ging. Obwohl die Bank so versteckt war, bot sie einen weiten Blick auf den kleinen Hafen und die dahinterliegenden Häuser, die sich an den Fuß der überraschend grünen Hügel schmiegten.*

Immer wenn Harry Nora dort sitzen sah, ihren schmalen Rücken, den langen Hals mit der kleinen Kuhle im Nacken, über die er so gerne mit den Lippen strich, während er ihre seidigen Haare mit einer Hand zusammenhielt – klopfte sein Herz wie am ersten Tag in diesem Pub in Exeter. Dann trat er hinter sie, und wenn sie lächelnd den Kopf drehte, beugte er sich herunter und küsste sie lange und innig, ehe er sich zu ihr auf die Bank setzte. »Na, Thomsen, wie war dein Tag?«, fragte Nora ihn dann, während sie sich an ihn lehnte wie eine zufriedene Katze. Manchmal saßen sie aber einfach nur schweigend da, ihre Finger fest ineinander verflochten und genossen den Ausblick und einander. Und obwohl sich Nora immer standhaft geweigert hatte, ihn zu heiraten, »Einmal sollte doch genug sein, oder, Thomsen?«, fühlte er sich ihr nach all den Jahren so verbunden, als würden sie sich schon ein ganzes Leben lang kennen.

Es war Noras Geburtstag – der Tag, ab dem sie und Harry für einige Monate nicht mehr zehn Jahre, sondern nur noch neun trennten. Jedes Jahr zog Harry sie damit auf, und Nora rächte sich, indem sie dann an seinem Geburtstag prompt behauptete, dass sie sich nun endlich wieder jung fühle.

Heute war Harry ausnahmsweise als Erster an der Bank hinter dem Hafen. Er konnte es kaum abwarten,

Noras Silhouette am Beginn des engen Weges auftauchen zu sehen. Von dort aus ging man wie unter einem Blätterdach, und Harry sah mit einer Mischung aus Vorfreude und Ungeduld, wie sich Nora mit ruhigem, festen Schritt, den sie auch auf dem steilsten Küstenpfad beibehielt, näherte.

Bei seinem Anblick lächelte sie breit. »Thomsen, was machst du denn schon hier?«

Harry zog eine Flasche Champagner aus der Kühltasche samt zweier Plastikgläser. »Ein besonderer Anlass verlangt nach dem Bruch von Traditionen. Setz dich doch, während ich die Flasche öffne.«

Aber statt sich dem Korken zu widmen, beobachtete Harry gespannt, wie Nora um die Bank herumging. »Verdammt«, fluchte sie auf einmal, »jemand hat unsere Bank verschandelt.«

»Was?«, rief Harry mit gespieltem Entsetzen, »was ist denn passiert?«

Anklagend wies Nora auf die Lehne. »Da ist etwas ins Holz geschnitzt!« Sie beugte sich vor, um es zu entziffern, und Harry sah amüsiert, wie sich ihr zorniger Gesichtsausdruck in Überraschung verwandelte. »Willst du mir nicht sagen, was da steht?«

Nora schluckte und las vor. »For Nora, who loves the view and doesn't get tired of it.«

Sie stand auf, umrundete die Bank und fiel Harry um den Hals. »Danke! Das ist das schönste Geburtstagsgeschenk, das ich je bekommen habe.«

»Happy Birthday, mein Schatz«, antwortete Harry

und hielt sie ganz fest. An diesem Abend saßen sie auf der Bank, die nun Noras war, bis die Sterne am Himmel standen und sie zu frieren begannen. In dieser Nacht schlummerte Harry nicht mit dem Rauschen des Atlantiks ein. Er und Nora hatten Besseres zu tun, als zu schlafen.

Kapitel 8

Unforgettable
(Nat King Cole)

Ein Quietschen riss Marie aus ihren Grübeleien. Der Zug bremste seine Fahrt und schlängelte sich auf einem der vielen Gleise auf die riesige Bahnhofshalle des Bahnhofs King's Cross zu.

Marie rüttelte Harry sanft an der Schulter. »Wir sind gleich da!«

Harry schlug die Augen auf und blinzelte. »Wo?«

»In London.«

»London? Aber ich wollte doch nach Mousehole!« Seine rechte Hand fuhr zur inneren Brusttasche seines Jacketts und er zog ein zusammengefaltetes Blatt Papier heraus. Marie konnte eine schön geschwungene Schrift erkennen, jedoch keine Worte, denn Harry fuchtelte aufgeregt mit dem Papier herum. »Hier, der Brief von Nora. Ich muss zum Hafen!«

»Ja, ich weiß. Aber von London aus kommen Sie doch auch nach Cornwall«, versuchte Marie ihn zu beruhigen. Offenbar hatte sie Harry aus dem Tiefschlaf gerissen, und Marie wusste aus eigener Erfahrung, wie verwirrt man danach war.

Langsam schien Harry etwas klarer im Kopf zu werden. Er stand auf, steckte den Brief wieder ein und fuhr sich durch seine Haare. »London also, ja? Ich habe diese Stadt noch nie gemocht. Es ist mir unbegreiflich, wieso so viele Leute hierherkommen. Wozu? Um den Buckingham Palast und ein paar Männer mit albernen Fellmützen davor anzugaffen?«

Offenbar war Harrys Laune immer noch nicht die beste, und Marie zog es vor, nichts dazu zu sagen. Schweigend stiegen sie aus dem Zug und gingen den Bahnsteig entlang. Im Gegensatz zu Harry mochte Marie die Atmosphäre von Bahnhöfen. Die rennenden, schlendernden und wartenden Menschen verschwammen zu einer bunten, wuseligen Masse, alles war in Bewegung, und darüber schwebten die Aromen von Kaffee, Gebäck und einem Hauch Frittierfett. Es waren aus einer fernen Erinnerung vertraute Gerüche und Geräusche, und Marie sog die fremde und doch auf beinahe allen Bahnhöfen der Welt ähnliche Atmosphäre auf.

Als sie die große Halle durchquerten, riss sie sich zusammen und hielt Ausschau nach Harrys Enkel. Sie hoffte, dass sie sich unter den vielen Reisenden überhaupt finden würden, denn immerhin hatte auch Paul seinen Großvater offenbar noch nie gesehen. Zwar besaß er Harrys Handynummer, gemeldet hatte er sich allerdings noch nicht, wie sie mit einem Blick auf ihr Display feststellte. Harry durchquerte zielstrebig die Halle und blieb schließlich vor einem kleinen Imbiss stehen, der Kaffee in allen Varianten anbot. Während er das

Angebot studierte und mit der sehr jungen Verkäuferin scherzte, die ein Schildchen an ihrer gestreiften Schürze trug, auf dem »Daisy« stand, wartete Marie nervös.

»Entschuldigen Sie bitte ...«, hörte sie in diesem Augenblick eine Männerstimme hinter ihrem Rücken sagen. Sie blickte sich um. Der Typ, der sie angesprochen hatte, trug einen hellgrauen Anzug mit Krawatte und war locker Anfang dreißig.

Definitiv nicht Studenten-Paul, dachte Marie und machte eine abwehrende Kopfbewegung. »Sorry, keine Zeit, ich bin hier verabredet.«

»Ja, mit mir«, sagte der Anzugträger. Er war leicht gebräunt und hatte dunkle, fast schwarze Haare. Ihm war offenbar bewusst, dass er nicht schlecht aussah, und daher war er wohl entschlossen, sich die Zeit, bis sein Zug fuhr, mit einem Flirt zu vertreiben. Da war er bei Marie an der falschen Adresse. »Hören Sie mal, wenn Sie meinen, jede Frau findet es super, von einem Wildfremden angequatscht zu werden, ist das Ihr Problem ...«, fing sie an, doch der Fremde unterbrach sie. »Marie?«

»Ja?«, fragte sie verblüfft, ehe langsam der Groschen fiel. »Paul?«

»Auch: ja.«

»Oh«, stammelte Marie, denn dieser Schnösel im feinen Zwirn passte überhaupt nicht zu dem Bild, das sie sich von ihm gemacht hatte. »Du, äh Sie sind ja schon ... älter.« Aber wie konnte das sein, dachte sie verwirrt. Sowohl Harry als auch sein Sohn mussten sehr früh

Vater geworden sein, wenn Paul jetzt Anfang dreißig war. Ehe sie jedoch weiter nachrechnen konnte, wurde sie von Harry unterbrochen, der näher kam.

»Mit wem reden Sie denn da?« Er hatte einen Pappbecher in der Hand und sah Paul mit unverhohlener Neugierde an.

»Hallo Harry. Ich bin's – Paul. Dein Enkel.«

Harry sah verblüfft aus, dann musterte er den Mann im Anzug mit zusammengekniffenen Augen. »Du bist Olivers Sohn?«

»Genau der bin ich.«

»Hm«, machte Harry. Er musterte seinen Enkel von den blank geputzten schwarzen Schuhen bis zum akkuraten Krawattenknoten. »Das könnte stimmen. Dein Vater ist schon als Schüler genauso spießig herumgelaufen wie du.«

Marie musste grinsen, doch Paul zog die Augenbrauen hoch. »Ich hatte eigentlich gedacht, dass mein Großvater ein etwas netterer Mann ist.«

»Und ich habe nicht gedacht, dass ich eine Petze als Enkel habe. Wieso sollte ich also nett sein?«

»Also bitte! Ich habe deine Reisebegleiterin oder wer auch immer sie ist, lediglich am Telefon informiert, dass die Leiterin von Haus Schwanenpark in Sorge ist, weil …«

»Papperlapapp. Niemand ist in Sorge um mich. Höchstens darüber, dass ich die Miete nicht zahle. Die übrigens unverschämt hoch ist für den dünnen Kaffee am Morgen und ein lauwarmes Essen am Abend!«

»Darum geht es gar nicht, und das weißt du«, erwiderte Paul hitzig. Dann jedoch fiel sein Blick auf Marie, und er unterbrach sich. »Wie auch immer. Du wirst mich zurück nach Deutschland begleiten. Ich habe uns für morgen um halb elf vormittags einen Flug optioniert. Heute war leider kein Rückflug mehr zu bekommen.«

»Du redest wie ein Bankdirektor«, sagte Harry verächtlich.

»Ich *bin* Bankdirektor. Jedenfalls so etwas Ähnliches. Ich mache Finanz-Controlling für ein großes Kreditunternehmen.«

»Das wird ja immer schlimmer«, ächzte Harry. »Meine Gene sind das jedenfalls nicht.«

»Das ist auch besser so. Ich habe keine Lust, später mal meine Familie im Stich zu lassen und einsam in einer Großstadt zu enden«, gab Paul scharf zurück.

Marie zuckte zusammen und schielte zu Harry. Der sah seinen Enkel mit ausdrucksloser Miene an. »Dein Vater scheint dich ziemlich beeinflusst zu haben«, sagte er. »Aber du hast keine Ahnung, mein Junge.«

Jetzt war es Paul, dessen Gesicht sich kurz verzog, als hätte er Zahnschmerzen. »Ich besorge uns jetzt zwei Zimmer in einem Hostel«, murmelte er und zog sein Smartphone aus der Tasche. Neues Modell, das war bestimmt teuer gewesen, konstatierte Marie.

»Ein Zimmer reicht«, erklärte Harry. »*Ich* fahre jetzt nämlich weiter nach Mousehole.«

Paul starrte ihn an. »Aber … das geht nicht! Du musst zurück nach Hamburg!«

Harry lächelte ungerührt. »Sagt wer?«

Paul stieß den Atem ruckartig aus. »Harry bitte! Das Heim hat schon ...«

»Das ist kein Heim! Und ich bin kein entmündigter Tattergreis. Ich lasse mir von niemandem vorschreiben, was ich zu tun und wohin ich zu gehen habe. Schon gar nicht von dir. Du kennst mich überhaupt nicht und willst mir Vorschriften machen? Dass ich nicht lache!«

»Ach. Und warum habe ich dich wohl nie kennengelernt?«, gab Paul hitzig zurück. Beide schienen völlig vergessen zu haben, dass sie mitten in der Bahnhofshalle von King's Cross standen.

»Dein Vater hat das erfolgreich verhindert«, antwortete Harry prompt. »Er und seine Mutter konnten mir nie verzeihen, dass ich gegangen bin. Weil eine Trennung manchmal besser ist, als in einer privaten Kriegszone aufzuwachsen. Dort, wo zwei Menschen zwar miteinander leben, jedoch nur noch gegeneinander sind. Aber Oliver hat das nie verstanden.«

Harry und Paul fixierten sich schweigend – ein Machtkampf mit Blicken. Die Luft schien vor Feindseligkeit förmlich zu knistern.

»Paul, kann ich kurz mit dir reden?«, fragte Marie, weil sie die Spannung nicht länger aushielt. Sie beschloss, ihn weiterhin zu duzen, weil sie hoffte, es würde ihrem Gespräch eine persönlichere Note verleihen.

Widerwillig wandte Paul sich ihr zu. »Worüber?«

»Unter vier Augen«, erklärte Marie. Sie wandte sich an Harry. »Sie holen sich jetzt noch einen Tee bei der netten Daisy und warten hier. Ich komme wieder, und wir regeln das mit Cornwall. Dafür versprechen Sie mir, dass Sie nicht wieder abhauen, ok?«

»Na gut«, grummelte Harry. In diesem Augenblick piepste es, und Marie erkannte, dass es Harrys Armbanduhr war, die sich meldete. »Zeit für meine Vitamintablette«, sagte er mit Blick auf sein Handgelenk. Bereitwillig ging er zurück zu der blonden Standverkäuferin, und Marie konnte sehen, wie sie mit Harry redete und lachte. Marie und Paul gingen in den Vorraum der Reiseauskunft, wo es einigermaßen ruhig war.

»Sieh mal, ich weiß, du fühlst dich verpflichtet, Harry zurückzubringen ...«

»Und das zu recht«, fiel Paul ihr heftig ins Wort. »Er ist nämlich krank.« Als sie ihn erschrocken anstarrte, fuhr er etwas ruhiger fort. »Die Leiterin dieses Wohnheims hat es mir gesagt. Deswegen machen sie sich solche Sorgen um sein Verschwinden.«

»Aber ... was fehlt ihm denn?«, fragte Marie.

»Das weiß ich nicht. Sie wollten es mir am Telefon nicht sagen. Das ist so eine komische Vorschrift. Ausschließlich enge Angehörige werden informiert und das nur persönlich. Weil ich am Telefon nicht nachweisen konnte, dass ich wirklich Harrys Enkel bin, sehen sie sich nicht von ihrer Schweigepflicht entbunden. Und mir war es wichtiger, sofort nach London zu reisen, statt erst in Hamburg meinen Ausweis vorzulegen.«

»Geht's noch hochtrabender? Sie müssen dir doch sagen, wenn es schlecht um deinen Großvater steht.«

»Sie haben nur gesagt, dass er seine Behandlung einfach abgebrochen hat«, gab Paul zurück.

»Was vermutest du?«, fragte Marie.

»Vielleicht das Herz?«

Beinahe hätte Marie genickt, denn jeder mit Liebeskummer war in gewisser Weise herzkrank. Sie dachte an Harrys federnden Gang und an seine kräftige Stimme, wenn er von Nora erzählte. Er machte nicht den Eindruck eines schwachen oder leidenden Mannes. Dann aber fielen ihr die Tabletten ein. Was, wenn sie gar nicht gegen Kopfschmerzen oder für die Vitaminzufuhr waren? Nach Pauls Worten musste Harry offenbar regelmäßig zum Arzt, was auch heißen könnte, dass es wirklich ernst um ihn stand. Marie schluckte und berichtete Paul von den Pillen, die sie Harry hatte nehmen sehen. »Was, wenn er nicht mehr viel Zeit hat?«

Vielleicht resultierte Harrys dringender Wunsch, Nora zu sehen, aus der Tatsache, dass er wirklich sehr krank war, dachte Marie, und eine kalte Hand schien ihr Herz zu umklammern.

»Du meinst ... Krebs?« Jetzt sah auch Paul betroffen aus.

»Ich weiß es nicht. Aber in einigen Fällen behandelt man da auch unterstützend mit Tabletten. Das weiß ich von der Mutter einer ehemaligen Arbeitskollegin. In jedem Fall klingt es, als wäre die Sache ernst.«

»Mist. Dann muss ich Harry wirklich schnell zurückbringen.«

Marie war hin- und hergerissen. Einerseits verstand

sie Paul, der seinen Großvater in ärztlicher Obhut sehen wollte. Andererseits …

»Nein, Paul«, sagte sie entschlossen. »Das kannst du ihm nicht antun. Nicht, bevor er Nora gesehen und sich mit ihr versöhnt hat. Sie haben sich wohl getrennt, aber jetzt hat sie ihm einen Brief geschrieben, in dem steht, dass sie am Hafen von Mousehole auf ihn wartet. So lange, bis er kommt und sie sich wieder versöhnen.«

Paul schnaubte. »Und wegen eines Briefes soll ich einen kranken Mann ohne ärztliche Versorgung quer durch England bummeln lassen? Warum ruft er sie nicht einfach an?«

»Das geht wohl nicht. Frag mich nicht, warum, aber Harry sagt, er muss persönlich zu Nora.«

Paul verschränkte die Arme. »Kommt nicht infrage.«

»Mein Gott, jetzt hab dich nicht so! Es geht hier lediglich um zwei oder drei Tage.«

Paul schüttelte den Kopf. »Nein. Ich kann und will die Verantwortung nicht übernehmen. Ich nehme Harry morgen mit nach Hamburg, wenn es sein muss auch gegen seinen Willen.«

Marie versuchte, vernünftig zu klingen. »Du kannst ihn nicht zwingen, Paul.«

»Das werden wir sehen. Notfalls lasse ich ihn mit Hilfe meines Vaters und der der Heimleitung entmündigen.«

Marie starrte Paul fassungslos an. Das konnte nicht sein Ernst sein! »Du bist doch nur zu feige«, warf sie ihm vor. »Du hast Angst, dass du Ärger kriegst. Aber hier geht es nicht um dich! Hier geht es um einen Menschen, der die Möglichkeit hat, die Liebe seines Lebens zurückzugewinnen.«

Paul blickte verbissen drein. »Dann muss er eben doch zum Telefon greifen, oder Nora kommt nach Deutschland.«

»Nein«, bestimmte Marie. »Ich lasse nicht zu, dass du Harry kurz vor seinem Ziel alles kaputt machst!«

Es war ihr ernst. Plötzlich waren ihre eigenen Vorbehalte gegen ihren exzentrischen Reisebegleiter vergessen. Statt froh zu sein, ihn auf bequeme Art loswerden zu können, erwachte in ihr der Kampfgeist. Sie und Harry waren mit demselben Ziel nach England gereist, und ein wenig kam es Marie so vor, als wäre eine Versöhnung zwischen Nora und Harry gleichzeitig ein gutes Omen für ein Happy End in ihrem eigenen Leben. Außerdem spürte sie, dass sich irgendein Geheimnis um Harry und Nora rankte, und sie hätte gerne erfahren, welches. Aber das würde sie Paul sicher nicht auf die Nase binden.

Der musterte Marie spöttisch. »Du lässt es nicht zu? Da bin ich aber mal gespannt, was du dagegen zu tun gedenkst.« Seine Worte klangen belustigt, doch es lag keine Freundlichkeit in seinem Ton.

»Ganz einfach.« Sie rückte etwas näher an Paul heran und senkte die Stimme. »In zehn Sekunden fange ich an zu schreien und behaupte, du hättest versucht mich auszurauben. Und mich dabei auch noch unsittlich begrapscht.«

Paul wich einen Schritt zurück. »Du bist verrückt!«

»Und du gleich auf der Polizeiwache. Die Engländer verstehen bei Kriminellen keinen Spaß, glaub mir. Und seit der MeToo-Debatte hilft dir selbst dein schicker Anzug nichts.«

»Das nimmt dir keiner ab! Vor allem nicht, wenn ich sage, dass Harry mein Großvater ist und ich nur wegen ihm hier bin!«

»Kannst du beweisen, dass du sein Enkel bist? Denn eins darfst du mir glauben: Sobald ich Harry verrate, dass du ihn zwingen willst, nach Hamburg zurückzugehen, hat er keinen Enkel mehr. Stattdessen wird er mit Freuden bestätigen, dass du ein Wildfremder bist, wetten?«

Paul starrte Marie an. »Du tickst echt nicht mehr richtig.«

Marie sah ihn ausdruckslos an. »Bei drei schreie ich. Eins … zwei …«

»Schon gut, verdammt noch mal«, rief Paul. Ein paar Köpfe drehten sich zu ihnen um, und er senkte die Stimme. »Okay, du hast gewonnen. Aber wenn Harry irgendwas passiert, mache ich dich dafür verantwortlich, klar?«

»Ihm wird nichts passieren. Wir besteigen schließlich nicht den Nanga Parbat«, wiederholte sie Harrys Worte. »Und wer weiß, ob Harry seine Behandlung nicht hier in England fortsetzt, sobald er und Nora wieder zusammengefunden haben.«

»Diese unbekannte Nora geht mir jetzt schon gewaltig auf die Nerven«, knurrte Paul.

Marie wurde ernst. »Ich weiß, dass du auf der Seite deines Vaters bist. Und Harry hat ihn in gewisser Weise tatsächlich im Stich gelassen. Aber weißt du, ob die Ehe vor der Begegnung mit Nora nicht schon am Ende war?«

»Meine Großmutter hat nie darüber gesprochen«, murmelte Paul. »Ich weiß nur, dass sie Harry nie verziehen hat. Und mein Vater auch nicht.«

Marie seufzte. »Nora ist Harrys große Liebe. Und offenbar würde er alles dafür tun, sie zurückzugewinnen. Sie bedeutet ihm die Welt«, sagte sie leise und ein wenig von sich selbst überrascht. Eigentlich hätte sie sich mit der Ehefrau solidarisieren sollen, doch es gelang ihr nicht.

Paul schluckte und starrte zu Boden, als stünde auf den schmutzigen Bodenfliesen eine Lösung geschrieben. Er schwieg einige Sekunden lang, und Marie ballte vor Anspannung die Fäuste. Paul war Harrys nächster Verwandter, und sie hatte tatsächlich kein Recht, ihm Vorschriften zu machen. Und auch keine Möglichkeit, wenn sie realistisch war. Denn natürlich war ihre Ankündigung zu schreien und Paul von der Polizei abführen zu lassen, nur eine leere Drohung gewesen.

Endlich hob Paul den Kopf und sah Marie an. »Ach, verdammt, dann bringe ich ihn eben nach Mousehole«, sagte er schließlich.

»Echt?«, Marie lächelte erleichtert.

»Nein, das war ein Witz. In Wirklichkeit warte ich nur, bis du außer Hörweite bist, dann kneble und fessle ich meinen Großvater und schleppe ihn zum Flughafen.«

Paul bemühte sich, seine Gereiztheit zu verbergen, aber Marie musste wider Willen lachen. Vielleicht war Harrys Enkel doch kein so verkappter Spießer wie sie gedacht hatte.

»Lass uns aber direkt losfahren«, bestimmte Paul. »Es ist erst siebzehn Uhr, und wir könnten in etwa fünf Stunden in Cornwall sein. Dort sind die Übernachtungen hoffentlich nicht so schweineteuer wie in London, und morgen früh kann Harry sich dann gleich mit Nora treffen.«

Ganz der Controller, dachte Marie. Aber sie hatte ebenfalls nichts dagegen weiterzufahren. Je eher sie bei Steven war, desto besser. Und zehn Uhr abends war gerade noch vertretbar, um bei seiner Familie vor der Tür zu stehen.

»Wo steht dein Auto?« Paul sah sie erwartungsvoll an.

»Ich habe keins. Jedenfalls nicht mehr. Dank Harry, der es kürzlich geschrottet hat.«

»Was? Wie ist das passiert?«

»Ich wollte tanken, und er hat darauf bestanden, das zu übernehmen. Als Dankeschön, weil ich ihn nach Cuxhaven zur Fähre mitgenommen habe«, erklärte Marie. »Aber dann hat er Benzin statt Diesel in meinen Tank gefüllt. Jetzt steht der Wagen in einer kleinen Werkstatt, und ich kann ihn auf meiner Rückreise abholen …«

»Ach, deswegen hast du auch King's Cross als Treffpunkt vorgeschlagen. Weil ihr mit dem Zug gekommen seid.«

»Nein, mit einer verzauberten Kürbis-Kutsche – wie in Disneys ›Cinderella‹«, sagte Marie trocken. Als sie Pauls konsternierte Miene sah, seufzte sie. »Schon gut.« Sie wollte sowieso nicht mehr herumstehen und reden, sondern rasch von hier weg und endlich zu Steven.

Doch als Marie am Schalter nachfragte, erfuhr sie, dass der nächste Zug nach Cornwall erst in zwei Stunden ging, und zudem keine Plätze mehr reserviert werden konnten. Abgesehen davon, dass die Fahrtzeit nach Penzance fast sieben Stunden betrug. Sie würden also mitten in der Nacht am Bahnhof stranden, wenn alle Hotelrezeptionen geschlossen hatten. Zudem fuhren die Busse von Penzance nach St Ives und Mousehole erst wieder ab sieben Uhr morgens. Marie hätte vor Frust am liebsten geheult. »Ganz toll. Und jetzt?«

»Mietwagen«, bestimmte Paul knapp. »Aber erst sammeln wir Harry ein.«

Der hatte sich zu Maries Erleichterung an ihre Anweisung gehalten und stand noch am selben Platz. Sein Pappbecher war leer, aber er war immer noch in ein lebhaftes Gespräch mit der Kaffeeverkäuferin vertieft. Als Marie ihn über ihre Pläne informierte, lächelte Harry und verabschiedete sich freundlich von der jungen Frau. »Und vergessen Sie die Liebe nicht, Daisy. Sie ist es, die unser Herz am Schlagen hält.«

»Versprochen, Harry. Und viel Glück für Sie und Nora«, antwortete das Mädchen und winkte ihm noch einmal zu. Während sie den Schildern mit »Rent a Car«

folgten, klärte Paul Harry darüber auf, dass sie mit einem gemieteten Auto nach Cornwall weiterfahren würden. Harry war begeistert. »Endlich mal ein vernünftiger Vorschlag von dir.«

Auch Marie war zufrieden. »Dann könnt ihr mich in St Ives absetzen und danach weiterfahren.«

Paul warf Marie einen Seitenblick zu. »Was machst du in St Ives? Ferien?«

»Ich nicht, aber mein Mann. Seine Familie hat dort ein Haus«, antwortete sie knapp und war erleichtert, dass weder Paul noch Harry weiter fragten. Sie hatte keine Lust, über ihre Probleme zu reden, und außerdem würden diese sich – ob real oder ihrer lebhaften Fantasie geschuldet – sowieso erledigen, wenn sie erst einmal bei Steven war.

Obwohl der eigentlich diese Art Überraschungen hasste. Plötzlich fiel Marie jener Abend vor zwei Jahren ein. Es war Stevens Geburtstag gewesen, und sie hatte heimlich ein paar Freunde angerufen. Nachdem ihr Mann gegen neun Uhr abends aus der Redaktion gekommen war, hatte Marie ihn im Flur empfangen und so getan, als hätte sie nur einen kleinen Imbiss für sie beide vorbereitet. Steven war wortkarg und schien nur mühsam seine schlechte Laune überspielen zu können. Marie schob es darauf, dass er wahrscheinlich glaubte, sie hätte sich an seinem Festtag keine Mühe gegeben. Umso mehr freute sie sich auf die Überraschung. Sie lotste Steven ins dunkle Wohnzimmer. »Lass uns erst mal was trinken«, sagte sie. Das war ihr Stichwort.

Plötzlich ging das Licht an, und vor Steven stand ein Dutzend seiner Bekannten und Freunde, die alle »Happy Birthday« schrien und die Sektkorken knallen ließen. Steven wirkte sekundenlang völlig überfahren. Marie glaubte sogar, Ärger in seinem Blick zu sehen. Dann aber huschte das typisch charmante Steven-Lächeln über sein Gesicht. Er und Marie stießen an, sie plauderten bis kurz vor Mitternacht mit den Gästen, und sie hielt ihre spontane Feier für das beste Geburtstagsgeschenk, das sie Steven hatte machen können. Nachdem er die Tür hinter dem letzten Gast geschlossen hatte, drehte er sich zu Marie um – und sein Lächeln wich schlagartig einer zornigen Miene. »Bist du von allen guten Geistern verlassen?«, fauchte er.

Marie konnte ihn nur fassungslos anstarren. »Ich komme todmüde von einem langen Arbeitstag nach Hause – und du hast nichts Besseres zu tun, als die Bude voller Leute zu laden?«

»Aber, ich …«, stammelte Marie. Sie war völlig perplex über seine heftige Reaktion. »Ich wollte dir eine Freude machen!«

»Dann frag mich doch einfach das nächste Mal. Dann kann ich dir sagen, dass ich mich auf einen ruhigen Abend gefreut habe. Halligalli habe ich den ganzen Tag bei meinem Job. Und wenn dich deiner im Café nicht ausfüllt, ist das nicht mein Problem. Dann such dir einen Gospelchor oder so was.« Mit diesen Worten war Steven ins Badezimmer gestapft und hatte Marie im Flur stehen lassen.

Kurz, ganz kurz, hatte Marie sich damals zurück in ihr altes Leben mit Zoe, Mo und Rick gewünscht. Sekundenlang war sie versucht, eine Tasche zu packen und zu verschwinden – aus dieser Wohnung, aus dieser Stadt und diesem Leben, das sich bis jetzt so richtig angefühlt hatte. Sie wollte nichts lieber als in den alten, rostigen Bus steigen und Gas geben. Gleich darauf war ihr jedoch klar geworden, wie albern und kindisch diese Gedanken waren. Sie liebte Steven, und er liebte sie. Sie hatten beschlossen, sich ein gemeinsames Leben aufzubauen, und ihr Mann tat alles dafür, dass es ihnen gut ging. Es war ein anstrengender Tag für ihn gewesen, und sie hatte ihn mit ihrer spontanen Aktion schlicht überfordert. Es war ihre Schuld und kein Grund, deswegen alles infrage zu stellen und gleich hinzuwerfen, dachte sie. Daher atmete Marie dreimal tief ein und aus und ging anschließend in die Küche, um die benutzten Gläser in die Spülmaschine zu räumen, wobei ihr einige Tränen die Sicht vernebelten.

Als sie eine halbe Stunde später ins Schlafzimmer kam, nahm Steven sie jedoch wortlos in den Arm und war kurz darauf eingeschlafen. Sie hatten danach nicht mehr über diesen Abend gesprochen, und Marie hatte den Zwischenfall vergessen – bis heute.

Jetzt allerdings, kurz vor ihrem Ziel, fragte sie sich, ob Steven wieder so ungehalten reagieren und sie anmeckern würde, statt sich zu freuen – am Ende noch in Gegenwart seiner Familie. Bei der Vorstellung der nach allen Regeln des britischen Understatements beherrschten Mienen der Patels beschloss Marie, ihn vorsichtshalber anzurufen. Rasch wählte sie seine Nummer, während Paul und Harry auf den Mietwagenschalter zusteuerten und sich geduldig in die Schlange stellten, die sich davor gebildet hatte.

»*The person you've called, is temporarily not available*«, tönte es aus Maries Handy, und gereizt drückte sie auf »Gespräch beenden«. Kurz vor achtzehn Uhr. Wahrscheinlich saß Steven mit seinen Eltern und seiner Schwester beim Dinner, und in dieser Zeit herrschte bei den Patels striktes Handyverbot. *Family time* nannte es seine Mutter. So hatte sie es damals Marie erklärt, als deren Smartphone es einmal gewagt hatte, während des Essens eine ankommende Kurznachricht zu melden. Der Tonfall der Mutter war sehr freundlich gewesen, auch wenn ihre Augen nicht lächelten, und Marie hatte sich wie ein gescholtenes Kleinkind gefühlt. Als sie Steven ihre Gefühle gestand, hatte der nur gegrinst. »So fühle ich mich bei meiner *Queen Mum* auch immer.« Marie hatte mitgelacht, sich aber insgeheim gewundert, dass Steven, der im Job sonst Tag und Nacht erreichbar war, sich widerspruchslos den Wünschen seiner Familie fügte und sich derart vereinnahmen ließ.

So offenbar auch diesmal, denn eine Viertelstunde später war er immer noch nicht erreichbar. Inzwischen stand nur noch ein Mann vor ihnen am Schalter der Mietwagenfirma, und nachdem dieser seinen Schlüssel ausgehändigt bekommen hatte, konnte Paul endlich seinen Wunsch vortragen. Doch ein kleines, günstiges Auto war nicht mehr vorrätig. »Sie müssen das nächste Mal unbedingt reservieren! Aber ich habe gute Nachrichten«, sagte der Verkäufer. »Wir hätten da noch einen Geländewagen Coupé, 585 PS für 198 Pfund am Tag ...« Er lächelte so strahlend, als würde er ihnen gerade verkünden, dass sie den Jackpot geknackt hätten.

»Das sind ja 230 Euro! Pro Tag«, rief Paul fassungslos.

Der Verkäufer legte den Kopf schief. »Dafür haben Sie ein einmaliges Fahrerlebnis.«

Marie lächelte zuckersüß. »Netter Versuch. Aber wir wollen nicht den neuen ›James Bond‹ drehen – sondern durch Cornwall fahren. Was sollen wir da mit 580 PS?«

Sie dachte an die Straßen rund um St Ives, die so eng waren, dass oft nicht einmal zwei Autos aneinander vorbeikamen. So ein motorisiertes Schlachtschiff würde entweder alles von der Fahrbahn pflügen, was sich ihm in den Weg stellte – oder sie würden einen Großteil der Strecke doppelt fahren: Weil sie ständig zurücksetzen mussten, um andere Fahrzeuge passieren zu lassen.

»Auf keinen Fall gebe ich so viel Geld aus«, sagte Paul, ehe der Verkäufer eine Antwort auf Maries Frage geben konnte, und damit war das Thema erledigt. Jedenfalls für Marie und Paul.

»Meine Güte, nun habt euch nicht so«, warf Harry ein. »Das ist kein Panzer. Ich kann ja fahren.«

»Kommt nicht infrage«, sagten sein Enkel und

Marie gleichzeitig. Reflexartig rief Marie »Snap«, doch natürlich hörte keiner auf sie, geschweige denn durfte sie einen Wunsch äußern. Harry und Paul waren in eine hitzige Debatte verstrickt, und Marie hörte nur die Worte »geizig«, »Spießer« und »völlig verrückt geworden« heraus.

»Wenn wir hier übernachten und morgen mit dem Zug fahren, zahlen wir das Doppelte. Und verlieren unnötig Zeit«, argumentierte Harry.

»Weil du falsch kalkulierst. Wir brauchen den Mietwagen mindestens drei Tage. Macht 690 Euro. Plus Benzin …«

»Aber nur, wenn Harry nicht wieder falsch tankt«, murmelte Marie.

»… plus die Übernachtungen in Cornwall«, fuhr Paul fort. Da kommt eine ordentliche Summe zusammen. Und mir reicht es langsam mit den ungeplanten Ausgaben. Immerhin muss ich die Flüge von Hamburg nach London und zurück bezahlen. Von den Urlaubstagen, die mich das kostet, mal ganz abgesehen.«

Harry verdrehte die Augen. »Ich werde dich zum Ausgleich in meinem Testament bedenken, in Ordnung?«

»Ach, hör doch auf! So eine Limousine ist absolut ungeeignet für unsere Zwecke.«

»Da hat er recht, Harry. Denken Sie an die schmalen Landstraßen mit den hohen Hecken rechts und links«, sagte Marie.

Harry sah sie an, und Marie erschrak über die Verzweiflung in seinem Gesicht. »Ich hatte eigentlich gedacht, dass gerade Sie mich verstehen. Schließlich sind Sie auch der Liebe wegen unterwegs.«

Marie schluckte. Das stimmte, nur war sie inzwischen nicht mehr so sicher, ob sie das Richtige tat. Musste man in der Liebe nicht dem anderen auch seine Freiheit lassen? Und sollte sie es nicht akzeptieren, wenn Steven die Ferien ohne sie verbringen wollte? Dann aber dachte Marie an die Botschaft der Tarotkarten und an das untrügliche Gefühl, das sie im Café überfallen hatte. Sie musste zu Steven, egal, was er davon hielt. Wenn sie ihm ihre Beweggründe erzählte, würde er Marie verstehen, sie waren doch immer noch ein Team.

»Entschuldigung, sind Sie hier fertig? Ich würde nämlich gerne meinen reservierten Wagen abholen.«

Die höflich-kühle Stimme des Mannes hinter ihnen holte Marie zurück in die Realität. »Natürlich, sorry«, antwortete Paul und trat mit Marie und Harry ein Stück zur Seite. Der Mietwagenkunde, etwa Mitte vierzig und ähnlich formell gekleidet wie Paul, schob ein bereits ausgefülltes Formular durch die gläserne Durchreiche des Schalters und hielt gleich darauf die Schlüssel seines Wagens in der Hand.

»Entschuldigen Sie bitte, aber wohin fahren Sie denn?«

Harry hatte sich unauffällig an den Geschäftsmann herangeschoben und sah ihn nun mit freundlichem Interesse an.

»Exeter«, antwortete der.

»Oh, fantastisch! Ich kenne diese Stadt gut. Wenn

das nicht ein Wink des Schicksals ist«, rief Harry. Als der Anzugträger ihn irritiert ansah, deutete Harry auf seinen Autoschlüssel. »Wie ich an diesem Markensymbol sehe, handelt es sich um ein etwas größeres Modell. Sie besitzen nicht zufällig die Freundlichkeit, uns mitzunehmen?«

Marie starrte Harry ebenso überrascht an wie Paul. Nicht nur, dass Harry gerade reinstes, hochgestochenes Oxford-Englisch sprach, auch sein Einfall kam für sie völlig überraschend. Allerdings hatte er bei ihr ja die gleiche Nummer in Hamburg abgezogen. Anhalter zu spielen, schien wohl Harrys Spezialität zu sein. Der Geschäftsmann wirkte etwas überfahren.

»Meine reizende Mitfahrerin Marie und mein lieber Enkel wären Ihnen ebenso dankbar wie ich«, fuhr Harry fort, »und natürlich würden wir uns finanziell erkenntlich zeigen.«

Der Blick des Geschäftsmannes wanderte zu Marie, und er musterte sie von oben bis unten. Auf ihrem Busen verweilte sein Blick etwas zu lange für ihren Geschmack, und sie funkelte den Typen gereizt an. »Ich denke, wir sollten doch erst morgen weiterfahren. Mit dem Zug«, sagte sie.

»In Exeter ist die Übernachtung aber günstiger als in London. Und morgen ist es dann nicht mehr so weit nach Cornwall«, fiel ihr Paul in dem Moment nicht nur ins Wort, sondern auch in den Rücken, wie Marie ärgerlich feststellte. Immerhin wandte der Geschäftsmann seinen Blick nun Harrys Enkel zu. Pauls hellgrauer Maßanzug – oder war es die korrekt gebundene Krawatte – schien den Ausschlag zu geben.

»Also gut. Ich hoffe, dass der Verkehr nicht allzu stark ist. Dann müssten wir in etwa drei Stunden dort sein.«

»Perfekt«, strahlte Harry. »Ihr seht, wir kommen unserem Ziel immer näher«, sagte er an Marie und Paul gewandt.

»Um eine Übernachtung werden wir trotzdem nicht herumkommen«, gab der zu bedenken, aber Harry winkte ab. »Bis Cornwall sind es dann nur noch hundert Meilen. Wer weiß, was das Schicksal uns noch alles beschert«, antwortete er vergnügt. Sie gingen hinter dem Geschäftsmann durch den Ausgang ins Freie. Durch eine Unterführung gelangten sie zu dem großen Parkplatz der Autovermietung, auf dem tatsächlich nur noch wenige Wagen standen. Der Engländer, der sich knapp mit »Gordon« vorgestellt hatte, drückte auf seinen Schlüssel. Es piepte zweimal kurz, und bei einem silbergrauen Mercedes in der zweiten Reihe vor ihnen leuchteten Brems- und Blinklichter auf.

»Nicht schlecht«, kommentierte Harry und ging ganz selbstverständlich zur Fahrertür.

»Ich habe gesagt, ich nehme Sie mit. Dass Sie fahren, davon war nie die Rede«, sagte Gordon und klang *not amused*.

»Linksverkehr. Daran muss ich mich als Deutsche auch immer gewöhnen«, lächelte Marie und stupste Harry behutsam am Arm. »Ach so, natürlich. Bitte verzeihen Sie«, murmelte der und ging um den Wagen herum. Marie riss die eine Hintertür auf, obwohl sie es normalerweise hasste, hinten zu sitzen. Ihr wurde im Auto leicht übel, und sie bildete sich ein, dass es vorne besser war. Aber da sie kein Verlangen verspürte, neben Lustmolch Gordon zu sitzen, ließ sie sich auf den fleckenlosen und nach Chemie riechenden Rücksitz plumpsen. Harry stieg vorne auf der Beifahrerseite ein, und Paul blieb nichts anderes übrig, als neben Marie hinten Platz zu nehmen. Alle schnallten sich an, während Gordon das Navi programmierte. Zum Glück war es fest eingebaut, sodass Harry keine Chance hatte, es noch einmal zu verschenken, dachte Marie. Anschließend fuhren sie los, und eine unbehagliche Stille breitete sich im Auto aus. Ihr Fahrer schien keine Lust auf eine Unterhaltung zu verspüren, und Marie war dankbar dafür. Ihr war der Typ unsympathisch, und wenn es nach ihr gegangen wäre, dann hätten sie lieber den Zug genommen. Auch Paul machte keinen Versuch, eine Konversation zu starten. Wahrscheinlich wusste er nicht, was er sagen sollte. Mit Unbehagen bemerkte Marie, dass Gordon ab und zu in den Rückspiegel sah – und sein Blick stets kurz auf ihr verweilte. Doch sie sagte nichts, sondern starrte ab da auf ihre Knie. Irgendwie würde diese Fahrt vorbeigehen, und mit zwei Begleitern im Auto fühlte Marie sich zumindest einigermaßen sicher.

Nach einer guten halben Stunde brach Harry das Schweigen und wandte sich an Gordon, der mit der linken Hand lenkte und den rechten Ellenbogen lässig auf die Fensterablage gestützt hatte. »Kennen Sie den Bicton Park in Exeter?«, fragte Harry freundlich.

Gordon schüttelte den Kopf.

»Oh, dann lege ich Ihnen ans Herz, einen Spaziergang in diesem Garten zu machen. Und zum Mittagessen sollten Sie unbedingt ins The Three Kings gehen. Das ist einer der ältesten Pubs in Exeter – und ausgezeichnet geführt.«

»Ich habe weder Zeit für einen Spaziergang noch für einen Pubbesuch«, gab Gordon kurz angebunden zurück. »Außerdem hasse ich das Essen in Pubs. Die servieren den letzten Fraß.«

»Nicht das Three Kings«, gab Harry bestimmt zurück, und Marie schloss daraus, dass dies der Pub war, in dem er Nora kennengelernt hatte.

»Ich glaube, es kommt darauf an«, versuchte sie zu schlichten. »Ich war mal in einem Pub, der ausgezeichnete indische Küche hatte. Und beim nächsten Auftritt haben wir nicht mal die Spiegeleier runterbekommen, so grauenhaft hat es dort geschmeckt.«

Harry drehte sich zu ihr um. »Auftritt?«

»Ja, ich habe früher gesungen. In einer Band«, sagte sie und wunderte sich, warum Harry das nicht wusste. Bis ihr einfiel, dass sie es nur Buck und Paddy erzählt hatte, während Harry auf seinem sogenannten Spaziergang gewesen war, von dem er beinahe nicht wiedergekommen wäre.

Jetzt ärgerte Marie sich jedoch, das Thema überhaupt

erwähnt zu haben und hoffte, dass es keine unangenehmen Fragen nach sich zog. Leider vergeblich. »Was war das denn für eine Band, in der Sie gesungen haben?«, fragte Harry, und auch Paul sah sie neugierig von der Seite an.

»Jazz und Blues«, gab Marie zurück.

»Tja, das ist ein etwas anderes Leben als deines, was?«, sagte Harry zu Paul gewandt.

»Ich bin ziemlich unmusikalisch. Außerdem mag ich meinen Job als Controller«, gab der etwas steif zurück.

»Richtig so«, schaltete sich Gordon ein. »Es reicht, wenn einer in der Beziehung Flausen im Kopf hat, finde ich. Und schließlich müssen Sie Ihre Frau oder Freundin ja auch finanzieren, oder nicht?«

Paul blickte verwirrt, und Marie brauchte ebenfalls zwei Sekunden um zu begreifen, dass dieser Schnösel hinterm Steuer des fetten Geschäftswagens sie meinte. Doch dann kochte die Wut umso heftiger in ihr hoch. »Erstens ist Paul weder mein Freund noch mein Ehemann, und zweitens brauche ich niemanden, der mich finanziert. Das schaffe ich mit meinem Job im Café ganz gut alleine, ohne meinem Mann auf der Tasche zu liegen!«

»Ach, verheiratet sind Sie aber?«

»Ja.«

»Was macht dein Mann beruflich?«, warf Paul ein. Offenbar versuchte er, die Wogen zu glätten und Gordons Unverschämtheit zu überspielen.

»Er ist Redakteur bei einem Nachrichtenmagazin.«

»Na hoffentlich ist er nicht so ein Vertreter der *Fake News*«, spottete Gordon.

»Nein, ist er nicht. Er ist auch so erfolgreich«, gab Marie scharf zurück. Sie wusste, dass sie einfach schweigen sollte, aber dieser Typ war langsam ein rotes Tuch für sie. Das schien er nicht nur zu spüren, sondern sogar zu genießen, denn er lächelte mokant.

»Immer schön, wenn zumindest einer von beiden Erfolg hat, nicht wahr? Denn Sie scheinen nicht gerade berühmt geworden zu sein mit Ihrer Band.« Er zog das letzte Wort absichtlich in die Länge. »Ist es, weil Sie ziemlich lispeln, oder weil inzwischen jeder mit einer Gitarre und einem Synthesizer im Netz glaubt, ein Star zu sein?«

Er war offenbar darauf aus, Marie zu beleidigen. War er sauer, weil er gemerkt hatte, dass sie nicht mit ihm im Auto fahren wollte? Oder war er einer dieser Typen, die zwar jedem weiblichen Wesen auf die Brüste glotzten, aber glaubten, ganz offen frauenfeindliche Bemerkungen machen zu können? Marie versuchte, seine Worte nicht an sich heranzulassen. Auch bei ihren Auftritten hatte es Typen gegeben, die sie und Zoe erst angemacht hatten und dann sauer geworden waren, wenn die beiden nicht darauf eingingen. Diese Männer hatten nicht verstanden, dass Musikerinnen nicht automatisch mit jedem ins Bett gingen. Damals hatte Marie keine Probleme gehabt, diese Art von Kerlen in die Schranken zu weisen. Aber da hatte sie Zoe, Rick und Mo hinter sich gewusst. Die drei waren die besten

Freunde gewesen, die sie sich wünschen konnte. Seit ihrem Ausstieg aus der Band hatte Marie niemanden mehr gefunden, mit dem sie so eine Freundschaft verband wie mit ihnen. Durch diese plötzliche Erkenntnis fühlte Marie sich nun von dem reichen Geschäftsmann erst recht gedemütigt und schämte sich wegen ihres kleinen Sprachfehlers. Ihr Lispeln war nicht stark, trotzdem hatte sie es immer gehasst. Vor allem, wenn es jemand bemerkte, so wie jetzt. Obwohl ihr Verstand ihr sagte, dass dieser Gordon lediglich ein fieser Unsympath war, fühlte es sich an, als wäre Marie hingefallen und statt ihr aufzuhelfen, würde man mit dem Finger auf sie zeigen und über ihre schmutzigen und zerrissenen Kleider lachen.

Doch weil sie noch ein ganzes Stück Fahrt vor sich hatten, schwieg Marie. Das konnten ja noch heitere Stunden mit diesem Widerling am Steuer werden, dachte sie. Es wurden jedoch nicht einmal fünf Minuten.

»Sie sind ein ausgesprochen unfreundlicher Mensch, Gordon. Was ist Ihr Problem? Ein Mutterkomplex oder ein zu kleiner Penis?«, fragte Harry. Marie dachte zuerst, sie hätte nicht richtig gehört, und auch Gordon wandte den Kopf und starrte den älteren Mann mit dem tadellosen Oxford-Akzent an. »*Pardon me?*«

»Kommen Sie mir nicht mit *Pardon*«, erwiderte Harry kalt. »Wenn Sie uns nicht mitnehmen wollen, hätten Sie es gleich sagen sollen. So aber lassen Sie Ihren Ärger mit ebenso dummen wie unpassenden Sprüchen an einer jungen Frau aus, die Ihnen nichts getan hat. Erst taxieren

Sie sie wie ein Stück Fleisch, und dann werden Sie auch noch unverschämt.«

Marie war verblüfft. Sie hätte nicht gedacht, dass Harry Gordons Blicke mitbekommen hatte. Doch der ältere Mann schien viel mehr wahrzunehmen, als sie glaubte. Paul war offenbar sprachlos, aber Gordons Gesicht wurde rot vor Zorn. »Sagen Sie mal, wie reden Sie denn mit mir?«

»Harry hat recht«, schaltete Paul sich da ein, und nun klappte Marie der Mund auf. »Sie haben kein Recht, so mit einer Frau zu reden. Ihr Benehmen ist wirklich das Letzte.«

Ein warmes Gefühl überkam Marie, und am liebsten hätte sie erst Harry und dann Paul umarmt. Weil die beiden Gordons Bemerkungen nicht als Scherz unter Männern abtaten, sondern sich auf ihre Seite stellten und sie sich schlagartig besser fühlte.

»Okay, das reicht«, befand Gordon. Vor ihnen tauchte eine Abfahrt auf, und er setzte den Blinker und bog schwungvoll ab. Wenige Meter später brachte er den Wagen auf dem Standstreifen der Landstraße zum Stehen. »Raus. Alle drei. Ich lasse mich doch nicht von so dahergelaufenen Pennern wie euch beschimpfen.«

Fast gleichzeitig rissen Harry und Paul die Türen auf, griffen nach ihrem Gepäck, und Marie tat es ihnen gleich. Doch Harry beugte sich noch einmal durch das offene Fenster. »Sie sind nichts weiter als ein frustrierter und vom Leben enttäuschter Mensch. Auch wenn Sie vielleicht viel Geld verdienen und sich einen dicken

Mietwagen leisten können – glücklich sind Sie nicht. Aber so lange Sie keine Liebe geben, werden Sie auch nie welche bekommen.«

Er zog den Kopf aus dem Fenster und ging zwei Schritte zurück. Gleich darauf heulte der Motor auf, und der Mercedes schoss auf die Straße zurück. Sekunden später war er verschwunden wie ein böser Geist.

»Den wären wir los«, sagte Harry launig.

»Unsere Mitfahrgelegenheit aber auch«, warf Marie ein.

»Womit sich die Frage stellt, wo wir überhaupt sind und wie wir jetzt weiterkommen. In einer guten Stunde wird es dunkel«, schloss Paul.

»Ach, wir fahren einfach mit dem nächsten Auto per Anhalter weiter. Bestimmt sind nicht alle solche Arschgeigen wie dieser Gordon«, antwortete Harry.

Doch eine halbe Stunde später musste er sich und den beiden anderen eingestehen, dass er zu optimistisch gewesen war. Außer einem schicken Zweisitzer-Cabrio war nämlich kein Auto mehr vorbeigekommen. Gordon hatte sie offenbar im völligen Niemandsland zwischen den Grafschaften Berkshire und Devon ausgesetzt. Nicht einmal das Mobilfunknetz funktionierte, wie sie feststellen mussten. Zuerst versuchte Paul vergeblich auf seinem Smartphone die Navigations-App zu starten, doch er scheiterte ebenso wie Marie am fehlenden Empfang. Nicht mal ein Taxi konnten sie rufen. Paul fluchte leise vor sich hin, während Harry geduldig dastand und einfach abwartete. Marie sah sich um.

Grüne Hügel schwangen sich in sanften Bögen bis zum Horizont. Zwischen den Stämmen uralter Bäume mit mächtigen Blätterkronen grasten ein paar Schafe friedlich vor sich hin. In einiger Entfernung konnte man ein paar Hausdächer sehen, und dahinter meinte Marie, zwei trutzige Burgtürme zu erkennen, deren rotbraune Steine sich gegen den immer blassgrauer werdenden Himmel abzeichneten. Die Dämmerung kündigte sich unübersehbar an, und aus den Wiesen stieg mit dem wabernden Nebel ein feuchter, würziger Duft. Die Abendstimmung hätte schöner nicht sein können – wenn Marie und ihre beiden Begleiter nicht mitten auf der Straße gestanden hätten, mit der Aussicht, die Nacht im Freien zu verbringen.

»Wir müssen zusehen, dass wir irgendwo Unterschlupf finden, und sei es in einer Scheune«, sagte sie. Paul nickte, und auch Harry schien einzusehen, dass in absehbarer Zeit kein Wagen mehr vorbeikommen und sie mitnehmen würde.

Also wanderten sie die schmale Landstraße entlang. Marie dachte an Steven und stellte sich vor, was sie ihm von dieser völlig verrückten Reise erzählen würde. Vor allem natürlich, wie sie Harry kennengelernt hatte, aber auch von Pete und Elsie und dem Seebären Paddy, der alle Frauen liebte, aber keine besonders lange aushielt. Doch egal, welche Sätze sich Marie im Geist zurecht legte – keiner erschien ihr passend, um Steven ihre Erlebnisse zu schildern. Sie sah sein Gesicht vor sich. Seine Miene würde wahrscheinlich ziemlich ungläubig und auch etwas von oben herab sein, denn er hätte garantiert die 400 Meilen innerhalb Englands zurückgelegt, ohne ständig in Schwierigkeiten zu geraten. Je mehr Marie darüber nachdachte, was sie ihm berichten könnte, desto wirrer wurden ihre Gedanken, und die Worte schienen sich vor ihr zu verstecken.

Paul und Harry waren ein Stück zurückgefallen, doch jeder ging für sich, und sie sprachen nicht miteinander. Marie machte sich Sorgen um Harry. Sie hoffte, dass es ihm gut ging. Zudem ahnte sie, dass Paul – sobald der ältere Mann auch nur das geringste Anzeichen von Schwäche zeigte – darauf bestehen würde, ihn sofort nach Hamburg und ins Krankenhaus zu verfrachten. Um sich von ihren düsteren Gedanken abzulenken, ließ Marie den Blick über die englische Landschaft schweifen. »Lieblich« wäre wohl der passende Begriff für die grünen Hügelketten, die mit weißen Schafen getupft waren. Gerade eben drang der Klang von Kirchenglocken durch die für diese Jahreszeit überraschend milde Abendluft. Trotz der friedlichen Stimmung ließ sich die kalte Angst in Maries Herz nicht vertreiben. Um sich abzulenken, ging sie im Kopf all jene Lieder durch, die sie damals auf den kleinen Bühnen in den vielen Kneipen und Klubs gesungen hatte. Sie überlegte, welcher Song wohl am besten zu ihrer derzeitigen Stimmung passte. Ihr fiel »King Of The Road« ein, und sie begann erst die Melodie zu summen und dann zu singen. »*Third boxcar, midnight train, destination, Bangor, Maine* …«

»Sie haben ja wirklich eine richtige Bluesstimme, Marie! Kompliment.«

Harrys Stimme an ihrem Ohr erschreckte Marie, und sie beendete ihre Gesangseinlage mit einem kleinen Quieken. »Harry! Müssen Sie sich so anschleichen?«

»Habe ich doch gar nicht. Ich wollte Ihnen nur zuhören, aber Sie haben mich gar nicht bemerkt.«

»Ja, ich ... Wenn ich singe, vergesse ich die Welt um mich herum. Das war schon immer so«, stammelte Marie und brach dann verlegen ab, weil auch Paul sich näherte.

»Aber so soll es doch sein. Dass man alles um sich herum vergisst, wenn man das tut, was man liebt«, befand Harry. »Haben Sie »More Than You Know« in Ihrem Repertoire?«

»Nein«, sagte Marie rasch.

»Schade«, bedauerte Harry. »Nora hat mir den Song manchmal vorgesungen. Ich hatte gehofft, Sie würden ihn jetzt auch für mich singen.«

»Nora ist Sängerin?«, lenkte Marie ab.

»Oh nein. Nein, sie tut das nur zum Vergnügen. Aber sie hat eine unglaubliche Stimme. Nicht ganz so geschult wie Ihre, aber Ihr Timbre erinnert mich an sie.«

Marie schluckte und dachte, dass sie und Nora sich offenbar ähnlicher waren, als sie anfangs dachte. Beide sangen, und ebenso wie Nora war auch Marie in der Gastronomie tätig. Nun ja – gewesen. Mit etwas schlechtem Gewissen dachte sie daran, dass sie Harry angeschwindelt hatte. Natürlich kannte Marie »More Than

You Know« und seinen langsamen Walzertakt. Jazzgrößen wie Ella Fitzgerald und Frank Sinatra hatten das Lied bereits gesungen. Aber Marie wollte nicht, dass Harry sie darum bat und Paul sie singen hörte. Es war ihr schon peinlich gewesen, dass Harry sie dabei erwischt hatte. Flüchtig fragte sie sich, wo die alte Marie geblieben war, die furchtlose junge Frau, die die Bühne geliebt hatte. Dort hatte sie sich niemals dumm oder ungenügend gefühlt. Aber nun war sie fort, dachte Marie, es gibt diese Frau nicht mehr.

»Sie müssen unbedingt »More Than You Know« in Ihr Repertoire aufnehmen. Ein wunderbarer Song«, hörte sie Harry sagen. »Wann haben Sie Ihren nächsten Auftritt?«

Die Frage war harmlos, und doch bohrte sie sich so schmerzhaft in Maries Herz wie der Stachel einer Biene. Sie war selbst überrascht über die Intensität, daher fiel ihre Antwort schroffer aus, als sie wollte. »Ich singe nicht mehr.«

»Überhaupt nicht?«, vergewisserte Harry sich. »Aber warum?«

»Zu viel unterwegs, zu wenig Gage, und Arbeitszeiten, die mit einer Ehe nicht kompatibel sind«, gab Marie zurück und versuchte, scherzend zu klingen. Doch sie hörte selbst den falschen Ton in ihrer Stimme.

»Aber Sie haben eine Gabe, Marie! Ihr Mann hätte niemals von Ihnen verlangen sollen, dass Sie damit aufhören«, empörte Harry sich.

»Steven hat es nicht von mir verlangt«, gab Marie

ärgerlich zurück. Warum dachten alle, dass ihr Ehemann der Bösewicht war, der ihr das Singen verbot? »Es war mein eigener Entschluss, dieses unstete Leben aufzugeben, das hauptsächlich nachts stattfand. Es gibt einen Punkt, da muss man sich entscheiden, was man will. Und das habe ich getan.«

Dass sie irgendwann das Gefühl gehabt hatte, einfach nicht gut genug zu sein, verschwieg Marie.

Doch Harrys Bemerkung hatte eine Schleuse in ihr geöffnet, und ohne es zu wollen, trieben Erinnerungsfetzen und Bilder aus der Vergangenheit an Maries innerem Auge vorbei. Sie sah sich beim Soundcheck mit Zoe. Rick, der ihr zuzwinkerte, während er seine Gitarre an den Lautsprecher anschloss und dabei mit Mo über dessen Einsatz am Schlagzeug diskutierte. An die Stunden im Tonstudio, die sich anfühlten, als wären sie alle aus der Zeit gefallen, eingeschlossen in ihren eigenen Klang-Kokon. Oder der erste Blick ins Publikum bei einem Livekonzert. Wie ein Echo verspürte Marie mit einem Mal das Kribbeln von Aufregung und Vorfreude, das sie vor jedem Auftritt überfallen hatte. Zwischen ihr und den anderen Musikern schien in diesen Augenblicken ein unsichtbares Band zu existieren, das ihre Instrumente mit Maries Stimme verknüpfte und daraus einen bunten Klangteppich webte, der sie durch diese Nächte trug. Oft spann sich dieses Band auch bis ins Publikum, und wenn Marie durch das helle Scheinwerferlicht auf die sich bewegenden Schatten blickte, auf die erhobenen Hände und die ihr zugewandten

Gesichter, dann schien plötzlich alles möglich zu sein. Sogar fliegen.

Umso härter war ihr der Entschluss gefallen aufzuhören. Aber es war nötig und kam zumindest rechtzeitig, ehe Marie als Verliererin dagestanden hätte. Zoe hatte das nicht verstanden, und sie hatten sich deswegen heftig gestritten. Marie hatte die Band verlassen, und seitdem war der Kontakt zu den anderen abgebrochen. Marie glaubte, diese Wunde sei längst verheilt. Jedoch manchmal, wenn sie an die vertrauten Gesichter von damals dachte, pochte und ziepte die Erinnerung wie eine Narbe, die an einen längst verheilten Schmerz erinnerte. So wie jetzt. Marie machte Harry dafür verantwortlich, der mit seinen Worten die Vergangenheit heraufbeschworen hatte, und daher hegte sie kurz einen Groll gegen ihn.

»Ich finde den Entschluss vernünftig«, schaltete Paul sich ein. »Ich meine, wer steht schon mit sechzig oder siebzig Jahren noch auf der Bühne?«

»Die Rolling Stones?«, gab Marie zurück. »Und Leonard Cohens letzter Auftritt war mit fast achtzig Jahren.«

»Schon, aber nicht jeder ist so begnadet wie Cohen. Viele Künstler hängen viel zu lange ihren kindischen Träumen nach.«

Marie sah ihn angriffslustig an. »Ach ne. Du bist wahrscheinlich schon im Armani-Anzug und mit Taschenrechner auf die Welt gekommen, was?«

»Merkst du eigentlich, dass du dir selbst widersprichst?«, fragte Paul und musterte Marie wie ein seltenes Insekt. Oder einen durchgedrehten Papagei, dachte sie gereizt.

»Da vorne ist ein Ortsschild! Vielleicht finden wir wenigstens einen Pub«, rief Harry in diesem Moment und unterbrach den aufkommenden Streit. Er deutete auf eine weiße Ortstafel mit schwarzer Schrift, die vor ihnen auftauchte. »Badbury« entzifferte Marie und übersetzte automatisch im Kopf »schlecht begraben«.

Harry lachte. »Das ist mal ein origineller Name. Hoffentlich kein Vorzeichen, dass hier der Hund begraben ist!«

»Wenn's nur der Hund ist«, murmelte Paul, »und nicht das ganze Dorf.«

Doch Harry marschierte unbeirrt weiter, sodass Marie und Paul nichts anderes übrig blieb, als ihm in das kleine Örtchen zu folgen. Tatsächlich schien der Name Programm zu sein. Nur wenige Häuser aus grauem Stein säumten die Dorfstraße. An einigen Fenstern hingen die Läden schief, oder die weißen Spitzenvorhänge waren vergilbt und wirkten, als würde schon lange niemand mehr dahinter wohnen. An den meisten der dunkelrot oder grün gestrichenen Haustüren war der Lack abgeplatzt, und in einem der Briefkästen steckte eine vom Regen wellig gewordene Zeitung. Ein Geisterdorf, schoss es Marie durch den Kopf, und sie schluckte. »Besser, wir laufen weiter zum nächsten Dorf«, schlug sie vor und blickte sich nervös um. Die Atmosphäre in diesem Ort verursachte ihr eine leichte Gänsehaut an den Armen, was aber auch davon kommen konnte, dass es merklich kühler geworden war.

»Wir können nicht bei Nacht und Nebel herumwandern. Wir müssen sehen, ob es hier so etwas wie ein Hotel gibt ...«, fing Paul an, als sie einen Ausruf von Harry vernahmen. Der stand vor einem der unscheinbaren grauen Steinhäuser, das sich von den anderen tristen Gebäuden einzig durch die dunkelroten Backsteine unterschied, mit denen Tür und Fenster umrahmt waren.

»Hier sind wir richtig«, rief Harry triumphierend und deutete auf ein windschiefes Metallschild in einem der Fenster. »Bed and Breakfast« war darauf zu lesen. Marie und Paul blickten sich an. »Sieht nicht wirklich nach einem vernünftigen *Bed* aus«, kommentierte sie. »Und schon gar nicht nach genießbarem *Breakfast*«, ergänzte Paul, und die Skepsis stand ihm ins Gesicht geschrieben. Doch Harry war schon die fünf Steinstufen hochgestiegen, die zu einer blauen Haustür führten und drückte auf die Klingel. Nichts rührte sich. »Das Haus ist sicher unbewohnt«, meinte Marie.

Da ertönte das Geräusch eines Schlüssels, der von innen im Schloss umgedreht wurde. Gleich darauf sprang die Haustür auf, und sie standen unvermittelt vor einem vielfarbigen Vorhang. Erst als die mit smaragdgrünen Muscheln, gelben Fischen und orangefarbenen Korallen bedruckten Stoffbahnen zu sprechen begannen, realisierte Marie, dass vor ihnen eine ziemlich große Frau stand. Ihre Klamotten waren noch bunter und wilder gemustert als die von Marie, und das war wirklich eine

Leistung. »Herzlich willkommen im Manor House« sagte der Kaftan mit einer erstaunlich hellen, freundlichen Stimme. Beinahe hätte Marie gelacht. *Manor* bedeutete Herren- oder Gutshaus – und davon konnte bei dem geduckten grauen Gebäude wirklich nicht die Rede sein. Dann aber sah sie der Hausherrin ins Gesicht und vergaß schlagartig alle Vorbehalte. Das Lächeln der Frau, deren hohe Wangenknochen einen interessanten Kontrast zu ihrem schmalen Gesicht bildeten, war so aufrichtig warm und strahlend, dass Marie sich schämte, abwertend geurteilt zu haben. Die Hausherrin musste bereits auf die siebzig zugehen, doch sie hatte die Haare knallrot gefärbt und scherte sich offenbar einen Dreck um das übliche Rentner-Beige, in das die Leute ihres Alters normalerweise gehüllt waren.

Harry hatte die Hand ausgestreckt und schüttelte die Rechte der Frau. »Guten Abend, mein Name ist Harry Thomsen. Das sind Marie und mein Enkel Paul. Hätten Sie vielleicht ein Lager für uns müde Reisende, die in Ihrem reizenden Örtchen gestrandet sind?«

Die bunt gekleidete Frau lachte schallend »Reizend? Dieses Dorf ist ein Albtraum! Aber ich bin seit mehr als vierzig Jahren hier, und inzwischen liebe ich diesen Schandfleck einfach zu sehr, um fortzuziehen. Nun kommt erst mal rein!« Damit schob sie ohne Umschweife erst Harry und dann Marie samt Paul ins Innere des Hauses. Marie erhaschte noch einen Blick auf das Türschild aus Messing. »Tilda & Jack Manor« stand darauf.

»Sie haben richtig gelesen, Mädchen. Ich bin Tilda. Mein Mann Jack ist gerade irgendwo im Haus unterwegs. Leider haben wir nur zwei Doppelzimmer. Mehr lohnt sich nicht in diesem verlassenen Nest«, erklärte die Dame des Hauses.

»Oh gut, dann nehme ich das eine Zimmer …«, fing Harry an.

»… zusammen mit Ihrem Enkel. Und ich nehme das zweite Doppelzimmer – alleine«, ergänzte Marie rasch, um keinerlei Missverständnisse aufkommen zu lassen.

»So wird es gemacht. Hauptsache, wir haben heute Nacht ein Dach über dem Kopf«, entschied Paul.

»Wir waren nämlich per Anhalter unterwegs, sind aber schon nach einer halben Stunde vom Fahrer aus dem Auto geworfen worden«, berichtete Harry mit entwaffnender Offenheit, und als Paul ihn unauffällig gegen den Arm stupste, blickte er seinen Enkel an: »Was denn? Es stimmt doch!«

»Der Fahrer hat mich beleidigt«, beeilte sich Marie zu erklären.

»Ja, nachdem er Ihnen vorher ebenso unverhohlen wie unverschämt ins Dekolleté gestarrt hat«, ergänzte Harry.

Marie schloss die Augen. Manchmal war Schweigen wirklich Gold, dachte sie.

Aber Tilda stemmte die Hände in die Hüften. »Frechheit«, rief sie mit dröhnender Stimme, um gleich darauf Marie die Wange zu tätscheln. »Mach dir nichts draus, Mädchen. Die meisten Kerle sind einfach noch aus der Steinzeit übrig geblieben. Anwesende natürlich ausgenommen«, fügte sie hinzu und lachte erneut schallend. Harry lachte mit, aber Pauls Miene war etwas zitronig, wie Marie feststellte. »Harry und Paul waren super. Sie haben mich verteidigt und dem arroganten Typen ordentlich die Meinung gesagt«, fügte sie rasch an.

Tilda nickte beifällig. »Recht so. Das hätte mein Jack auch gemacht. Obwohl er selbst kein Kind von Traurigkeit ist, aber er würde eine Frau nie beleidigen oder gar belästigen.« Seufzend fügte sie hinzu: »Nicht, dass er es je nötig gehabt hätte ...«, und auf einmal war ihr strahlendes Lächeln verschwunden, und ihre Augen verdunkelten sich.

Aha, dachte Marie, dieser Jack war offenbar ein Schwerenöter. Sie beschloss, heute Nacht auf jeden Fall die Tür ihres Zimmers abzuschließen.

»Ach, da kommt er ja«, rief Tilda in diesem Moment, und jetzt strahlte sie wieder. »Jack, darf ich dir unsere Gäste vorstellen: Marie, Harry und ... Paul, nicht wahr?« Fragend blickte sie zu Harrys Enkel. Der nickte, auch wenn er sehr verwirrt dreinsah. Ebenso wie Marie, denn keiner von ihnen wusste, mit wem Tilda sprach. Außer ihr und ihnen dreien befand sich nämlich niemand im Zimmer.

»Jack sagt, er freut sich sehr, euch kennenzulernen«, fuhr Tilda fort, ehe sie sich wieder ihren Gästen zuwandte. »Möchtet ihr einen Tee mit mir trinken? Jack brauche ich keinen zu kochen, und für mich alleine ist mir meist der Aufwand zu groß.«

»Gerne«, sagte Harry und winkte Richtung Tür. »Hallo Jack.«

Marie starrte ihn an. Die Sache wurde ihr immer unheimlicher, und am liebsten hätte sie ihre Reisetasche geschnappt und wäre schnurstracks zur Haustür hinausgegangen. Bloß – wohin? Ein Seitenblick zu Paul sagte Marie, dass es ihm ähnlich ging. Nur Harry schien sich wohlzufühlen.

»Was gucken Sie denn so, Kindchen?«, fragte Tilda und musterte Marie besorgt.

»Ähm, ich habe mich gefragt … also wegen Jack …«, stammelte Marie, wusste aber nicht, wie sie erklären sollte, dass der Mann nicht im Raum war, ohne Tilda als verrückt hinzustellen.

Tilda lächelte. »Ach so. Sie meinen, weil Sie ihn nicht sehen können?«

Marie nickte verunsichert.

»Nun, das kommt daher, weil Jack vor drei Jahren seinen Körper verlassen hat«, sagte Tilda mit der größten Selbstverständlichkeit.

»Sie meinen … er ist tot?«, entfuhr es Paul.

»In den Augen der meisten Menschen ist er das wohl. Ja«, antwortete Tilda. »Seine äußere Hülle ist nicht mehr da, aber ich kann ihn immer noch hören und fühlen. Er spricht jeden Tag mit mir. Und ich natürlich mit ihm.«

»Oh«, krächzte Marie. Sie wusste nicht, was sie dazu sagen sollte. Die Vorstellung, dass die Seele eines Verstorbenen durch die Räume geisterte, schauderte sie, und sie musste an ihr Tarotspiel denken. Auch dort gab es eine Karte, die »Der Tod« hieß und als Skelett mit einer Sense über der knöchernen Schulter dargestellt war. Plötzlich hatte Marie das ungute Gefühl, tatsächlich eine unsichtbare Gegenwart zu spüren.

»Ich mache uns erst einmal eine schöne Tasse Tee«, zwitscherte Tilda und entschwand in den Flur, der zur Küche führte.

»Ich dachte, dieser Gordon mit seinem fetten Mietwagen wäre der Irre des heutigen Tages gewesen. So wie es aussieht, ist das noch zu toppen«, murmelte Paul und sah Tildas hochgewachsener Gestalt nach. »Hoffentlich kommt sie nicht auf die Idee, heute Nacht einen schwarzen Hahn zu köpfen!«

»Schau doch mal nach, ob du in der Stereoanlage eine CD von Black Sabbath findest«, sagte Harry mit ernster Miene und deutete auf einen alten Ghettoblaster, der auf einem niedrigen Tischchen stand. Seine Bemerkung war zu viel für Marie. Ihre ganze Anspannung brach sich in einem hemmungslosen Kichern Bahn. Sie wollte aufhören, doch sie lachte, bis ihr die Tränen kamen. »Entschuldigt«, prustete sie schließlich und wischte sich die Augen.

Paul musterte sie kopfschüttelnd, aber Harry lächelte wohlwollend. »Freut mich, dass ich Sie amüsieren konnte. Für eine junge Frau waren Sie bisher viel zu ernst und verbissen«, sagte er väterlich. »Nur als Sie gesungen haben – da waren Ihre Augen fröhlich.«

Bei seinen letzten Worten blieb Marie das Lachen im Hals stecken. So sah Harry sie also? Als wandelnden Trauerkloß – oder sogar als Spaßbremse?

Doch bevor sie ihn fragen konnte, was er meinte, kehrte Tilda mit einem Tablett beladen zurück, und Paul machte zwei Schritte, um es ihr abzunehmen und auf dem hölzernen Esstisch abzustellen. »Danke, junger Mann«, lächelte Tilda und griff nach der bauchigen Kanne. Behutsam schenkte sie ihren Gästen den nach Bergamotte duftenden Tee ein, ehe sie sich selbst eine Tasse genehmigte.

»Ausgezeichnet, verehrte Tilda«, bemerkte Harry, der vorsichtig an der heißen Flüssigkeit nippte. »Ich tippe auf Earl Grey, gemischt mit etwas Darjeeling.«

»Bravo, Harry! Sie sind ja ein echter Feinschmecker«, strahlte Tilda und gab drei gehäufte Löffel Zucker in ihren Becher. Dann nahm sie einen Schluck und seufzte. »Ich sollte mir in Zukunft öfter ein Tässchen gönnen. Egal, ob Jack Tee mag oder nicht. Ich nehme immer viel zu viel Rücksicht auf ihn.«

»Verlangt er das denn von Ihnen?«, wollte Harry wissen. Marie konnte nur insgeheim den Kopf schütteln, weil Harry immer noch so tat, als wäre Jack noch am Leben und säße mit ihnen am Tisch.

»Nein, natürlich nicht«, erwiderte Tilda. »Stimmt's, mein Lieber?« Damit wandte sie sich an die leere Stelle links von Marie. Die rückte unwillkürlich mit ihrem Stuhl ein Stück zur Seite. Ihr war es unangenehm, neben einem geisterhaften Hausherrn zu sitzen. Dann jedoch traf ihr Blick den von Paul, und sie sah sein spöttisches Lächeln. Natürlich – in seiner Welt des Finanzcontrollings gab es keine Geister, dachte Marie. Kurz ertappte sie sich bei dem Wunsch, Jack möge tatsächlich als Gespenst existieren und heute Nacht Paul mit seinen eiskalten Geisterfingern über den Nacken streichen. Ein Mann im Maßanzug, der schreiend die Treppe hinunterrannte, wäre sicherlich ein lustiger Anblick. Gleich darauf fand Marie sich selbst kindisch. Sie sollte sich lieber Gedanken machen, wie sie morgen aus diesem Nest hier weg und nach St Ives zu Steven kam, statt sich gedanklich mit Harrys Enkel zu beschäftigen, der sie überhaupt nicht interessierte.

»Jack redet mir nie in irgendetwas rein«, plauderte Tilda indes und rührte in ihrer Teetasse. »Es ist eher so, dass ich denke, er hätte eine Meinung zu bestimmten Dingen. Deshalb verhalte ich mich von vornherein so, wie ich glaube, dass Jack es für richtig hält.« Sie sah ihre Gäste reihum an und kicherte leise. »Klingt verrückt, oder?«

Paul biss sich auf die Lippen und schien sich nur mit Mühe einen Kommentar zu verkneifen, aber Marie trafen Tildas Worte wie ein Guss kalten Wassers. Zunächst wusste sie nicht einmal, warum, dann aber stand ihr plötzlich das Bild einer Plastikbox vor Augen. Eine von der Sorte, die man in diversen Einrichtungsgeschäften bekam und in denen man alles Mögliche verstauen konnte. Marie sah sich davor stehen und ein Dutzend zusammengelegter Kleider in die Box stapeln. Auf ihrem

Boden lagen bereits mehrere in Schuhsäcke verpackte Paar High Heels. Es waren ihre Bühnenoutfits, die sie bei ihren Auftritten getragen hatte und die sie jetzt, nachdem sie die Singerei an den Nagel gehängt und die Band verlassen hatte, wegräumte. Als Marie den Deckel der Plastikkiste schloss, hatte sie auf ein Gefühl der Erleichterung gewartet. Schließlich waren die vielen Abende an fremden Orten ohne Steven und die langen, zunehmend unbequem gewordenen Fahrten in dem alten Bus nun vorbei, und ihr neues Leben konnte beginnen. Doch das Gefühl war ausgeblieben. Stattdessen hatte Marie eine unbestimmte Leere und einen leise nagenden Zweifel verspürt. Erst als Steven die Plastikbox auf den Dachboden gebracht und sie anschließend in die Arme genommen hatte, war in Marie langsam die Zuversicht gewachsen, das Richtige getan zu haben. Die extravaganten Kleider würde sie sowieso bald nicht mehr tragen können – wenn ihr Bauch erst einmal gerundet war und sie nicht mehr in Größe 38 hineinpasste.

Doch »bald« war bisher noch nicht eingetreten, und Tildas Worte wühlten in Maries Innerem einiges auf, über das sie eigentlich nicht mehr nachdenken wollte.

»Was ist denn, Marie? Sie sehen aus, als hätten Sie einen Geist gesehen«, bemerkte Harry.

»Hat er eine Glatze und ziemlich große Ohren? Dann ist es Jack«, bemerkte Tilda trocken.

Marie schüttelte den Kopf. »Nichts von alledem. Ich

habe nur überlegt, wie wir morgen weiterkommen«, redete sie sich heraus.

»Ganz einfach. Mit Jacks Auto«, sagte Tilda mit der größten Selbstverständlichkeit. Als die drei sie perplex ansahen, winkte sie lässig ab. »Keine Sorge, er hat nichts dagegen. Er braucht es ja nicht mehr, und ich habe keinen Führerschein. Der Supermarkt ist um die Ecke, und meine Bingorunde tagt zwei Häuser weiter. Also …!«

Harry legte ihr kurz seine Hand auf den Arm. »Danke, Tilda. Sie sind wirklich unheimlich nett.«

»Ja, vor allem unheimlich«, murmelte Paul, aber so leise, dass nur Marie es hörte.

Tilda hatte sich Harry zugewandt und schenkte ihm gerade Tee nach. »Keine Ursache. Ich bin froh, wenn die alte Möhre aus der Garage ist. Ihr könnt das Auto anschließend gerne verscherbeln, wenn ihr wollt.«

»Dann schicken wir Ihnen aber das Geld«, bestimmte Paul, und Marie nickte nachdrücklich. »Wir bestehen darauf!«

»Einverstanden. Dann war es doch für etwas gut, die alte Karre noch zu behalten«, meinte Tilda, und Marie glaubte, eine gewisse Bitterkeit aus ihren Worten herauszuhören. Vielleicht erinnerte sie das Auto jeden Tag an den Verlust ihres Mannes, dachte Marie. Denn obwohl Tilda so tat, als wäre ihr Mann noch hier, war die englische Lady nicht so verrückt, wirklich daran zu glauben. Marie war sich sicher, dass Tilda wusste, dass Jack für immer fort war. Und dass ihre Gespräche mit ihm nur die Illusion einer einsamen Frau waren, die in dem verlassenen Ort und einem leeren Haus zurückgeblieben war.

Spät in der Nacht lag Marie immer noch wach. Ihr Körper schrie nach Ruhe, aber ihre Gedanken kreisten wie wild, ohne dass sie sie jedoch zu fassen bekam. In ihrem Kopf klimperte und klang in einer Endlosschleife die Melodie von »More Than You Know«, und Marie versuchte sich Nora vorzustellen, wie sie Harry das Lied vorsang.

Schließlich hielt sie es nicht mehr aus und knipste das Licht an. Das Zimmer war klein, aber liebevoll eingerichtet. Eine Tapete mit winzigen Heckenröschen darauf passte exakt zu der zartrosa Bettwäsche, und auf der weißen Kommode stand der in England obligatorische Wasserkocher samt Tee-Set, falls man zu unchristlicher Zeit Lust auf ein Tässchen verspürte. Marie allerdings war eher nach einer warmen Milch. »Wenn einer von euch Hunger oder Durst bekommt – bedient euch bitte aus dem Kühlschrank«, hatte Tilda ihre Gäste vor dem Schlafengehen noch ermuntert. Sie würde sicher nichts dagegen haben, wenn Marie ihr Angebot wahrnahm. Danach würde sie hoffentlich ein paar Stunden Schlaf finden.

Sie zog sich eine dicke Strickjacke über ihren smaragdgrünen Pyjama und schlüpfte aus dem Zimmer. Leise tappte sie die Treppe hinunter und in die dunkle Küche, die nur von dem fahlen Mondlicht erhellt wurde, das durch das Fenster fiel. Der Raum war leer, aber auf dem Küchentisch stand eine Tasse, aus der Dampf aufstieg. Jack, dachte Marie unwillkürlich, und vor Schreck war sie wie gelähmt. Hatte Tilda also doch recht gehabt? Hinter ihrem Rücken knarzte eine Tür, und Marie fuhr herum. Fast erwartete sie, die durchsichtige Gestalt eines glatzköpfigen Mannes mit großen Ohren zu erblicken, doch wer da auf sie zukam, war Tilda. Jetzt war sie in einen japanischen Kimono gehüllt, den riesige Seerosen zierten. In der Hand hielt sie ein Glas mit goldgelbem Inhalt. Als sie Marie sah, lächelte sie so selbstverständlich, als wäre es nicht halb zwei nachts, sondern als wären sie nachmittags zum Teekränzchen verabredet.

»Entschuldigen Sie bitte«, stotterte Marie. »Ich konnte nicht schlafen, und weil Sie sagten, wir sollten uns bedienen … Ich wollte mir ein bisschen Milch heiß machen, wenn das okay ist.«

»Natürlich! Hier, ich habe gerade aus der Vorratskammer Honig für meinen Tee geholt. Den können Sie dazugeben.« Tilda stellte das Glas auf dem Tisch ab, dann öffnete sie einen der Küchenschränke und fischte einen schmalen, hohen Topf heraus, ehe sie die Milch aus dem Kühlschrank holte und großzügig davon in den Topf gab.

»Ich hoffe, ich habe Sie mit meinem Gerede über Jack nicht geängstigt, sodass Sie jetzt nicht schlafen können«, sagte die ältere Frau und sah Marie leicht zerknirscht an.

»Nein, das ist nicht der Grund. Es ist diese verrückte Reise und Harry und … ach, einfach alles«, antwortete Marie und starrte vor sich auf die Tischdecke, die ebenso farbenfroh war wie Tildas Kaftan heute Nachmittag.

»Harry hat mir vorhin ein bisschen von dem Grund Ihrer gemeinsamen Fahrt nach England erzählt. Ist wohl alles nicht so gelaufen, wie Sie sich das vorgestellt hatten, was?«

»Nicht ganz«, gab Marie zu. »Eigentlich wollte ich schon vor zwei Tagen bei meinem Mann in St Ives sein.«

»Wie nett, dass Sie zusammen Ferien machen.«

»Na ja«, sagte Marie zögernd, »um ehrlich zu sein, ist es eine Art Überraschungsbesuch. Steven weiß noch gar nicht, dass ich komme.«

»Oh! Da wird er sich bestimmt doppelt freuen.«

»Auch da bin ich mir nicht mehr so sicher. Als ich von Hamburg aufgebrochen bin, habe ich es noch für eine gute Idee gehalten, aber jetzt …« Marie stockte.

Tilda sah sie prüfend an. »Haben Sie Schiss.«

»Ja«, gab Marie zu.

»Vor der Reaktion Ihres Mannes oder vor Ihrer eigenen Courage?«, fragte Tilda, und als Marie sie nur verständnislos ansah, lächelte die rothaarige Frau. »Vielleicht erkennen Sie ja, dass Sie etwas anderes gesucht haben, als das, was Sie am Ziel erwartet?«

Marie wurde bang. »Sie meinen, es geht mir mit Steven wie Ihnen mit Jack? Er hat eine andere?«

»Nein, das meine ich nicht. Nicht alle Männer sind untreu. Aber ich glaube, Sie haben Angst, dass sich Ihre Erwartung nicht erfüllen könnte.«

Marie schluckte, denn unabsichtlich hatte Tilda einen wunden Punkt getroffen. Tatsächlich war Steven nicht gerade der romantisch veranlagte Typ, und Marie wurde immer unsicherer, ob er ihre Beweggründe wirklich gutheißen würde. Auf einmal sah sie sich im Geiste wieder in diesem kleinen, exquisiten französischen Restaurant sitzen. Weiße Tischdecken, schwere Damastservietten und natürlich brennende Kerzen auf den Tischen. Dazu Kellner, die aus Prinzip nur Französisch sprachen und winzige Portionen servierten, die ein Vermögen kosteten. Satt wurde man eigentlich nur dank des Weißbrots, das immerhin mit gesalzener Butter als Gruß aus der Küche und somit umsonst serviert wurde.

Steven hatte Marie damals überraschend mittags aus der Redaktion angerufen und für abends dorthin bestellt. Sie hatte sofort gewusst, dass es ein besonderer Anlass sein musste, warum er so viel Geld ausgab. Da er erst vor einem halben Jahr zum Redaktionsleiter befördert worden war und auch keiner von ihnen beiden Geburtstag hatte, konnte seine Einladung nur eins bedeuten: Steven wollte ihr einen Heiratsantrag machen. Vor Aufregung konnte Marie sich den ganzen Nachmittag nicht konzentrieren. Sie schüttete Kaffeepulver in den Wassertank der Maschine, stellte die Milch statt in den Kühlschrank ins Gläserregal und ließ zu guter Letzt auch noch eine Tasse fallen. Schon zwei Stunden vor ihrer Verabredung stand sie vor ihrem Kleiderschrank und probierte ein Dutzend Kombinationen. Zum Schluss war sie von dem vielen An- und Ausziehen derart verschwitzt, dass sie duschen musste. Danach war es schon so spät, dass sie panisch in dem Kleiderhaufen nach irgendwelchen Teilen wühlte und hastig in eine schwarze Hose und ein rotes, loses Oberteil schlüpfte. Sie hatte kaum mehr Zeit, sich zu schminken und rannte im Eiltempo aus dem Haus. Zehn Minuten zu spät und völlig außer Atem kam sie in dem Restaurant an. Der arrogante Blick des Kellners, mit dem er ihre zerzausten Haare und ihre leicht verlaufene Wimperntusche musterte, hätten Marie fast dazu gebracht umzudrehen. Dann aber sah sie Steven in Jeans und einem Tweed-Jackett im hinteren Teil des Raumes an einem Zweiertisch sitzen, und natürlich lief sie nicht davon. Schließlich wartete einer der schönsten Abende ihres Lebens auf sie, oder? Steven jedenfalls ließ sich nicht anmerken, dass er eine Überraschung für sie plante, obwohl er für seine Verhältnisse ungewohnt schick gekleidet war. Er bestellte zwei Gläser Champagner und vertiefte sich anschließend in die Speisekarte. Marie tat es ihm nach, aber als der Ober mit den Getränken kam, riss sie ihm beinahe das Glas aus der Hand – neugierig, ob Steven den Verlobungsring wohl in seinem perlenden Inhalt versenkt hatte. Doch selbst als sie die Champagnerflöte gegen das Licht hielt, konnte sie nichts entdecken.

»Stimmt etwas nicht?«, fragte Steven.

»Nein, nein, alles in Ordnung. Ich habe mich nur gefragt, ob ... wir uns nicht auch solche Gläser kaufen sollten. Sie sind sehr hübsch«, stammelte Marie und trank einen großen Schluck, um ihre Enttäuschung hinunterzuspülen. Dann aber dachte sie, dass Steven ein Ring im Schampusglas vielleicht zu platt war. Doch weder bei der Vorspeise – Forellenmousse auf Rucolabett mit einem Hauch Balsamico – noch bei der Hauptspeise machte er Anstalten, Marie die Frage der Fragen zu stellen. Stattdessen plauderte er lebhaft über seinen Tag in der Redaktion und gab einen Streit unter Kollegen zum Besten. Marie hörte zu, nickte und gab mechanisch Antworten, während in ihrem Kopf beständig die Frage kreiste, ob sie Stevens Einladung vielleicht missverstanden hatte. Einen Ring fand sie nämlich selbst dann nicht, als sie unauffällig unter das Chicoréesalatblatt (mit filetierten Orangenstücken) linste und schließlich sogar ihr medium gebratenes Steak umdrehte. Während die Crème brûlée zum Dessert kam, trank Marie ihr drittes Glas Wein aus und begrub mit dem letzten Schluck auch endgültig die Hoffnung auf einen Antrag. Offenbar hatte Steven einfach mal schick mit ihr essen gehen wollen. Frustriert bestellte sie sich zum Abschluss einen Calvados, und langsam machte das dumpfe Gefühl der Resignation einer angenehmen Wärme Platz. In ihrem Kopf schien sich ein leichter Nebel zu bilden, der die Konturen des Restaurants verschwimmen und sogar den hochnäsigen Oberkellner in einem milderen

Licht erscheinen ließ. Daher bekam Marie auch kaum mit, dass Steven auffallend lange nach seiner Geldbörse kramte, ehe er sich wieder ihr zuwandte. »Du fragst dich sicher, warum ich dich heute hierher eingeladen habe, oder?«

»Inzwischen nicht mehr«, antwortete Marie ehrlich und merkte, dass ihre Zunge irgendwie über das Wort »inzwischen« stolperte.

Steven sah sie überrascht an und schien einen Augenblick lang aus dem Konzept gebracht zu sein. »Oh, ach so. Möchtest du es denn wissen?«

»Hm«, antwortete Marie vage, wobei sie versuchte, ihre Benommenheit abzuschütteln, indem sie einen großen Schluck von dem Wasser trank, das Steven zum Wein geordert hatte.

Er schien ihr Grunzen als Zustimmung aufzufassen, denn er setzte sich aufrecht hin und sah sie an. »Also, Marie ... ich wollte dich fragen, ob wir nicht heiraten wollen?«

Jetzt war es an ihr, ihn völlig perplex anzustarren. »Wie jetzt, einfach so?« Aber wo war denn dann der Ring, dachte sie. Zwar hätte sie es übertrieben und gekünstelt gefunden, wenn Steven auf die Knie gefallen wäre – aber sollte er bei seiner Frage nicht wenigstens ihre Hand nehmen?

Steven lachte. »Klar, einfach so. Auf was sollen wir denn warten? Wir kennen uns gut, wir leben schon eine Weile zusammen ... Ich glaube, das mit uns funktioniert.«

Marie fühlte sich überfordert. Das Ganze lief völlig anders, als sie es sich vorgestellt hatte. Zuerst hatte sie gedacht, Steven würde ihr einen Antrag machen, und nichts war passiert. Und jetzt, als sie schon fast dabei waren zu gehen, rückte er plötzlich doch damit heraus, dass er sie heiraten wollte. Scheinbar liebte er sie doch, auch wenn er es etwas anders formulierte als Marie es sich insgeheim gewünscht hatte. Zu allem Überfluss schwappte der Alkohol immer noch durch ihr Hirn wie die Wellen an den Elbstrand. Sie holte tief Luft, um ihre Worte sorgfältig abzuwägen. »Ja, klar. Also, ich meine, alles, was du sagst, stimmt natürlich. Tja, dann ... warum nicht?« So viel zum Thema gut formulierte Antwort auf einen Heiratsantrag, dachte sie. Steven musste sie für eine gefühlsarme Idiotin halten, wenn sie seinen Antrag mit einem »Warum nicht« beantwortete.

Doch er lächelte sie an und nickte, als hätte er genau das hören wollen. »Super, dann können wir ja die Planung angehen. Ach, das hätte ich fast vergessen ...« Er kramte in seiner Jacketttasche und zog eine kleine blaue Schachtel heraus. »Ich hoffe, er passt. Ich hatte zum Vergleich ja nur diesen komischen Modeschmuck, den du immer auf der Bühne trägst.«

Marie öffnete die Schatulle und zog vorsichtig den schmalen goldenen Ring mit einem winzigen Diamanten heraus. Er passte tatsächlich wie angegossen an ihren linken Ringfinger. Sie schluckte. »Er ist wunderschön. Vielen Dank.«

Sie blickte auf ihre Hand, und für einen Augenblick erschien ihr diese völlig fremd, so als würde sie einer anderen Person gehören. Energisch schüttelte Marie das merkwürdige Gefühl ab und schwor sich, nie wieder erst Wein und dann noch einen Digestiv zu trinken. Doch als sie später neben Steven im Bett lag und im fahlen Mondlicht, das durch die Vorhänge schien, erneut das Schmuckstück betrachtete, war das Gefühl der Fremdheit immer noch da. Dieser Ring war wirklich schön, doch er passte eher zu einer Frau, die Blusen aus elfenbeinfarbener Seide im Schrank hatte, morgens um neun Uhr aus dem Haus ging, in einem schicken Büro arbeitete und jeden Abend pünktlich um achtzehn Uhr wieder nach Hause fuhr. Hatte Steven das nicht gemerkt, als er ihn für sie kaufte? Oder – und diesen Gedanken hatte Marie bis heute erfolgreich verdrängt – wollte Steven, dass mit seinem Ring eine andere Frau aus Marie wurde? Wenn das der Grund war, hatte er es geschafft, dachte sie in einem Augenblick der Klarheit. Kurz nach ihrer Hochzeit hatte sie die Bühne verlassen. Sie hatte sich eingeredet, dass ihr Künstlerdasein ab jetzt nicht mehr angemessen war. Aber was, wenn dieses Leben in Wirklichkeit nicht für sie unpassend war – sondern für Steven?

»Was ist denn los, Kindchen? Sie sehen nicht gerade glücklich aus. Habe ich etwas Falsches gesagt?«

»Nein«, murmelte Marie, »Sie haben mich nur auf

eine Idee gebracht.« Insgeheim aber erfasste sie eine kalte Angst. Vielleicht liebte Steven sie längst nicht mehr und würde ihr das nun sagen, wenn sie vor ihm stand? Als sie Tilda das gestand, legte diese Marie die Hand auf den Arm. »Ich verstehe Ihre Sorge. Aber machen Sie sich nicht zu viele Gedanken. Die Dinge gehen sowieso ihren Gang, ob wir wollen oder nicht.« Tilda nahm die inzwischen dampfende Milch vom Herd und goss vorsichtig etwas davon in eine Tasse. »Vielleicht lösen sich Ihre Ängste ja in nichts auf, wenn Sie ihn morgen sehen.«

Tilda hatte recht. Die ganze Aufregung der letzten Tage und Maries überspannte Fantasie ließen sie inzwischen Gespenster sehen. Doch der Einzige, der hier umhergeisterte, war Jack, dachte Marie und musste lächeln. Auf diese Weise lebte er eben für Tilda weiter, dachte sie und blickte die ältere Dame voller Zuneigung an. »Danke nochmals für Ihr großzügiges Angebot.«

Tilda nickte nur schweigend, und Marie hatte das Gefühl, noch etwas sagen zu müssen. »Sie können Jack ausrichten, dass er mit seinem Auto Amor gespielt hat.« Sie hatte es nett gemeint, aber zu ihrer Bestürzung sah sie, wie Tilda Tränen in die Augen traten.

»Oh, tut mir leid! Habe ich etwas Falsches gesagt?« Marie war betroffen. War Tildas Trauer um ihren Mann derart heftig, dass sie es nicht ertrug, wenn andere ihn erwähnten?

»Nein, schon in Ordnung. Es ist nur … Ich hasse

dieses verdammte Auto«, stieß Tilda heftig hervor. »Jack hat es jahrelang für seine amourösen Abenteuer genutzt.«

Marie fehlten kurz die Worte, und sie starrte die rothaarige Frau erschrocken an.

»Er war ein guter Mensch. Aber er war eben kein treuer Ehemann«, fuhr die etwas ruhiger fort. »Durch seinen Job als Vertreter ist er viel herumgekommen. Tja – und das hat er ausgenutzt.«

»Oh«, war alles, was Marie herausbrachte.

»Er dachte, ich wüsste nichts davon«, erzählte Tilda weiter und lächelte bitter. »Er hat es nicht gemacht, um mir wehzutun oder sich eine andere Frau zu suchen. Er hätte mich nie verlassen. Aber er war ein Freibeuter.«

Marie spürte eine aufwallende Abneigung gegen Jack. »Dann hätte er Sie nicht heiraten dürfen. Man kann nicht alles im Leben haben!«

»Jack schon.«

»Warum haben *Sie* ihn nicht verlassen?«

Tilda blickte versonnen in ihre Tasse. »Weil ich ihn geliebt habe. Trotz allem. Wenn Jack hier war, hat er alles für mich getan und mir immer das Gefühl gegeben, dass ich die Frau bin, mit der er alt werden will. Das hat mich durch die Stunden getragen, in denen ich ihn bei einer anderen wusste. Aber ich war mir immer sicher, dass er wiederkommen würde. Und so war es auch. Jedes Mal.«

Marie schluckte. »Ich glaube, ich würde Steven bis

in alle Ewigkeiten hassen, wenn er so etwas täte«, sagte sie leise.

»Ach, Kindchen. Groll ist der falsche Weg, denn damit vergiftet man sich nur selbst.«

»Was haben Sie denn dann getan?«, fragte Marie.

»Abgewartet«, sagte Tilda. »Und am Ende war ich die Siegerin über all diese Frauen. Sie kamen und gingen – aber *ich* bin geblieben. Bis zum Schluss. *Ich* war diejenige, die Jack gewaschen und angezogen hat, bevor man ihn in den Sarg legte. Und *ich* stand an seinem Grab. Nicht Elisabeth, Ginny oder wie seine zahlreichen Gespielinnen hießen.«

Marie schwieg, aber sie fragte sich, ob man jemanden gleichzeitig lieben und hassen konnte. Oder ob das in manchen Fällen nicht dasselbe war.

Sie nahm einen großen Schluck von der warmen Honigmilch, doch es half nichts. Sie war immer noch unruhig, und Tildas Worte vermochten es nicht, diesen Zustand zu verbessern.

Da kam ihr eine Idee, und sie sprang auf. »Wissen Sie was? Ich lege uns jetzt die Tarotkarten.«

»Oh ja«, rief Tilda und klatschte wie ein kleines Mädchen in die Hände. Erwartungsvoll blieb sie am Tisch sitzen, bis Marie mit dem samtenen Beutel zurückkam. Nachdem sie die Karten gemischt und den Stapel dreimal abgehoben hatte, blickte Marie Tilda auffordernd an. »Formulieren Sie gedanklich eine Frage.«

Tilda nickte und schloss die Augen. Einige Sekunden

später nickte sie. Marie fächerte den Stapel auf. »Und nun ziehen Sie eine Karte.«

Tilda tat es. »Der Eremit«, rief sie und lachte leise. »Wie passend.«

Marie blätterte in der Erklärung. »Diese Karte fordert dazu auf, sein Augenmerk auf die göttliche Natur zu richten. Schattenaspekte, wie Enttäuschung und Verletzung, werden durchdrungen. Ist es geschafft, erlangt man Glück und Zufriedenheit.«

»Klingt vernünftig«, sagte Tilda und trank den letzten Schluck Tee. »Wissen Sie, indem ich noch mit Jack rede, ist er immer noch bei mir. Aber endlich muss ich keine Angst mehr haben, dass er mich verlässt. Denn das hat er bereits getan, als er starb. Verstehen Sie, dass darin auch ein Trost liegt?«

Marie nickte langsam. »Ja, irgendwie schon.«

»Sie sind ein kluges Kind. Lassen Sie sich von niemandem etwas anderes einreden.« Bei diesen Worten tätschelte Tilda Maries Schulter und stand auf. »Und nun wünsche ich Ihnen eine gute restliche Nacht. Denken Sie daran, dass Sie schon morgen am Ziel sind.« Tilda stellte ihre leere Tasse in die Spüle und verließ die Küche.

Marie zögerte. Dann schob sie die Karte des Eremiten wieder in den Stapel und mischte ihn erneut. Nach dem üblichen Ritual des Abhebens konzentrierte sie sich auf ihre Frage an das Tarotdeck: Was würde sie morgen erwarten? Sie drehte die Karte um und erschrak. Es war »Der Gehängte«, und Marie brauchte nicht nachzulesen, für was die Karte stand. »Verrat«, murmelte sie, und einen Augenblick lang wurde ihr übel vor Angst, und sie schloss die Augen. Bedeutete das, Steven machte mit ihr doch dasselbe wie das, was Jack Tilda angetan hatte?

Als sie jedoch erneut auf die Karte blickte, ging ihr auf, dass diese verkehrt herum lag, also auf dem Kopf stand. Die Figur auf der Karte, normalerweise an einem Bein aufgehängt und mit dem Kopf nach unten baumelnd, stand in der umgedrehten Position nun auf seinem Bein und hielt das andere wie bei einer Yogaübung gekreuzt. Aufgeregt blätterte Marie in der Beschreibung. Tatsächlich war die Symbolik in diesem Fall eine ganz andere. »Dreht man die Zwölf, die Zahl des Gehängten, um, so erhält man die Einundzwanzig. Diese Zahl steht im Tarot für das Ende der Reise des Helden, für ein wiedergefundenes Paradies sowie auf einer höheren Ebene für etwas, das jetzt komplett werden kann.«

Marie hätte am liebsten laut gejubelt. Also würde alles gut werden! Steven und sie gehörten zusammen, und wenn die Karte von »komplett werden« sprach, deutete das vielleicht sogar auf Familienzuwachs in nächster Zukunft hin. Marie spürte bei diesem Gedanken ein warmes Kribbeln, und sie verstaute lächelnd die Karten wieder in ihrem Beutel. Sie trank die inzwischen lauwarme Honigmilch aus und stieg anschließend leise die Treppe zu den Zimmern hoch.

Als sie oben um die Ecke bog, erschien ein paar Meter vor ihr Pauls schlanke Gestalt in der offenen Tür des zweiten Gästezimmers. Auf Zehenspitzen und mit tastend ausgestreckten Händen tappte er den Gang entlang, direkt auf Marie zu, offenbar jedoch ohne sie zu sehen.

»Hi Paul«, flüsterte Marie.

Mit einem lauten Schrei fuhr er zurück und fuchtelte wild mit den Armen. »Weg von mir!«

»Ich bin's doch – Marie!«

Sein Kopf ruckte nach vorne wie der eines verblüfften Kamels. »Du?«

»Wer denn sonst?«

»Ich habe meine Kontaktlinsen nicht drin. Im ersten Moment dachte ich …« Paul fuhr sich durch die Haare, die, wie Marie trotz der Düsternis erkennen konnte, nicht mehr so ordentlich am Kopf lagen wie vor ein paar Stunden. Ihr ging ein Licht auf, und sie musste lachen. »Du dachtest, es ist Jack, stimmt's?«

Paul allerdings schien das alles andere als lustig zu finden. »Blödsinn!«

»Ach ja? Und warum hattest du dann gerade deine beiden Zeigefinger zu einem Kreuz geformt?«

Paul funkelte sie wütend an. »Wieso schleichst du überhaupt hier mitten in der Nacht herum?«

»Und selbst?«

»Tildas verflixter Tee«, knurrte Paul. »Unser Zimmer hat kein Badezimmer«, fügte er erklärend hinzu.

Marie lächelte breit. »Dann will ich dich nicht aufhalten. Schau aber vorsichtshalber hinter dem Duschvorhang nach, ob Jack nicht dort auf dich lauert.«

»Sehr witzig«, zischte Paul, und ohne Marie eine gute Nacht zu wünschen, schlurfte er in Richtung des Etagenbads. Marie wandte sich ab, aber den ganzen Weg in ihr Zimmer grinste sie vor sich hin. Sie war sicher, den Rest der Nacht gut zu schlafen.

Kapitel 9

Stardust
(Frank Sinatra)

Am nächsten Morgen sprang Marie schwungvoll die Treppe hinunter. Sie hatte tatsächlich tief und fest geschlafen und konnte es jetzt kaum abwarten, endlich loszufahren. Doch als sie in der Hoffnung auf eine Tasse starken Kaffee die Küche betrat, stand Tilda mit Paul zusammen am Fenster. Beide machten ein ernstes Gesicht, und Maries erster Gedanke war, dass Jacks Auto nicht mehr fahrtüchtig war. »Was ist es diesmal?«, fragte sie und konnte nicht verhindern, dass sie deutlich genervt klang.

»Keine Ahnung«, sagte Paul, »er liegt nur da, starrt an die Decke und ist nicht ansprechbar.«

Marie brauchte eine Sekunde, bis sie begriff, dass Paul nicht über den Wagen sprach.

»Was ist mit Harry, ist er krank?«, fragte sie alarmiert.

»Wenn ich das nur wüsste. Er redet ja nicht mit mir!« Paul hob resigniert die Schultern.

Tilda hatte in der Zwischenzeit ein kleines Tablett mit einer Teetasse, Zucker und einem kleinen Kännchen

Milch darauf zusammengestellt. »Ich gehe mal hoch zu ihm. Irgendwie kriegen wir Harry schon wieder auf die Beine«, sagte sie, griff nach dem Tablett und verließ mit energischen Schritten die Küche.

Paul blickte aus dem Fenster, sein Gesicht war angespannt. »Ich habe gleich gewusst, dass es eine Schnapsidee war, nach Cornwall zu fahren. Ich hätte Harry einfach in den Flieger nach Hamburg setzen sollen und damit basta.«

Marie hätte Paul am liebsten geschüttelt, aber sie beherrschte sich. »Harry wäre niemals ins Flugzeug gestiegen, das weißt du. Er will um jeden Preis Nora treffen, und ich verstehe ihn.«

Paul wandte sich um und funkelte sie zornig an. »Du bist genauso verblendet wie mein Großvater. Ihr habt scheinbar zu oft ›Casablanca‹ gesehen. Doch das Leben ist kein Hollywoodfilm. Und Harry ist krank! Was mache ich, wenn er plötzlich zusammenklappt?«

Marie hätte Paul gerne gesagt, dass dies nicht passieren würde und sie Harry unbeschadet nach Mousehole bringen würden, doch sie wusste selbst, wie unrealistisch das klang.

»Nicht bloß das Heim, auch mein Vater wird mir die Hölle heißmachen, wenn er erfährt, dass ich meinen kranken Großvater durch ganz England gekarrt habe. Nur weil er sich für einen verhinderten Cyrano de Bergerac hält!«

Paul hatte es heute offensichtlich mit Metaphern, dachte Marie und beobachtete ihn, wie er unruhig durch

Tildas Küche tigerte. »Ich hätte das Risiko nicht eingehen dürfen. Ich meine, ein Mann über siebzig und …«

»Anfang sechzig«, berichtigte ihn Marie. Paul hielt in seinem rastlosen Rundlauf inne und drehte sich um. »Was?«

»Harry ist doch Anfang sechzig. Hat er mir jedenfalls erzählt.«

Paul stieß die Luft aus und schüttelte den Kopf. »Er ist vierundsiebzig. Wenn du mal nachgerechnet hättest, wärst du selbst draufgekommen, dass er gar nicht so jung sein kann, wenn ich sein Enkel bin. Obwohl meine Eltern mich bekommen haben, als sie selbst erst neunzehn waren.«

Marie zog es vor, nicht darauf einzugehen. »Ich sehe mal nach ihm. Vielleicht hat seine Stimmung etwas mit Nora zu tun. Wäre nur zu verständlich, dass er *dir* nichts davon erzählt«, sagte sie spitz und rauschte zur Tür hinaus. Insgeheim ärgerte sie sich, dass sie so dumm gewesen war, nicht spätestens bei Pauls Anblick am Bahnhof King's Cross darauf gekommen zu sein, dass Harry bei seinem Alter gnadenlos geschwindelt haben musste. Zwar war ihr bei Pauls Anruf vor Paddys Pub der Gedanke flüchtig durch den Kopf geschossen, er war ihr allerdings in dem anschließenden Trubel um Harrys Verschwinden wieder entglitten. Zudem hatte Harry mit seinem federnden Gang, den halblangen grauen Haaren und seiner Schlagfertigkeit auf Marie nicht wie ein alter Mann gewirkt. Allerdings hätte sie eigentlich schon am Anfang anhand von Harrys Klamotten –

burgunderroter Schal zu violettem Jackett und senffarbener Hose – merken können, dass er ziemlich eitel war. Da machte sich natürlich sechzig besser als eine Siebzig, dachte Marie und musste über den alten Schwindler schmunzeln. Als sie die Tür zu seinem Zimmer öffnete und ihn daliegen sah, verging ihr jedoch das Lächeln. Harry wirkte blass und angegriffen. Selbst Maries Anblick löste keine nennenswerte Reaktion bei ihm aus. Tilda, die auf dem Bettrand saß und offenbar vergeblich versucht hatte, ihn zumindest zu einer Tasse Tee zu überreden, warf ihr einen besorgten Blick zu.

»Ich weiß nicht mehr, was ich tun soll, Marie. Er ist völlig apathisch!«

Marie trat zu Harry, der die Augen geschlossen hatte und nahm seine Hand. Schlaff lag sie in ihrer. »Haben Sie gestern und heute schon Ihre Tabletten genommen?«, fragte Marie streng. Genauso hatte sie manchmal auch mit den betagten Gästen in ihrem Café gesprochen, wenn sie merkte, dass der eine oder andere plötzlich Schwäche oder Müdigkeit zeigte.

Prompt schüttelte Harry den Kopf. »Es hat doch keinen Sinn«, murmelte er kaum verständlich.

»Natürlich hat das Sinn. Sie wollen doch Nora treffen! Da müssen Sie fit sein und dürfen jetzt nicht schlapp machen!«

Harry wandte den Kopf, und ein Funken Interesse leuchtete in seinen Augen auf. »Nora!«

»Ja, sie wartet am Hafen von Mousehole auf Sie. Das hat sie doch in dem Brief an Sie geschrieben.«

Jetzt richtete Harry sich auf. »Ja! Wo ist er?«

»Wahrscheinlich in Ihrer Tasche. Nun nehmen Sie erst mal Ihre Tablette, und dann sehen wir, ob es Ihnen danach besser geht, okay?«

»Okay«, sagte Harry matt. Marie nahm das als Zustimmung, in seiner Reisetasche nach einer Tablettenschachtel zu suchen. Tatsächlich fand sie zwischen dem Kulturbeutel und einer fast vollen Schachtel Zigaretten schließlich eine blauweiße Packung. »2 x am Tag 1 Tbl.« stand mit Kugelschreiber vorne und hinten auf der Packung. Der Name, irgend etwas mit »xin«, sagte ihr nichts, aber sie ahnte, dass es keine Vitamintabletten waren. In seinem Zustand wollte sie Harry jedoch nicht danach fragen, daher drückte sie nur schweigend eine Pille aus dem Blister und reichte sie ihm. Harry spülte sie mit einem Schluck Tee hinunter.

»Schlafen Sie noch ein bisschen. Vielleicht geht es Ihnen in einer Stunde schon besser«, meinte Marie.

»Gute Idee. Wenn Sie mich brauchen, rufen Sie einfach«, sagte Tilda und verließ das Zimmer. Marie stand auf, doch Harry griff schwach nach ihrem Arm. »Könnten Sie mir Noras Brief geben?«, bat er, und Marie nickte.

Doch in der Reisetasche war er nicht. Marie fiel nur der Scherenschnitt mit dem Frauenprofil in die Hand. Sie reichte ihn Harry. »Das ist Nora, richtig?«

Er nickte, und sein Gesicht bekam ein wenig Farbe. »Ist sie nicht wunderschön?«

»Ja. Sie sind wirklich talentiert, Harry.«

Er richtete sich etwas auf und sah sie an. »Sie etwa nicht?«

Marie dachte an ihren letzten Auftritt, und unwillkürlich wanderte ihre rechte Hand zu ihrer Kehle. »Ich habe beim Singen immer mein Bestes gegeben. Ob ich talentiert war, kann ich nicht beurteilen.«

»Ich habe Sie gehört«, erwiderte Harry, aber Marie wusste nicht, wie das gemeint war. Sie war damit beschäftigt, auf dem niedrigen Tischchen und der Kommode nach dem Brief zu suchen.

»Wenn ich einen Scherenschnitt von Ihnen machen würde, wäre das Motiv klar«, sagte Harry, und Marie drehte sich geschmeichelt nach ihm um. »Ach ja. Wie sehen Sie mich denn?«, fragte sie lächelnd und überlegte, ob das Tonpapier bei ihr auch eine Sirene oder etwas anderes zeigen würde.

»Als eine Maus«, fuhr Harry in diesem Augenblick fort und fast wäre Marie die Finanzzeitschrift – eindeutig die Lektüre von Paul – aus der Hand gefallen, unter der sie nach Noras Brief suchte.

»Wie bitte?«

»Nun, Sie erinnern mich an eins dieser possierlichen Tierchen. Ich glaube, Sie sind neugierig und gleichzeitig etwas draufgängerisch – aber sobald Sie Gefahr laufen, entdeckt zu werden, rennen Sie weg und verstecken sich.«

Marie stand bewegungslos im Zimmer und starrte Harry an. So also sah er sie? Als einen unscheinbaren, grauen Nager, der sich beim kleinsten Gegenwind verkroch?

»Na hören Sie mal, ich habe jahrelang als Frontfrau mit meiner Band auf der Bühne gestanden. Da kann von Verkriechen kaum die Rede sein«, hielt Marie ihm vor.

»Und jetzt? Singen Sie nicht mehr, oder?«

»Ja, aber …«, rief Marie. »Ich habe mich nie verkrochen. Weder damals noch jetzt.« Doch unter ihre Empörung mischte sich ein schales Gefühl. »Wie war das damals mit dem Bluesfestival in Tennessee?«, flüsterte eine Stimme in Maries Kopf. Sie machte eine abwehrende Bewegung. »Am besten schlafen Sie jetzt eine Runde und suchen danach selbst nach Noras Brief. Ich kann ihn nämlich nicht finden«, zischte sie.

»In meinem Jackett«, sagte Harry plötzlich und deutete herrisch auf das lilafarbene Sakko, das über einem Stuhl hing. Marie griff erst in die rechte, dann in die linke Innentasche, und tatsächlich knisterte dort das gesuchte Papier. Wortlos reichte sie es Harry, der jetzt lächelte. »Die Liebe ist wie das Meer. Es gibt und nimmt, nicht wahr?« Harry drückte den Brief an seine Brust. Ungewollt rührte Marie diese Geste, trotzdem nahm sie ihm den Vergleich zwischen ihr und einer Maus übel, daher verließ sie mit einem kurz angebundenen »Bis später« das Zimmer.

»Wie geht es ihm?«, fragte Tilda und schenkte Paul Kaffee nach. »Gut genug, um mir schon wieder auf die Nerven zu gehen«, rutschte es Marie raus. Als sie Pauls konsternierten Blick sah, sprach sie schnell weiter.

»Immerhin scheint die Tablette zu wirken. Er war deutlich lebhafter als vorhin.«

Paul schüttelte den Kopf und wollte etwas sagen, da klingelte sein Handy. »Mein Vater! Na endlich«, rief Paul, ehe er ranging und sich meldete. »Ja, ich habe versucht dich zu erreichen. Nein, ich bin nicht in Deutschland …«, hörte Marie ihn sagen, ehe Paul die Küche verließ, um in Ruhe mit seinem Vater zu sprechen.

Marie sah ihm besorgt nach. »Hoffentlich lässt er sich nicht überreden, Harry zurückzubringen, ehe der sich mit Nora ausgesprochen hat.«

Tilda betrachtete sie lächelnd. »Sie mögen Harry, stimmt's? Auch wenn Sie es nicht zugeben.«

Marie musste wider Willen lächeln. »Am Anfang hätte ich ihn am liebsten erwürgt, um ehrlich zu sein. Aber dann hat Harry von Nora erzählt, und es hat mich berührt, wie stark seine Gefühle für sie sind. Auch wenn er ihretwegen seine Familie verlassen hat.«

»Manchmal ist man eben nicht mit dem Menschen verheiratet, den man am meisten liebt«, sagte Tilda. Als sie Maries überraschten Blick sah, lächelte sie. »Liebe hat viele Gesichter, Mädchen. Jack und ich waren Seelenverwandte, aber meinen Körper hat er irgendwann nicht mehr begehrt. Bei manchen Paaren ist es umgekehrt. Ihre Beziehung ist rein körperlich, aber wenn das nicht mehr stattfindet, haben sie sich auch nichts mehr zu sagen. Daher rate ich jedem, der beides in einer Person findet, an diesem Menschen festzuhalten. Egal, was kommt oder was man dafür zurücklassen muss. Denn so etwas geschieht nicht oft im Leben.« Tilda stockte und sah aus dem Fenster. »Obwohl wir es uns alle wünschen, dass es uns einmal passieren möge, nicht wahr?«

Marie spürte einen Kloß im Hals, doch sie konnte nicht sagen, warum. Ehe sie weiter darüber nachdenken konnte, kam Paul in die Küche zurück. Marie erschrak. Sein Gesicht war blass, und er hatte die Lippen zu einem schmalen Strich zusammengepresst. »Ich fahre mit Harry zum nächsten Flughafen. Er muss zurück nach Deutschland. Sofort«, sagte Paul.

»Aber warum denn? Hast du deinem Vater nicht gesagt, dass es Harry schon besser geht? Wenn er sich noch ein wenig ausgeruht hat ...«, fing Marie an, aber Paul unterbrach sie.

»Er ist ernsthaft krank, Marie! Mein Vater hat seinen Urlaub abgebrochen und ist gestern noch nach Hamburg geflogen. Nachdem er sich ausweisen konnte, haben sie ihm im Heim endlich gesagt, was mit Harry los ist.«

Marie sah Paul mit aufgerissenen Augen an, und Tilda, die zwar kein Wort verstand, aber Pauls Anspannung sehr wohl spürte, drückte sanft ihre Hand. »Nun sag schon, was hat er?«

Paul holte Luft, als müsse er Anlauf für einen schwierigen Sprung nehmen. »Alzheimer«, sagte er leise.

Tilda hatte frischen Kaffee gemacht und schenkte erst Paul und dann Marie nach. »Danke«, sagte sie und nahm einen Schluck aus der Tasse ohne jedoch etwas zu schmecken. Sie war immer noch wie betäubt von Pauls Worten. Durch ihre Arbeit im Café und den Besuch einiger Gäste, die sich im Griff dieser Krankheit befanden, wusste Marie, was die Diagnose Alzheimer bedeutete: Ein allmähliches Vergessen von Dingen, Ereignissen und Personen, das irgendwann in völlige Hilflosigkeit mündete. Diese Krankheit war besonders tückisch, denn sie schlich sich wie ein Dieb zunächst unbemerkt von hinten an, um dann plötzlich zuzuschlagen und dem Betroffenen nach und nach alle Erinnerungen zu rauben. Am Ende hatte der Mensch sogar sich selbst vergessen und starb verwirrt und sprachlos, meistens ohne seinen eigenen Namen noch zu kennen.

Bei der Vorstellung, dass Harry dieses Schicksal auch früher oder später ereilen würde, schossen Marie die Tränen in die Augen. »Wann hat man es bei ihm festgestellt?«, fragte sie leise. Sie konnte das Wort »Alzheimer« nicht aussprechen, sonst hätte sie sofort angefangen zu weinen.

»Vor etwa drei Monaten«, sagte Paul. »Einige Wochen zuvor ist seinen neuen Nachbarn, die in die Wohnung nebenan gezogen sind und mit denen er sich wohl angefreundet hatte, Harrys Vergesslichkeit aufgefallen. Einmal stand er mitten auf der Straße und wusste offenbar nicht mehr, in welchem Haus er wohnte. Zwar erschien er danach wieder ganz normal, aber sie haben Harry trotzdem gedrängt, zum Arzt zu gehen. Er hat wohl niemandem von der Diagnose erzählt, aber kurz darauf hat er sich offenbar entschlossen, ins Heim zu ziehen. Haus Schwanenpark ist eine Art betreutes Wohnen.«

»Mein Gott«, sagte Marie betroffen. »Er dachte wohl, dass er mit ein wenig Hilfe die Krankheit in den Griff bekommt.«

»Ja, vielleicht. Scheinbar haben auch verschiedene Tabletten, die ihm der Arzt verschrieben hat, ganz gut angeschlagen. Die Krankheit schien bisher zumindest zu stagnieren.«

»Und dann kam Noras Brief«, überlegte Marie.

Paul nickte. »Sie muss ihm an seine alte Adresse geschrieben haben. Vielleicht haben die Nachbarn ihn an das Heim weitergeleitet, oder Harry war noch in der Lage, einen Nachsendeantrag zu stellen.«

»Mir kam er nicht krank vor«, erklärte Marie. »Ich habe ihn für etwas exzentrisch und manchmal auch sonderbar gehalten. Aber dass er Alzheimer hat, hätte ich nie gedacht.«

Jetzt jedoch ergaben viele Dinge, die sie irritiert hatten, plötzlich Sinn, dachte Marie. Angefangen von Harrys zeitweilig geistiger Abwesenheit bis hin zu der Tatsache, dass er einfach ihr Navi verschenkt hatte. Vielleicht war auch die falsche Tankfüllung eine Folge seiner schleichenden Erkrankung gewesen? Und dass er Marie immer wieder »junge Frau« genannt hatte? Sie hatte es von ihm als herablassend empfunden, jetzt aber beschlich sie der Verdacht, dass Harry manchmal ihren Namen vergessen hatte. Und auf dem Spaziergang, den er gemacht hatte, während Marie und Buck in Paddys Pub eingekehrt waren, hatte er sich vermutlich verlaufen. Daher hatte Harry auch nicht an der Bushaltestelle gesessen, um Marie eine Lektion zu erteilen, sondern weil er sich vermutlich nicht mehr an den Rückweg zum Pub erinnern konnte. Wie Puzzleteile fielen Marie noch mehr Begebenheiten ein: Harrys Kompliment für Elsie, dass sie ihr »Hotel« mit Charme führte. Elsie hatte über Harrys Bemerkung gelacht, weil sie es für einen Witz hielt – fälschlicherweise. Doch auch Marie selbst hatte einige Dinge bisher falsch interpretiert. Unter anderem Harrys Verwirrung, als er am Bahnhof in London aufwachte. Marie hatte gedacht, er wäre verschlafen und daher etwas neben der Spur, dabei hatte Harrys Zustand einen viel schlimmeren Grund.

Und dann noch Paul. Hätte Harry seinen eigenen Enkel nicht vielleicht doch erkannt, wenn die Demenz nicht schon dabei wäre, Besitz von seinem Gedächtnis zu ergreifen und es nach und nach auszulöschen?

Die Fragen hämmerten in Maries Kopf, und sie spürte einen ziehenden Schmerz hinter ihren Augen. Doch das war noch nicht einmal das Schlimmste, fiel ihr nun ein, und bei dem Gedanken zuckte sie zusammen. »Harry wird auch Nora vergessen«, sagte sie laut und blickte erst Paul und dann Tilda an.

Die ältere Lady, inzwischen von Paul über Harrys Diagnose in Kenntnis gesetzt, strich Marie kurz über die Wange und nickte.

»Deswegen ist es für ihn auch so wichtig, nach Mousehole zu kommen. Weil er Angst hat, dass sich sein Zustand rapide verschlechtert«, erkannte Marie und sah Paul beschwörend an. »Wir müssen die beiden zusammenbringen, ehe Harry sich nicht mehr an Nora erinnert und daran, dass sie ihm einen Brief geschickt und ihn um Verzeihung gebeten hat«, sagte Marie entschlossen.

Paul stellte heftig seine leere Kaffeetasse auf den Tisch zurück. »Spinnst du? Das steht überhaupt nicht zur Debatte. Er muss sofort nach Hause und sich behandeln lassen!«

»Wogegen denn, Paul? Alzheimer ist nicht heilbar«, antwortete Marie hitzig.

»Das weiß ich selbst. Trotzdem kann man den Verlauf zumindest verzögern.«

»Und wozu? Damit Harry noch länger darunter leidet, Nora nicht wiedergesehen zu haben? Und dass er die Zeit, die ihm noch bleibt, in dem Bewusstsein leben muss, keine Chance mehr zu bekommen, sich mit ihr zu versöhnen? Wie herzlos und grausam ist das bitte?!«

»Jetzt pass mal auf, Marie. Ich habe mich in London von dir überreden lassen, bei deinem schwachsinnigen Plan mitzumachen und Harry nach Mousehole zu bringen. Aber die Dinge haben sich geändert, verstehst du? Mein Großvater ist schwer krank und hat unter Umständen nicht mehr lange zu leben, geht das vielleicht in deinen Dickkopf?«

»*Du* bist offenbar derjenige, der gar nichts versteht«, rief Marie. Sie war über Pauls Ignoranz empört. »Es geht mir einzig und allein um Harry! Nora ist die Liebe seines Lebens. Sie haben sich scheinbar nach einem heftigen Streit getrennt, und Harry ist zurück nach Hamburg gegangen. Dann ist er krank geworden und hatte vielleicht schon resigniert, als Noras Brief ihn erreicht. Er liest, dass ihr die Trennung leidtut und setzt alles daran, sie noch einmal zu sehen. Glaubst du denn, er weiß nicht, wie es um ihn steht? Trotzdem hat er sich sofort auf den Weg nach England gemacht. Er hat wirklich darum gekämpft, zu ihr zu kommen. Möglicherweise ist es das Letzte, was Harry tut, ehe sich sein Zustand verschlechtert – aber du hast kein Recht, ihn davon abzuhalten!«

»Ich verstehe zwar kaum Deutsch, aber ich glaube zu wissen, was Marie gerade gesagt hat«, schaltete Tilda sich ein. Sie legte ihre Hand auf die von Paul und sah ihm in die Augen. »Lass Harry zu Nora gehen, Paul. Marie hat recht. Es ist das Einzige, was er will – und was ihm noch bleibt. Könntest du wirklich mit dem Wissen leben, dass du deinem Großvater den letzten Funken Hoffnung genommen hast, der ihn davon abhält, sich dieser furchtbaren Krankheit ganz und gar zu ergeben?«

»Ihr wisst doch beide nicht, was ihr redet«, sagte Paul aufgebracht und fuhr zu Marie herum. »Harry und du, ihr seid Fremde, die sich zufällig begegnet sind. Auch wenn du ein paar Tage mit ihm verbracht hast, kennst du ihn deswegen noch lange nicht.«

»Kennst du ihn denn, obwohl er dein Großvater ist?

Deine Familie hat sich all die Jahre nicht um ihn gekümmert«, gab Marie zurück.

Paul setzte an, aber offenbar fiel ihm keine Erwiderung ein, denn er klappte nur den Mund auf und wieder zu.

»Niemand kennt einen anderen Menschen voll und ganz«, sagte Tilda besänftigend. »Harry hat mir erzählt, dass er wegen Nora seine Frau und seinen Sohn verlassen hat«, wandte sie sich an Paul. »Das war sicher schwer für deinen Vater – und später auch für dich. Aber du bist erwachsen und weißt, dass man eine Entscheidung immer *für* und gleichzeitig *gegen* etwas fällt. Und in der Liebe geht das eben nicht ohne Wunden ab.«

Paul schob heftig seinen Stuhl zurück, der mit einem lauten Geräusch über den Boden scharrte. »Ihr macht es euch einfach!«, rief er aufgebracht. »Nora! Harrys große Liebe! Ihr Brief! Die Bank am Hafen!« Er schüttelte den Kopf. »Aber was soll ich meinem Vater und dem Heim sagen, wenn ich Harry nicht spätestens morgen zurückbringe?«

»Du musst ihm das erklären! Und was das Heim denkt, ist doch völlig egal. Es geht hier einzig und allein um Harry. Noch ist er nicht entmündigt, und du bist der Einzige, der ihm zu seinem Glück verhelfen kann.«

Paul biss sich auf die Lippen und blickte unentschlossen. Marie sah ihn flehend an. »Verstehst du denn nicht, dass man bereit ist, für jemanden alles aufzugeben? Einen Menschen noch einmal zu sehen, seine

Stimme zu hören und in seinen Armen zu liegen? Hast du noch nie jemanden so geliebt, Paul?«

Der stand eine Sekunde lang wie erstarrt, die Hände um die Tischkante geklammert. Dann aber funkelte er Marie an. »Du scheinst ja Expertin in Sachen Liebe zu sein. Fährst du aus diesem Grund auch deinem Mann hinterher? Ich dachte, normalerweise verreist man in einer Ehe zusammen …«

Jetzt war es Marie, die getroffen war. Weil Paul etwas aussprach, über das sie seit Tagen nachzudenken vermied. Doch sie würde sich von diesem Typen, der das Gefühlsleben eines Holzklotzes besaß, nicht mundtot machen lassen. »Ich wecke jetzt Harry. Wenn du meinst, mit ihm zurückfahren zu müssen, dann sagst du ihm das selbst.«

Mit diesen Worten verließ Marie hocherhobenen Hauptes die Küche, als wolle sie gleich die ›Odile‹ aus ›Schwanensee‹ tanzen. Doch in Wirklichkeit hatte Paul es geschafft, dass sie sich nun tatsächlich fühlte, wie Harry sie in einem seiner Scherenschnitte sah: als dumme, unscheinbare Maus.

Harry und Nora

»Richard hat heute Nachmittag angerufen«, sagte Nora.

»Ach ja? Wollte er dich mal wieder zu einem Diner à deux *überreden und dich mir ausspannen?«*

»Er wird die Pacht für den Klub erhöhen.« Nora blickte Harry bei diesen Worten nicht an, sondern starrte auf die Dächer von Mousehole. Wie so oft saßen sie auf Noras Bank am Hafen, doch heute hatte Harry schon beim Näherkommen gemerkt, dass etwas anders war. Statt wie sonst entspannt auf der hölzernen Sitzfläche zu lümmeln, den rechten Arm über die Rückenlehne hängend, sodass Harry ihre Hand greifen konnte, sobald er kam, hatte Nora steif dagesessen und sich kaum nach Harry umgedreht.

Jetzt nahm er ihre Hand und drückte sie sanft. Er hatte eine Überraschung für sie, aber die musste nach dieser Hiobsbotschaft wohl noch etwas warten. »Wie viel Prozent mehr will Richard denn?«, fragte er stattdessen.

Nora lächelte bitter. »Es lohnt sich nicht. Ich habe es durchgerechnet. Schon seit vier Jahren bin ich kaum mehr in den schwarzen Zahlen. Aber mit der jetzigen Erhöhung würde ich nur noch Verlust machen – oder ich kann mein Personal nicht mehr bezahlen.«

»Und wenn du ausschließlich Gastrobetrieb machst? Ich meine, bei den Bands zahlst du doch am meisten drauf, oder?«

Nora schüttelte den Kopf. »Am Wochenende kommen die Leute wegen der Musik, Harry. Das weißt du. Außerdem lebt der Pub von dieser speziellen Atmosphäre. Würde ich das aufgeben, dann wäre mein Laden nicht derselbe. Ganz abgesehen davon, dass sich das Geschäft deswegen trotzdem für mich nicht mehr rechnet.«

Harry musste ihr zustimmen. Penzance – ebenso wie das übrige Cornwall – hatten in den vergangenen Jahren einen regelrechten Boom erlebt. Mit zunehmender Beliebtheit dieser Region waren auch die Mieten unaufhaltsam gestiegen, und obwohl viele Touristen in den Ort kamen, konnte der Umsatz von vielen, gerade kleinen und traditionellen Pubs oder Cafés nicht mehr mithalten.

»Es hat keinen Sinn. Ich werde den Pachtvertrag kündigen und mir etwas anderes suchen.«

Harry hätte Nora gerne angeboten, etwas zu der Pacht zuzuschießen, doch er wusste, dass sie das nicht wollen würde. Er zahlte schon die gesamte Miete für ihre gemeinsame Wohnung, wogegen sich Nora anfangs heftig gewehrt hatte. Im Gegenzug bestand sie darauf, wenigstens die anderen Kosten wie Essen und Strom zu übernehmen. Und leider waren sie beide nicht wohlhabend genug, um sich ein Geschäft wie Noras Pub zum Vergnügen leisten zu können. Dazu kam, dass auch Harry Neuigkeiten hatte.

»Mein Haus in Hamburg wird frei«, sagte er.

»Wie – frei?« Nora sah ihn an.

»Die Mieter ziehen aus. Sie haben dort ja seit mehr als zehn Jahren gewohnt und …«

»Ich weiß«, unterbrach ihn Nora. »Aber was soll das heißen? Dann suchst du eben neue. Das dürfte in so einer großen Stadt doch kein Problem sein, oder?«

Harry zögerte. Er hatte das kleine Haus mit dem windschiefen Dielenboden und den blauen Fensterläden einige Jahre nach seiner Umsiedelung nach England über eine Hamburger Immobilienfirma gekauft. Damals hatte er es für eine gute Idee gehalten, das Erbe seiner Eltern in eine Immobilie zu investieren. Kristin hatte ihn so radikal aus ihrem Leben gestrichen, als hätte es ihn nie gegeben. Nicht einmal Unterhalt hatte sie von ihm gewollt, und sie hätte sowieso keinen Zugriff auf Harrys Erbe gehabt. Weil es außerdem als Deutscher schwer war, in England ein Haus zu erwerben, hatte Harry sich für Hamburg entschieden.

Vielleicht war die Tatsache, dass der Auszug seiner Mieter mit der drohenden Schließung des Pubs einherging, ja ein Wink des Schicksals, dachte er.

»Könntest du dir vorstellen, mit mir nach Deutschland zu gehen?«, platzte er daher ohne Vorwarnung heraus.

Nora starrte ihn an. »Was?«

»Ich weiß, das kommt jetzt völlig überraschend für dich. Aber überleg doch mal: Meine Arbeit hier ist getan. In Deutschland hätten wir ein eigenes Haus! In Penzance dagegen zahlen wir einen Haufen Miete für drei Zimmer und jetzt, da du wahrscheinlich den Pub aufgeben musst …«

Nora rückte ein Stück von ihm ab und sah ihn an, als hätte er ihr vorgeschlagen, auf den Mond zu ziehen. »Was soll ich in Hamburg?«

»Dasselbe wie hier. Mein Geld reicht für uns beide, vor allem, wenn ich die Miete nicht mehr berappen muss. Das Haus liegt an einer Mündung der Elbe. Dort kannst du auch laufen gehen. Oder du suchst dir eine andere Beschäftigung. Es gibt viele englischsprachige Schulen …«

»Du meinst, ich soll unterrichten? Und was, bitte schön? Wie man englische Gerichte für Pubbesucher kocht? Oder Bands für einen Gig organisiert? Oder hältst du mich inzwischen für so eine alte Jungfer, dass ich Kids das Stricken beibringe?«

Harry merkte, dass er das Thema völlig falsch angegangen war. Aber jetzt konnte er nicht mehr zurück, und daher bemühte er sich, Nora seine Überlegung verständlich zu machen. »Auch, wenn ich ein gutes Stück älter bin als du, werden wir beide nicht jünger, und langsam müssen wir uns sowieso etwas überlegen. Oder willst du den Rest deines Lebens in Penzance verbringen?«

»Nein, aber England wäre schon ganz nett. Hatten wir nicht immer über ein kleines Cottage gesprochen, das wir im Alter einmal haben wollten?«

»Schon, aber hast du in den letzten Jahren die Preissteigerungen mitverfolgt? Ich meine, warum erhöht Richard wohl die Pacht? Weil er weiß, dass Devon und Cornwall eine Goldgrube sind. Die Bed and Breakfasts schießen wie Pilze aus dem Boden, und wenn man ein Haus nicht vermietet oder verkauft bekommt, macht man eben eine Pension draus! So läuft das, und auch unsere Wohnung hier wird bald teurer werden.«

»Aber dein Haus in Hamburg ist doch sicher auch im Wert gestiegen! Warum verkaufst du es nicht, und wir suchen uns von dem Geld hier etwas?«

Ja, warum nicht, dachte Harry. Die Wahrheit war: Weil er sich ein Cottage in England selbst mit dem Erlös des Hauses in Hamburg nicht würde leisten können. Zwar war die Lage am Hamburger Stadtrand nicht schlecht, aber das Häuschen war damals, als er es gekauft hatte, bereits alt gewesen, und zudem waren weder die Räume noch das Grundstück besonders groß. Für ihn und Nora würde es genügen, aber nicht, um davon ein Cottage zu bezahlen, wie Nora es sich ausmalte. Die alten Häuser in England waren zwar auch nicht geräumiger, aber sie standen meist auf riesigen Grundstücken – und die hatten wiederum ihren Preis. Außerdem dachte Harry tatsächlich immer öfter an die Zeit, die ihm noch blieb. Würden er und Nora sich tatsächlich in zehn Jahren noch in Penzance wohlfühlen? Vor allem, wenn sie jetzt ihren Pub aufgeben musste? Die Kneipe war ja nicht nur ein Job für Nora gewesen, sie war auch ihr sozialer Mittelpunkt und Treffpunkt für eine bunte Mischung an Bekannten. Wirklich enge Freunde waren nicht darunter, dazu nahm die Arbeit bei Harry und Nora zu viel Raum ein. Und, wie er sich eingestand, sie waren sich beide stets selbst genug gewesen. Das war auch heute noch so, und wenn es nach Harry ging, würde es so bleiben – außer Nora hielt ihn nicht viel in England.

Doch offenbar sah Nora das anders. Aufgebracht sprang sie von der Bank auf und blickte auf Harry herunter, der immer noch dort saß. »Nach all den Jahren hätte ich von dir ein bisschen mehr erwartet, Thomsen. Mein Leben geht den Bach runter, und du hast nichts Besseres zu tun, als mir vorzuschlagen, in eine völlig fremde Stadt in Deutschland zu ziehen. Nicht einmal die Sprache beherrsche ich richtig.«

»Nora, bitte. Es war doch nur eine Idee! Ich dachte …«

»Eine Idee? Ich glaube eher, die Erhöhung der Pacht kommt dir ganz gelegen. Denn dein Entschluss, nach Hamburg zurück zu gehen, steht offenbar schon fest. Doch lass dir eins gesagt sein: ohne mich!«

Mit diesen Worten drehte sie sich um und stapfte davon. Harry sah ihr nach, und er wusste, dass es keinen Sinn hatte, ihr hinterherzulaufen. Wenn Nora wütend war, ließ sie nichts und niemand an sich heran, nicht einmal Harry. Wahrscheinlich würde sie heute Nacht sogar in dem kleinen Hinterzimmer des Pubs schlafen, das eigentlich nur für Notfälle gedacht war – zum Beispiel, wenn einer der Musiker zu viel Bier getrunken hatte, um noch nach Hause zu gehen.

Bedrückt fuhr Harry über die eingeritzte Holzinschrift auf »ihrer« Bank, die inzwischen schon leicht verwittert war – so wie Harry. Beim Umdrehen drückte etwas gegen seinen rechten Oberschenkel, und Harry fasste in seine Hosentasche und zog eine kleine Schachtel hervor. Er öffnete vorsichtig den Deckel und betrachtete traurig den schmalen Diamantring darin. Eigentlich hätte er Nora den Schmuck überreichen und ihr die Frage stellen sollen, auf die er sich den ganzen Tag schon gefreut hatte. Aber der Abend war völlig anders verlaufen als er sich das vorgestellt hatte. Mühsam stand Harry auf, um sich auf den Heimweg zu machen. Wobei es ihn davor grauste, in eine leere Wohnung zu kommen. Zu Hause war nur dort, wo Nora war.

Als er am Pub vorbeifuhr, sah er im Obergeschoss Licht brennen und überlegte, ob er hineingehen und Nora bitten sollte, mit ihm zu kommen. Doch dann sah er einen hellblauen Pick-up am Straßenrand stehen – Richards Wagen. Also wollte Nora wohl noch einmal mit ihm über die Pachterhöhung reden. Harry warf einen letzten, sehnsüchtigen Blick nach oben. In diesem Moment erschien die Silhouette einer Frau am erleuchteten Fenster. Sie blickte nicht nach unten auf die Straße und hätte Harry sowieso nicht gesehen, denn inzwischen war es dunkel geworden. Mit einer fließenden Bewegung hob sie die Arme und schloss die Vorhänge. Trotzdem konnte Harry noch den zweiten Schatten ausmachen, der in dem schmalen Lichtspalt erschien. Er war groß und breitschultrig, und aufgrund des Pick-ups vor der Tür bestand für Harry kein Zweifel mehr daran, wer dort oben bei Nora war: Richard.

Kapitel 10

Autumn Leaves
(Nat King Cole)

Marie öffnete leise die Tür zum Gästezimmer. Harry lag vollständig bekleidet, aber bewegungslos und mit geschlossenen Augen auf dem Rücken. Für eine Schrecksekunde glaubte Marie, er wäre tot. »Harry?«, flüsterte sie und wollte gerade die Hand nach seinem Gesicht ausstrecken, um zu prüfen, ob er noch atmete, da schlug er urplötzlich die Augen auf. »Reingelegt« rief er und lachte, weil Marie mit einem kleinen Schrei zurückwich.

»Verdammt noch mal! Sind Sie wahnsinnig, mich so zu erschrecken?« Marie war ernsthaft sauer, denn angesichts der Umstände war ihr nicht nach Scherzen zumute.

Harry offenbar schon, denn er grinste wie ein kleiner Junge, dem gerade ein Streich gelungen war. »Wenn es Sie tröstet – eigentlich wollte ich gar nicht Sie erschrecken. Ich habe jemand anderen erwartet.«

»Lassen Sie mich raten. Ihren Enkel Paul.«

Harry zögerte eine Sekunde. »Exakt«, sagte er dann und schwang sich aus dem Bett.

»Paul will übrigens mit Ihnen sprechen«, informierte ihn Marie.

»In diesem Fall entschuldigen Sie mich bitte, ich gehe mich frisch machen. Wir haben schließlich noch ein ganzes Stück Weg vor uns, nicht wahr?« Mit diesen Worten verließ er das Zimmer, das ja – wie Paul bereits gesagt hatte – über kein Badezimmer verfügte.

Marie blieb noch einen Augenblick stehen und versuchte, sich von ihrem Schock zu erholen, den Harry ihr versetzt hatte. Ihr Herz klopfte immer noch, und sie setzte sich kurz auf den Bettrand. Da fiel ihr Blick auf das kleine schwarze Notizbuch, in das Harry schon einige Male gemalt oder geschrieben hatte. Es lag aufgeschlagen neben dem Kopfkissen, und Marie konnte nicht widerstehen, sich etwas vorzubeugen. Es war kein Schnüffeln, rechtfertigte sie sich vor sich selbst, denn das Büchlein lag schließlich offen herum, oder? Sie kniff die Augen zusammen, um Harrys Handschrift zu entziffern, doch es war ihr nicht möglich, denn die Buchstaben standen zu eng und waren zu klein. Hastig sah Marie sich um, als würde der Geist von Tildas verstorbenem Gatten Jack hinter ihr stehen und ein missbilligendes Gesicht ziehen, aber natürlich war das Zimmer leer. Mit spitzen Fingern zog sie das schwarze Notizheft ein Stück zu sich heran, und jetzt war es ihr möglich zu lesen, was da stand:

Marie = junge Frau, dunkle Haare, ca. 30 Jahre. Fährt silberfarbenes Auto. Will zu ihrem Mann. Name: Steven. Marie nimmt mich mit nach Mousehole. Glaubt an Tarotkarten. Leicht reizbar. Ehekrise? Thema lieber nicht ansprechen.

Pete = Mechaniker. Elsie = seine Frau. Pete bringt Maries Auto in Ordnung. Es wurde Benzin statt Diesel getankt. Ich übernachte bei Elsie und Pete in ihrem Haus.

Buck = besitzt Ziegen und kleinen Lkw. Nimmt Marie (s. oben) und mich mit Richtung Cornwall zum Bahnhof Doncaster. Hat Humor.

Paul = mein Enkel. Banker. Sohn von Oliver. 1987 geboren (?) Verheiratet? Freundin? Ich kann ihm nicht trauen! Er will mich nach HH zurückbringen.

Tilda hat B&B. Verheiratet mit Jack, jetzt verwitwet. Redet mit Jacks Geist. Ich + Paul haben DZ. Von der Treppe das erste links. Marie auch hier. Wir fahren mit Jacks altem Wagen weiter. Bei Tilda bedanken!

Erschüttert blieb Marie eine Sekunde lang auf der Bettkante sitzen und starrte auf das Buch. Es stellte offenbar so etwas wie Harrys Gedächtnis dar, weil er seines langsam verlor. Aber irgendwann, vielleicht schon bald, würde ihm selbst das Geschriebene nichts mehr nutzen, weil dann auch die Worte ihre Bedeutung verloren. Dann würde er in einem Ozean des Vergessens treiben, halt- und hilflos. Bei der Vorstellung, wie aus dem humorvollen, manchmal nervigen, aber für seine letzte

Liebe kämpfenden Harry ein Schatten ohne Erinnerungen wurde, war es um Maries Fassung geschehen. Sie schluchzte unterdrückt auf, und gleich darauf liefen ihr Tränen übers Gesicht. Weil sie nicht wollte, dass Harry sie so sah und er sicher nach dem Grund für ihren Kummer fragen würde, stand sie auf, allerdings nicht ohne behutsam das Notizbuch zurückzulegen, wobei sie darauf achtete, dass es genauso positioniert war wie vorher. Danach verließ sie rasch das Zimmer und huschte die Treppe hinunter, ehe Harry aus dem Badezimmer kam.

Paul saß immer noch genauso da, wie sie ihn verlassen hatte, nur, dass der Kaffee in der Tasse inzwischen kalt geworden sein dürfte. Tilda war nirgends zu sehen. Bei Maries Eintreten hob Paul den Kopf. »Sorry für meinen blöden Spruch vorhin. Ich war nur so ... ich weiß auch nicht. Ich bin wegen Harry einfach total durch den Wind.«

Marie nickte und dachte an das schwarze Notizbuch. »Trau ihm nicht«, hatte Harry über Paul geschrieben. Weil er wusste, dass sein Enkel ihn nach Hamburg bringen und Harry damit die Chance nehmen würde, Nora noch einmal zu sehen – und ihr vielleicht sogar die Wahrheit zu sagen, nämlich dass ihnen nicht mehr viel Zeit blieb. Erneut schossen Marie die Tränen in die Augen, und Paul, der es sah, schaute zerknirscht. »War das, was ich gesagt habe, so schlimm?«

»Nein«, schniefte sie. »Es ist wegen Harry. Er hat ein Notizbuch, in dem er heimlich alles notiert, damit er es nicht vergisst. Darin steht auch mein Name und sogar wie ich aussehe. Scheinbar hat Harry Angst, dass er es am nächsten Tag nicht mehr weiß.«

»Mein Gott«, murmelte Paul betroffen. »Dann ist die Krankheit schon weiter fortgeschritten, als ich dachte.«

In diesem Augenblick wurde Marie klar, dass es ein Fehler gewesen war, Paul von dem schwarzen Büchlein zu erzählen. Jetzt würde er alles dransetzen, Harry auf schnellstem Weg zurück nach Deutschland und ins Heim zu bringen. »Paul, ich …«, setzte sie an, aber er winkte ab.

»Ich muss dringend telefonieren.« Mit diesen Worten stürmte er aus der Küche.

»Scheiße«, murmelte Marie, ließ sich auf einen Stuhl sinken und vergrub den Kopf in den Händen. Sie hatte es verbockt. Nicht auszudenken, wie Harry reagierte, wenn Paul ihm eröffnete, dass die Weiterfahrt nicht nach Mousehole, sondern zurück nach Hamburg ging. Oder hatte Paul gar nicht vor, Harry in seinen Plan einzuweihen? Würde er erst so tun, als ginge es zu Nora – während er in Wahrheit mit Harry heimlich den nächsten Flughafen ansteuerte? Nein, so feige und skrupellos konnte Paul nicht sein – oder?

Flüchtig dachte Marie an Steven, doch im Gegensatz zu all den anderen Malen verspürte sie diesmal nicht das Bedürfnis, ihn anzurufen. Sie wusste genau, was ihr Mann tun würde: dasselbe wie Paul. Auch Steven würde dafür plädieren, einen Demenzkranken nicht länger ohne ärztliche Versorgung zu lassen – und er hätte mindestens ein Dutzend hieb- und stichfeste Fakten und Gründe dafür parat. Und zum ersten Mal hatte Marie das Gefühl, dass sie und Steven sich bei diesem Thema als Gegner gegenüberstehen würden – Vernunft gegen Herz, Verstand gegen Gefühl.

»Marie! Was sitzen Sie denn hier wie ein Häuflein Elend? Haben die Tarotkarten schwarze Katzen oder drei Tage Regenwetter prophezeit?« Harry war in der Küche aufgetaucht und versprühte gute Laune. Scheinbar hatte er noch rasch ein wenig in seinem schwarzen Buch nach Maries Vorlieben geblättert. Er ahnt nicht das Geringste, dachte Marie und sah Harry an, der ihr zulächelte. Sie verspürte den Impuls, ihn an der Hand zu nehmen und mit ihm zusammen in Tildas Garage zu rennen, sich dort den Wagen zu schnappen und einfach loszufahren. Wenn Paul in die Küche zurückkommen würde, wäre sie leer, und sollte er einen Blick aus dem Fenster werfen, würde er nur noch die roten Rücklichter von Jacks Auto sehen. Aber natürlich wusste sie, dass das nicht ging. Sie hatte kein Recht dazu. Paul gehörte zu Harrys Familie, und nur er durfte entscheiden, was für seinen Großvater das Beste war. Trotzdem verspürte sie eine heftige Wut auf Paul, diesen verkopften Spießer, der nicht an die Liebe glaubte und Harry deswegen auch noch den letzten Funken Hoffnung nahm.

Doch da hatte Marie eine Idee. Dann würde eben sie nach Cornwall weiterfahren und Nora finden. Dummerweise hatte Harry wohl den Umschlag weggeworfen, auf dem als Absender vielleicht Noras Adresse gestanden hätte. Immerhin wusste Marie, wo die beiden verabredet waren. Und wenn sie Nora fand, würde sie ihr von Harry erzählen – und versuchen, Nora dazu zu bringen, dass sie nach Hamburg fuhr. Zu Harry.

Trotzdem schadete es nicht, rasch noch ein paar Informationen einzuholen, ehe Paul sein Telefonat – wahrscheinlich mit dem Heim – beendet hatte, dachte Marie. »Haben Sie und Nora denn in Mousehole gewohnt?«, fragte sie daher möglichst beiläufig.

»Aber nein! Das war Penzance, Regent Terrace. Man hört da das Meer. Auch nachts, haben Sie das gewusst?«

»Nein«, antwortete Marie, während sie die Adresse im Geiste abspeicherte.

»Schöne Gegend. Aber teuer. Doch Nora wollte nicht von Cornwall wegziehen.«

»Sie denn schon?«

»Ja, nach Hamburg. Aber als ich ihr das vorgeschlagen habe, war sie sehr böse auf mich. Danach ist sie aufgesprungen und weggegangen …«

Marie sog scharf den Atem ein. So war das also gewesen. Harry wollte in seine Heimat zurück, und Nora wollte in England bleiben. »Und dann?«

Harry antwortete eine Weile nicht, sondern blickte abwesend aus Tildas Küchenfenster. Auf einmal wandte er sich um und grinste Marie spitzbübisch an. »Kennen Sie den Unterschied zwischen Himmel und Hölle?« Er wartete Maries Antwort nicht ab. »Im Himmel deckt der Engländer den Tisch und der Franzose kocht. In der Hölle ist es umgekehrt.«

Marie quälte sich ein Lächeln ab, insgeheim aber fragte sie sich, warum Harry ihr auswich. Schmerzte die Trennung von Nora ihn zu sehr? Oder hatte er irgendetwas gesagt oder getan, was Nora so verletzt hatte, dass sie Harry alleine nach Deutschland hatte gehen lassen?

Ehe Marie weiter nachbohren konnte, kam Paul zurück in die Küche. Wütend funkelte sie ihn an und war drauf und dran, ihm eine Ansage zu machen, in der die Worte »herzlos« und »egoistisch« eine nicht unbedeutende Rolle spielten. Doch Paul ignorierte Marie und wandte sich direkt an Harry. »Worauf wartest du noch? Hol deine Tasche, wir fahren zu Nora.«

Als sie nach einem herzlichen Abschied von Tilda – Harry hatte sich bei ihr mindestens fünfmal dafür bedankt, dass sie ihnen Jacks Wagen überließ – im Auto saßen, konnte Marie es immer noch nicht fassen. »Und das ist wirklich kein Trick von dir? Du fährst ganz bestimmt nach Mousehole und nicht zu irgendeinem Flughafen oder Bahnhof?«, versicherte sie sich zum wiederholten Mal bei Paul. Harry war auf dem Rücksitz erneut eingedöst, wie sich Marie mit einem raschen Blick in den Rückspiegel überprüfte.

»Das Einzige, was ich ansteuere, ist das nächste Tierheim, an das ich dich als Papagei verkaufe, wenn du nicht endlich aufhörst zu fragen.«

Marie warf ihm einen schrägen Blick zu. »Wer sagt mir denn, dass du wirklich vorhin mit deinem Vater telefoniert und ihm erklärt hast, dass du Harry erst zurückbringst, wenn er Nora gesehen hat? Das könnte auch ein Bluff gewesen sein.«

»Du hast wirklich eine überbordende Fantasie.« Paul schüttelte den Kopf und sah dabei aus wie Maries ehemaliger Schuldirektor.

»Wieso? Harry traut dir schließlich auch nicht«, platzte sie ärgerlich heraus.

Paul gab keine Antwort, sondern starrte schweigend durch die Windschutzscheibe. Nur seine Hände, die das Lenkrad etwas fester umklammerten, verrieten, dass er Maries Satz sehr wohl gehört hatte.

»Tut mir leid, das stand so in seinem Notizbuch«, setzte sie etwas kleinlaut hinzu. »Aber ich finde es ganz toll, dass du deine Meinung geändert hast. Mir ist nur nicht klar, warum.«

»Geht dich das etwas an?« Pauls Tonfall war ruhig, aber die Schärfe darin war nicht zu überhören.

»Nein. Entschuldige bitte. Ich mache mir einfach Gedanken um Harry. Wenn ich mir vorstelle, dass er bald alles vergessen hat, was einmal war ...« Marie stockte und fühlte erneut einen Kloß im Hals. »Weißt du, er ist mir eben auf diesem total verrückten Trip doch irgendwie ans Herz gewachsen. Vor allem, weil er so unermüdlich darum kämpft, Nora zurückzugewinnen.«

»Was weißt du über sie?«, fragte Paul.

»Nicht viel«, gab Marie zu. »Harry und sie haben sich in Exeter kennengelernt, als er beruflich dort war. Sie hat in einem Pub bedient, und die beiden haben sich Hals über Kopf ineinander verliebt.«

»Das ist mir bekannt«, antwortete Paul grimmig. »Mein Vater hat erzählt, dass Harry nur für einige Tage nach Hause zurückgekommen ist, ehe er ein paar Habseligkeiten eingepackt hat und sofort wieder nach England gereist ist. Zu Nora.«

»Es muss schlimm für deinen Vater und deine Großmutter gewesen sein, auf so eine Weise verlassen zu werden«, sagte Marie leise. »Aber was hätte Harry tun sollen, Paul? Bei seiner Frau bleiben und ein Leben lang unglücklich sein? Er hätte sowieso jeden Tag an Nora gedacht.«

»Irgendwann wäre dieses Gefühl sicher vorbeigegangen«, sagte Paul mürrisch.

»Liebe ist doch kein Schnupfen«, rief Marie. »Was, wenn Harry seine Feigheit bereut und seine Familie dafür büßen hätte lassen? Glaubst du nicht, deine Großmutter hätte sowieso gemerkt, dass ihr Mann zwar noch anwesend ist und funktioniert, aber sein Herz einer anderen Frau gehört? Und dein Vater hätte es sicher auch gespürt.«

Paul hatte ihr stirnrunzelnd zugehört. »Hast du ein Kind?«, fragte er jetzt.

»Nein«, sagte Marie kurz angebunden, konnte aber nicht verhindern, dass sie den vertrauten Stich verspürte.

»Dann kannst du nicht mitreden«, befand Paul.

Jetzt war es kein Stich mehr, sondern ein heißes

Brennen, das in Marie aufstieg. »Aber du, oder wie? Hast du etwa Kinder? Oder eine Beziehung?«

»Noch nicht, beziehungsweise nicht mehr. Aber ich rede auch nicht neunmalklug daher«, gab Paul steif zurück.

»Weil du gar nicht in der Lage bist, dich in einen Menschen hineinzuversetzen, der liebt. Du hältst das alles schön von dir weg, nicht wahr? Du vergräbst dich bestimmt lieber in deine Zahlenreihen und Bilanzen. In deinem Büro fühlst du dich sicher. Da ist es schön kühl und ordentlich, und keiner kommt rein, ohne anzuklopfen. Aber Liebe ist nun mal nicht berechenbar, Paul. Sie hält sich weder an Formeln oder Zahlenstatistiken, noch ist sie mit dem Verstand erklärbar. Und genau deswegen hast du eine Scheißangst davor, stimmt's?«

Paul starrte Marie an, aber an seinen Augen konnte sie sehen, dass sie ins Schwarze getroffen hatte. Sofort tat ihr der Ausbruch leid. Aber als sie sich bei ihm entschuldigen wollte, unterbrach Paul sie. »Vergiss es. Vielleicht hast du ja recht. Aber meine letzte Beziehung ging in die Brüche, weil meine Exfreundin mit meinem damaligen Chef durchgebrannt ist, mit dem sie seit Langem was laufen hatte. Damit gehört sie zu den fünfundfünfzig Prozent jener Frauen, die laut einer wissenschaftlichen Studie, die ich mal in irgendeinem Magazin gelesen habe, trotz fester Beziehung fremdgehen. Und du willst mir erzählen, dass Liebe nichts mit Statistik zu tun hat?«

Daraufhin schwiegen beide und starrten durch die

Windschutzscheibe. Es hatte leicht zu regnen begonnen, und die feinen Tropfen lagen glitzernd auf der Motorhaube von Jacks altem schwarzen Wagen. Jack, der Ehebrecher, dachte Marie. Auch Harry hatte seine Frau betrogen, allerdings war er nicht wie Jack immer wieder zurückgekommen, sondern hatte sich sofort für Nora entschieden. Doch der Preis war hoch gewesen, er hatte seinen Sohn verloren und seinen Enkel bis vor Kurzem nicht gekannt. Sie schielte zu Paul hinüber, der ebenfalls schon enttäuscht und verlassen worden war. »Warum hilfst du Harry eigentlich, wenn du nicht an die Liebe glaubst?«, fragte sie.

»Das habe ich nie behauptet. Natürlich glaube ich daran, dass zwei Menschen sich lieben können. Vielleicht sogar ein Leben lang. Ich gehöre nur nicht zu den total verblendeten Romantikern.«

»So wie ich, meinst du«, stellte Marie fest.

»Das hast du gesagt.«

»Und du weichst meiner Frage aus. Also, wieso fährst du Harry nach Cornwall?«

»Weil ... Ach, verdammt. Versprichst du mir, ihm gegenüber den Mund zu halten?«, fragte Paul leise und vergewisserte sich mit einem Blick in den Rückspiegel, dass sein Großvater immer noch schlief. Harry war etwas zur Seite gerutscht, sodass sein Kopf am Fenster lehnte. Mit halboffenem Mund atmete er ruhig und gleichmäßig.

Marie hob die Hand. »Ich schwöre auf ... Nat King Cole.«

»Oh Mann«, murmelte Paul, »aber wenigstens hast du nicht Elvis gesagt.«

»Willst du mich beleidigen? Ich konnte »In The Ghetto« noch nie leiden!«

Paul grinste, dann aber wurde er ernst. »Es ist wegen der Briefe, die ich gefunden habe.«

»Briefe?«, echote Marie verständnislos. »Von Nora?«

»Nein, von Harry. Nachdem ich in der Wohnung meines Vaters den Anruf vom Heim bekommen habe, dass er verschwunden ist, habe ich nach Unterlagen oder Dokumenten gesucht, die beweisen, dass ich Harrys Enkel bin. Ich habe nichts dergleichen gefunden. Dafür aber einen Stapel Briefe ...«

»Von Harry«, stellte Marie fest. Paul nickte. »Ja. Es müssen mindestens zwei Dutzend gewesen sein, alle an meinen Vater adressiert. Die Poststempel, die auf den Umschlägen noch lesbar waren, umfassten einen Zeitraum von etwa zehn Jahren.«

Marie überlegte, was sie an Pauls Stelle getan hätte und musste sich eingestehen, dass bei ihr wohl die Neugier überwiegen würde. »Hast du sie gelesen?«

Paul schüttelte den Kopf. »Sie waren ungeöffnet.«

»Mein Gott. Dein Vater muss Harry wirklich hassen«, sagte Marie. Obwohl sie Harrys Sohn in gewisser Weise verstehen konnte, war sie doch über dessen Unversöhnlichkeit erschüttert. Nicht einmal als erwachsener Mann hatte er seinem Vater verziehen, auch wenn er es nicht übers Herz gebracht hatte, in letzter Konsequenz die Briefe ungelesen wegzuwerfen.

»Obwohl ich mich mit meinem Vater wirklich gut verstehe, fand ich sein Verhalten in diesem Moment theatralisch und kindisch. So als könnte er Harry immer noch bestrafen, indem er seine Briefe ungeöffnet herumliegen lässt. In diesem Moment habe ich mich gefragt, ob er nicht eine wichtige Chance im Leben verpasst.«

»Du meinst, sich mit seinem Vater zu versöhnen?«

»Das nicht unbedingt, aber wenigstens einmal mit ihm zu reden und vielleicht zu begreifen, was Harry damals dazu bewogen hat, so zu handeln.«

Marie dachte kurz nach. »Und weil dein Vater so verbittert und nachtragend war, hat er dafür gesorgt, dass auch du deinen Großvater nie kennengelernt hast.«

Paul seufzte. »Man kann Versäumtes manchmal nicht nachholen, aber in diesem Moment in der Wohnung meines Vaters habe ich mich zum ersten Mal gefragt, was für ein Mensch mein Großvater eigentlich ist.«

»Hast du dich deswegen auch am Telefon so schnell bereit erklärt, nach London zu kommen?«

»Vor allem wollte ich Harry aus den Fängen dieser Verrückten befreien, mit der er quer durch England gegurkt ist.«

Marie schnaubte empört. »Also erlaube mal! Du bist Banker – woher hast du dann diese Ausdrücke?«

»Muss wohl am schlechten Einfluss meiner Mitreisenden liegen.«

»Ja klar«, spottete Marie. »Du warst bestimmt immer

ein Musterknabe und hast schon als Baby die Erbsen in deinem Brei gezählt, stimmt's?«

Paul schnaubte. »Was wolltest du denn als Kind mal werden? Sicherlich nicht Sängerin, oder?«

»Doch«, sagte Marie, und es war die Wahrheit. Sie hatte sich von klein auf nichts Schöneres vorstellen können, als ein Leben von Musik umgeben. Eigentlich hätte es ihr genügt, mit einer Gitarre irgendwo am Rand der Bühne zu stehen, aber dann hatte ihre erste Band entdeckt, über welche Stimmgewalt sie verfügte. Ab da war ihr Platz vorne am Mikrofon gewesen. Auch wenn Marie anfangs schreckliche Komplexe wegen ihres Lispelns gehabt hatte und sich immer fragte, ob sie wirklich hübsch und begabt genug war, um Kopf einer Musikband zu sein. Doch sobald sie die ersten Takte sang, waren alle Ängste vergessen. Die Musik ließ Marie abheben und trug sie durch den Abend auf der Bühne. Erst wenn der Schlussapplaus erklang, hatte sie das Gefühl, wieder festen Boden unter den Füßen zu haben, aber es dauerte immer noch einige Zeit, bis der Jazz in ihrem Kopf verklang und sie nicht mehr das Gefühl hatte, beim Laufen zu schwanken wie ein Seemann beim Landgang. Sie hatte ganz zu Anfang einmal versucht, Steven diesen Zustand zu erklären, indem sie das Gefühl mit seiner Euphorie über einen besonders gelungenen Artikel verglich. Er hatte ihr zugehört und genickt, aber tief in ihrem Inneren hatte Marie damals gedacht, dass Steven sie nicht verstand. Oder vielleicht sogar beleidigt war, weil sie einen Bluessong mit einem politisch anspruchsvollen Bericht gleichsetzte. Danach hatte sie das Thema nie wieder erwähnt.

»Donnerwetter«, sagte Paul, und Marie schüttelte alle Erinnerungen an das damalige Gespräch mit ihrem Mann ab. »Was, *Donnerwetter*? Jetzt klingst du übrigens wieder wie ein Finanzbeamter, wenn ich das mal so sagen darf.«

»Darfst du zwar nicht, aber ich beantworte deine Frage trotzdem. Donnerwetter heißt, ich bin beeindruckt. Weil du genau das gemacht hast, was du dir immer vorgenommen hast.«

»Was wolltest du denn als Kind werden? Bundeskanzler? Nein warte – Finanzminister!«

Paul warf ihr einen schrägen Blick zu. »Sehr witzig.«

»Nun sag schon.«

»Nein. Wenn ich dir das erzähle, lachst du dich sowieso nur kaputt.« Paul sprach in einem lockeren Ton, aber Marie spürte, dass hinter seinen Worten eine Traurigkeit steckte, die sie unwillkürlich berührte, und sie wurde schlagartig ernst. »Ich lache nicht. Versprochen. Also, was war früher dein Traumjob?«

»Rockgitarrist«, gab Paul leicht widerwillig zu. »Und wenn ich nur einen Mundwinkel von dir zucken sehe, werfe ich dich aus dem Auto und den Schafen zum Fraß vor!« Er deutete auf ein paar wollige Bündel, die friedlich auf einer Weide neben der Straße grasten.

»Warum sollte ich mich lustig über dich machen? Rockstar ist ein toller Beruf. Nur schade, dass ich es nie so weit gebracht habe.«

Paul grinste schief. »Aber immerhin hast du es auf die Bühne geschafft. Während ich nie über »Smoke On The Water« auf der Gitarre hinausgekommen bin.«

Marie musste kichern. »Keine gute Voraussetzung für eine steile Karriere als zweiter Ritchie Blackmore«, meinte sie, wobei sie auf den Exgitarristen von Deep Purple anspielte.

»Nein, eher nicht.« Paul schwieg ein paar Sekunden, dann drehte er den Kopf und sah Marie an. »Warum hast du wirklich aufgehört zu singen?«

Marie zuckte leicht zusammen, weil die Frage sie so unvermittelt traf. »Ich habe ja nicht aufgehört. Ich singe noch unter der Dusche, beim Kochen ...«

Paul ließ sich nicht täuschen. »Du weißt, was ich meine.«

»Ich habe doch schon gesagt, dass dieses Leben zwischen Tourbus, Soundcheck, Auftritt und Abbau spät in der Nacht nichts mehr für mich war.«

»Aber genau deswegen glaube ich dir nicht«, sagte Paul leise. »Du liebst die Musik, das merkt man einfach. Wieso arbeitest du dann in einem Café, statt dein Talent zu nutzen?«

»Weil genau das nicht reicht, okay? Ich bin keine Nina Simone oder Ella Fitzgerald. Ich bin ... eben nur Marie«, gab sie zurück.

»Wenn du dir *das* einredest, trittst du garantiert auf der Stelle! Ich bin tatsächlich nicht besonders musikalisch, aber man kann es mit dem Realismus auch übertreiben. Harry hat dich singen hören, und er hat mir in Tildas Zimmer dauernd von deiner Stimme vorgeschwärmt.«

»Ja, weil ich ihn an Nora erinnere. Aber Harry ist kein Musikkritiker. Und Steven hat auch gesagt …« Marie stockte. Das war ihr so herausgerutscht. Paul zog die Augenbrauchen hoch. »Aha. Also hat dein Mann dir eingeredet, dass du nicht gut genug bist.«

»Unsinn! Steven findet mich auch gut. Es ist nur … es war damals … Ach Mist, ich will nicht darüber reden, okay?«

»Okay«, lenkte Paul ein, was Marie überraschte und erleichterte. Es reichte, wenn die Erinnerung an die Einladung aus den USA sie manchmal in einem unbedachten Augenblick überfiel. Dann konnte Marie ihr zunächst ungläubiges Staunen und die darauffolgende unbändige Freude immer noch spüren. Genauso wie die Selbstzweifel und später die Gewissheit, dass die Einladung nach Amerika ein Irrtum gewesen sein musste, ein Missverständnis, das in einer riesigen Blamage enden würde, wenn sie tatsächlich nach Tennessee fuhr und …

Energisch verbot Marie sich, weiter darüber nachzudenken. Stattdessen betrachtete sie aus dem Autofenster heraus die liebliche Landschaft Cornwalls. Sie sah knorrige Bäume, deren Laub sich bereits in die bunten Farben des Herbstes hüllte. Sie standen auf sattgrünen Feldern, und am Straßenrand zogen sich niedrige, halbverfallene Steinmauern kilometerweit entlang. Ab und zu tauchte der eckige Turm einer der typischen englischen Kirchen auf, die in ihrer trutzigen Bauweise und dem dunklen Stein immer etwas unheimlich wirkten. Hinter den Weiden vermutete Marie bereits die steil abfallenden Klippen, gegen die seit jeher die raue See donnerte. Manches Schiffswrack war dort bereits zerschellt und auf den Meeresgrund gesunken. Fast meinte sie, den Geruch von Salz und Tang schon in der Nase zu haben. Sie konnten nicht mehr weit entfernt von ihrem Ziel sein.

»Da«, rief Paul auf einmal, »Noch dreizehn Meilen bis Penzance!«

»Mousehole ist nur drei Meilen vor dort entfernt. Wir haben es gleich geschafft«, sagte Marie. Sie wandte den Kopf und strahlte Paul an. »Wahnsinn!«

»Ja, Wahnsinn«, wiederholte der leise und sah Marie eine Sekunde länger als sonst an. In seinen Augen lag ein merkwürdiger Ausdruck, den sie nicht deuten konnte. Trauer? Wehmut? Vielleicht, weil es der letzte Ort sein würde, an dem Harry noch einmal glücklich sein durfte, ehe die Krankheit ihn unerbittlich packen und allmählich in die Tiefe des Vergessens ziehen würde. Oder weil Harry trotz allem die große Liebe im Leben gefunden hatte, während sein Enkel immer noch darauf hoffte? Marie wusste es nicht, und sie hütete sich, Paul danach zu fragen. Sie spürte, dass sie keine Antwort von ihm bekommen würde. Manche Fragen blieben besser unbeantwortet.

Marie hatte nur kurz in den Rückspiegel zu Harry geblickt, da dröhnte plötzlich die Hupe des alten Wagens los – so laut, dass es Marie vor Schreck fast senkrecht von ihrem Sitz gehoben hätte, wäre sie nicht angeschnallt gewesen. »Verdammtes Vieh, kannst du nicht aufpassen«, fluchte Paul ganz untypisch, und jetzt sah Marie den Grund dafür. Ein riesiger Widder stand mitten auf der Straße und glotzte beleidigt auf das schwarze Gefährt und dessen Fahrer, die seine Schafsruhe störten. Erst als Paul die Fahrertür aufriss und mit den Armen wedelte, wobei er das Tier mit allen möglichen Schimpfwörtern bedachte, bequemte es sich endlich, seinen dicken Wollhintern mit aufreizender Ruhe von der Fahrbahn zu bewegen.

Paul stieg wieder ein und knallte die Tür zu. »Himmel! Wäre ich ein paar Meilen schneller gefahren, hätte es heute Abend gebratenen Hammel gegeben.«

»Man muss das Fett abschneiden und dann das Fleisch in Buttermilch einlegen. Das mildert den strengen Geschmack«, meldete Harry sich vom Rücksitz. Die Beinahekollision samt Pauls Hupkonzert hatte ihn aufgeweckt. »Nora hat Hammel trotzdem verabscheut. Aber sie mochte Lamm. In ihrem Pub hat sie es in Minzsoße serviert.«

Paul verzog leicht das Gesicht. »Kein Wunder, dass das Essen in England so einen miesen Ruf hat«, murmelte er leise.

Marie drehte sich zu Harry um. »Wir sind in ein paar Minuten in Mousehole.«

Harrys Augen leuchteten auf, und er lächelte strahlend, was ihn um Jahre jünger wirken ließ. Plötzlich konnte Marie verstehen, warum sich Nora vor vielen Jahren in ihn verliebt hatte. »Ach, das ist ja wunderbar, junge Frau«, rief Harry und legte Marie von hinten kurz beide Hände auf die Schultern. Doch sie war alarmiert. »Harry, Sie wissen aber schon, wie ich heiße?«

»Marie«, sagte er prompt, und sie atmete auf. Seit sie von der Alzheimererkrankung wusste, legte sie jede Bemerkung von Harry auf die Goldwaage, und ein falsches Wort befeuerte ihre Sorge, sein Zustand könnte sich verschlimmert haben. Doch nun war sie beruhigt. Wenn Harry sich noch an ihren Namen erinnern konnte, war er in einem stabilen Zustand.

»Aber sagen Sie mal, Marie, haben wir denn genügend Geld für das Taxi hier?«, fuhr Harry da fort und blickte sie sorgenvoll an.

Marie erstarrte. »Sie machen einen Scherz, oder? So wie heute Morgen bei Tilda im Zimmer, als Sie sich schlafend gestellt haben.« Sie bemühte sich, heiter zu klingen, aber es fühlte sich an, als würde in ihrem Magen mit einem Mal ein großer, kalter Stein liegen. Rasch warf sie einen Blick zu Paul, der die Lippen zusammenpresste.

»Warum sollte ich? Wenn wir das Taxi nicht bezahlen können, bekommen wir Ärger mit dem jungen Mann am Steuer. Und dann kann ich Nora nicht treffen, weil ich zu spät komme.« Er blickte aufgeregt auf seine Armbanduhr.

»Machen Sie sich keine Sorgen, Herr Thomsen. Marie hat das Taxi schon vor Fahrtantritt bezahlt«, sagte

Paul und lächelte. Er spielte seine Rolle gut, aber Marie hörte sehr wohl, wie gepresst seine Stimme klang.

Harry aber merkte nichts. »Ach, da bin ich aber froh. Vielen Dank, meine Liebe! Nora und ich werden uns natürlich später erkenntlich zeigen.«

»Schon gut, Harry, das habe ich doch gerne gemacht«, beeilte sich Marie, ihm zu versichern. »Aber ist es nicht Zeit für Ihre … hm, Vitamintablette?«

»Oh, ja! Ja, natürlich. Danke für den Hinweis.« Harry kramte eine Weile in seiner blauen Tasche, ehe er die blauweiße Schachtel herauszog. »Diese hier?«

Marie nickte und reichte ihm eine der kleinen Plastikflaschen mit Wasser, die Tilda ihnen für die Fahrt mitgegeben hatte. Im Stillen dankte sie der Engländerin mit den knallroten Haaren für ihre Voraussicht. Harry schraubte die Kappe ab und nahm einen Schluck zusammen mit einer der Tabletten. Danach schloss er erneut die Augen.

»Alles okay mit dir?«, flüsterte Marie Paul zu, der das Lenkrad mit beiden Händen so fest umklammert hielt, dass seine Fingerknöchel weiß hervortraten.

»Ja. Oder besser gesagt, nein. Himmel, Marie, was tun wir da bloß? Wir kutschieren einen halbdementen Mann durch die Gegend, der inzwischen solche Aussetzer hat, dass er nicht mal mehr weiß, dass ich sein Enkel bin«, zischte Paul.

»Nun ja, wenn man bedenkt, dass ihr euch erst gestern kennengelernt habt, ist dein Wiedererkennungsfaktor nicht besonders hoch, oder?«

»Du brauchst das jetzt gar nicht schönzureden«, flüsterte Paul zornig.

»Tu ich ja gar nicht, aber was willst du machen? In fünf Minuten sind wir in Mousehole, und dort wird Nora auf Harry warten. *Sie* hat er während unserer Reise noch nie vergessen, kein einziges Mal«, sagte Marie.

Paul antwortete nicht, und in grimmiges Schweigen gehüllt fuhren sie die enge, gewundene Küstenstraße entlang.

»Ich kann das Meer sehen«, rief Harry. Er hatte die Augen geöffnet und deutete aufgeregt nach draußen. »Und ich kenne die Bucht!« Er reckte den Hals und strahlte übers ganze Gesicht. »Du musst mich zum Hafen fahren, Paul! Von dort aus laufe ich dann zur Bank, wo Nora auf mich wartet.«

Paul nickte. »Mache ich.« Dann stutzte er. »Moment mal. Du weißt, wer ich bin?«

»Na hör mal! Ich werde ja wohl meinen eigenen Enkel kennen. Auch wenn wir leider viel zu wenig Kontakt hatten. Aber das war nun wahrhaftig nicht meine Schuld.«

»Nein, das war es nicht«, sagte Paul langsam und warf Marie einen Seitenblick zu. »Die Tablette scheint zu wirken«, murmelte sie erleichtert.

Oder es war die Unberechenbarkeit der Krankheit, die Harrys Geist einmal verwirrte und kurz darauf wieder klar werden ließ, dachte Marie, aber sie schwieg.

»Stopp, hier muss ich aussteigen«, kommandierte Harry und riss ungeduldig die Tür auf, ehe Paul den Motor ausgestellt hatte.

»Immer langsam«, murrte der, aber Harry hörte nicht. Er war damit beschäftigt, im Außenspiegel den Sitz seiner Frisur zu überprüfen und sich sein leicht zerknittertes Jackett glatt zu streichen. »Wie sehe ich aus?«

»Super. Ich bin sicher, Nora freut sich unbändig, dass Sie gekommen sind.«

Harry lächelte weich. »Ja, es hat schon viel zu lange gedauert. Aber jetzt bin ich ja da.«

»Ja«, sagte Marie aus tiefstem Herzen, »jetzt sind Sie da.«

»Ruf mich auf dem Handy an, wann wir uns wo treffen, okay?«, bat Paul seinen Großvater. »Meine Nummer hast du ja als letzten Anruf auf dem Display.«

Harry nickte und klopfte bestätigend auf seine Jackettasche. Dann winkte er Marie und Paul noch einmal zu, ehe er entschlossen auf den schmalen, etwas ansteigenden Weg zu marschierte, der aus dem Dorf hinausführte. Irgendwo hinter der Biegung musste die Bank stehen, wo er und Nora sich endlich treffen und wieder versöhnen würden, dachte Marie.

»Hoffentlich kommt sie überhaupt«, unterbrach Paul ihre Gedanken.

Marie drehte sich empört zu ihm um. »Na hör mal! Das hat sie ihm doch in ihrem Brief geschrieben.«

»Schreiben und tun sind zwei verschiedene Dinge«, murmelte er, und Marie seufzte. »Du bist ein hoffnungsloser Fall, weißt du das? Ich jedenfalls wäre jetzt zu gerne dabei.«

»Ja, das glaube ich. So eine Szene ist genau das Richtige für solche sentimentalen Tomaten wie dich«, spottete Paul, aber als sie ihn ansah, grinste er breit, und sein Blick war voller Wärme.

»Wen nennst du hier Tomate, du deutsches Sauerkraut?« Auch Marie musste grinsen.

»Was hältst du von einer Tasse Tee und einem Gurkensandwich als Gemüsekompromiss?«

»Wenn es auch *Scones* sein dürfen – gerne.«

Einträchtig gingen sie nebeneinander her. Kunstgalerien und Souvenirshops mit kitschigen Postkarten säumten die engen, gewundenen Gassen des kleinen Hafenstädtchens. Marie stellte fest, dass Paul und sie im Bezug darauf, was ihnen gefiel oder was sie als hemmungslosen Kitsch empfanden, ziemlich gleich tickten. Sie fanden ein kleines Café, das in eine dicke Steinmauer quasi hineingebaut war und die gemütliche Atmosphäre einer Hobbithöhle ausstrahlte. Auf dem kleinen Vorplatz hatten nur drei Tische Platz, aber zwei davon waren frei, und da es ein für England ungewöhnlich warmer Septembertag war, setzten sie sich in die milde Herbstsonne.

»Du bist gar kein solcher Spießer, wie ich dachte«, sagte Marie, nachdem die junge Bedienung, die zu ihrem kurzen Blumenkleid derbe Doc-Martens-Stiefel trug, ihnen Tee und *Scones* serviert hatte.

»Und du nicht ganz so verrückt, wie ich am Anfang befürchtet habe«, gab Paul zurück.

»Darauf einen Toast«, Marie hob ihre Teetasse.

»Ich dachte, die Dinger heißen *Scones*.«

»Ich informiere wohl besser die Bedienung. In ihrem Tee muss ein Clown gewesen sein, den du gerade verschluckt hast.«

»Tja, ein bisschen Humor muss man sich bewahren, sonst wird man zu schnell alt«, sagte Paul würdevoll und nippte an seiner Teetasse, wobei er betont den kleinen Finger abspreizte. Marie schüttelte grinsend den Kopf, ehe sie sich über den goldgelben *Scone* mitsamt Marmelade und der dicken, weißgelben *Clotted Cream* hermachte.

»Oh Gott, ist mir schlecht«, ächzte Marie eine halbe Stunde später. Sie hatte völlig vergessen, wie gehaltvoll diese englische Spezialität war. Auch Paul sah nicht gerade fit aus. »Das Hefeteil mit der Marmelade wäre ja in Ordnung gewesen, aber diese fettige Creme hat mich geschafft«, gab er zu. »Die ist ja dreimal so schlimm wie Sahne!«

»Willkommen im Klub. Und was mache ich jetzt, nachdem ich derart gemästet wurde?«

»Ich schlage vor: notschlachten.«

Marie rollte die Augen. Paul lief allmählich zur Hochform auf. »Wie wäre es, wenn wir stattdessen einen Verdauungsspaziergang machen? Halb fünf am Nachmittag ist genau die richtige Zeit dafür.«

»Du meinst, ehe um fünf die *Teatime* beginnt – und ich dann endlich mein Gurkensandwich kriege?«

»Noch ein Wort vom Essen und ich werfe dich über die nächste Klippe«, drohte Marie.

Lachend stapfte Paul davon, und Marie musste sich beeilen, um ihn einzuholen. Sie schlugen den Küstenpfad ein, wobei sie jedoch darauf achteten, einen weiten Bogen um den Weg zu machen, den Harry gegangen war. Sie wollten ihn auf keinen Fall stören. Bei der Vorstellung, wie Harry auf der Bank saß und Nora entgegenblickte, wurde Marie gleichzeitig warm und schwer ums Herz. Ob er ihr sagte, wie es um ihn stand – sofort oder erst später? Und wie würde Nora reagieren?

»Pass auf!« Paul fasste Marie am Arm, sonst wäre sie gestürzt. Vor lauter Grübeln hatte sie nicht aufgepasst und war gestolpert und hing nun halb in Pauls Armen. Sein Griff war unerwartet fest und sicher, und zu Maries Überraschung war ihr die Berührung alles andere als unangenehm. Sie räusperte sich verlegen. »Vielleicht hätte ich meine Wanderstiefel anziehen sollen. Ich habe sie extra für Küstenwanderungen eingepackt.«

»Stimmt, du kennst ja Cornwall. Ist dein Mann eigentlich hier geboren?«

»Nein. Seine Eltern haben nur seit Jahrzehnten in St Ives ein Ferienhäuschen. Steven kommt nämlich aus einer typischen Londoner Upperclassfamilie, bei der so ein Cottage zum guten Ton gehört.«

»Klingt nach viel Geld«, stellte Paul fest.

»Klingt vor allem nach viel Arroganz. Steven hat sich zum Glück von seinen Eltern unabhängig gemacht. Er ist eher der Idealist und hat anfangs für ziemlich wenig Geld gearbeitet. Das hat seinem Vater natürlich nicht gepasst, aber er konnte nicht viel sagen. Immerhin engagiert sein Sohn sich als Reporter für den Weltfrieden.«

»Du magst deinen Schwiegervater nicht besonders, was?«

»Er hat angefangen«, murmelte Marie.

»Ah, verstehe. Eine Künstlerin war auch nicht gern gesehen, richtig? Warst du ihnen zu flippig oder zu arm oder einfach nicht *Downtown Abbey* genug?«

Marie musste ungewollt kichern. »Alles zusammen.«

»Wann willst du eigentlich zu deinem Mann weiterfahren? In London hatte ich den Eindruck, es könnte dir gar nicht schnell genug gehen.«

»Ich möchte erst sicher sein, dass mit Harry alles in Ordnung ist«, antwortete Marie. »Vorher habe ich keine Ruhe. Außerdem weiß Steven sowieso nicht, dass ich komme. Da kommt es auf einen Tag nicht an.«

»Telefoniert ihr denn nicht miteinander?«, fragte Paul, und sein ehrliches Erstaunen versetzte Marie einen Stich. Seit ihrem letzten vergeblichen Versuch, Steven zu erreichen, hatte sie nichts mehr von ihm gehört. Allerdings hatten sich die Ereignisse in den vergangenen 48 Stunden derart überschlagen, dass sie selbst auch nicht mehr daran gedacht hatte, ihn anzurufen. Jetzt aber piekte sie das schlechte Gewissen, und sie wühlte in ihrer Tasche nach dem Handy. Das Display ließ sich nicht mehr aktivieren, und auch nachdem Marie den Anschaltknopf gedrückt hatte, passierte nichts. »Oh nein! Mein Akku ist leer«, rief sie. Weiß der Himmel, wie lange schon, fügte sie in Gedanken hinzu. Sie hatte schon oft vergessen, das Gerät aufzuladen, aber jetzt würde sie noch etwas damit warten müssen, denn das Ladekabel lag in ihrer Reisetasche – oder?

Marie spürte einen kurzen Anflug von Panik, dann zwang sie sich dazu, ruhig zu bleiben. Momentan konnte sie sowieso nichts an der Situation ändern – mitten in der Natur. Auf eine Stunde mehr oder weniger, bis sie ihr Handykabel finden und das Telefon aufladen würde, kam es nun nicht mehr an. Zu ihrem Erstaunen beruhigte sich ihr Herzschlag tatsächlich, und in einem Winkel ihres Bewusstseins bahnte sich sogar ganz kurz der ketzerische Gedanke an, dass sie momentan überhaupt kein Bedürfnis verspürte, Stevens Stimme zu hören. Stattdessen genoss sie die raue Küstenlandschaft, unter ihren Füßen die mit Heidekraut bewachsenen Klippen, über ihr den blaue Himmel und unten die blaugraue See, auf der weiße Schaumkronen tanzten.

»Wir sollten lieber umkehren. Ab hier fällt der Weg ganz schön steil ab, und wir haben beide nicht die richtigen Schuhe an«, bemerkte Paul und musterte Maries knallige Sneakers. Marie zuckte die Schultern. »Na gut, ehe du ins Meer fällst und ich dich retten muss …«

»Das sagt die Richtige«, gab Paul zurück. »Außerdem würde ich nach diesen fetten *Scones* untergehen wie ein Stein. Die Dinger müssen tausend Kalorien haben.«

»Ja, erwähne das noch extra, dann habe ich ein doppelt schlechtes Gewissen«, murrte Marie und klopfte sich auf die Hüfte. Tatsächlich hätte sie mit Steven so etwas nicht gegessen, fiel ihr ein. Schon aus Prinzip.

Paul rollte die Augen. »Bist du etwa eine von diesen *Low-Carb*-Fanatikerinnen?«

»Low Carb? Langsam erstaunst du mich, Herr Finanzcontroller.«

»Nur, weil ich bei der Bank arbeite, heißt das nicht, dass ich aus der Zeit gefallen bin.«

»Apropos. Guck mal, da hängt der Traum deiner frühen Jugend«, sagte Marie. Sie hatten inzwischen den Ortseingang erreicht, und sie wies auf ein etwas schmuddeliges Schaufenster. Darin befanden sich alle Arten von Trödel, von einem schwarz angelaufenen, ehemals silbernen Kerzenleuchter über einen zerfledderten Teddy bis hin zu einer schiefen Jugendstilkommode. Doch das, worauf Marie deutete, war eine Akustikgitarre, die in der linken Ecke des Fensters hing. Der dahinter liegende Laden befand sich im Erdgeschoss eines Hauses. Es war aus grauem Stein und stand ein gutes Stück vor den herausgeputzten Häusern Mouseholes etwas verloren in der Gegend herum. Neugierig trat Marie näher, und Paul folgte ihr zögernd. »Bric-a-Brac-Paradise« stand in verschnörkelten Buchstaben, die verdächtig selbst gemalt aussahen, am Fenster. »Wow, die Gitarre hat sogar einen Mahagoni-Korpus«, rief Marie beeindruckt und linste durch die Scheibe. »Wie kommt die denn in so einen Ramschladen?«

»Auf was für einer Gitarre hast du gespielt?«, wollte Paul wissen.

»Erst Palisander-, später Myrtenholz. Los, lass uns reingehen.«

»Ich glaube nicht, dass der Laden offen …«, fing Paul an, aber da hatte Marie schon die altmodische Klinke heruntergedrückt. Die Tür schwang nach innen auf, und eine Handvoll Glöckchen kündigte ihr Kommen an. Kurz darauf tauchte aus dem dämmrigen Inneren ein Mann auf. Er trug Jeans und ein ausgewaschenes schwarzes T-Shirt mit einem Adlerkopf darauf. Die dünnen, rötlichen Haare hatte er zu einem Zopf gebunden, und sein Gesicht war wegen seines ebenfalls rotblonden Barts beinahe nicht zu sehen. Als er Marie und Paul sah, grinste er freundlich. »Nur herein, ihr beiden, nicht so schüchtern. Schaut euch um, ich habe ein paar schöne Sachen hier.«

»Das sehe ich«, gab Marie lächelnd zurück und deutete auf das Schaufenster. »Boden und Zargen aus Mahagoni. Respekt.«

»Oh, da kennt sich jemand aus«, rief der Bärtige erfreut. Er schüttelte Marie die Hand. »Nick.«

»Marie. Und das ist Paul.«

»Hi Paul. Nett, euch kennenzulernen. Hört mal, ich müsste kurz was besorgen. Könnt ihr so lange auf den Laden aufpassen? Schaut euch in Ruhe um, probiert die Gitarre aus, und habt einfach Spaß.«

»Ähm, Sie lassen uns einfach hier alleine? Sie kennen uns doch gar nicht«, warf Paul ein. Er wirkte ziemlich irritiert, und auch Marie wunderte sich über Nicks Gottvertrauen. Er hatte zwar bis auf die Akustikgitarre nichts wirklich Wertvolles, aber diese war nicht billig.

»Ich vertraue euch. Ich sehe Menschen an, ob sie ehrlich sind oder Abzocker. Und …«, jetzt blickte er

Marie durchdringend an, »ich erkenne, wenn jemand eine musikalische Seele besitzt. Und die hast du, Marie. Hab ich recht – oder hab ich recht?«

Marie nickte und lächelte, doch am liebsten hätte sie geweint. Sie wusste nicht warum, aber Nicks Worte trafen sie unvermittelt ins Mark. Und wie bei einer Gitarre schien er eine Saite in ihr anzuschlagen, von der sie geglaubt hatte, sie sei längst verstummt.

»Also dann Folks – bis später. Und ...«, jetzt zeigte Nick grinsend auf Paul, »rock'n roll, okay?« Damit verschwand er durch die Tür, und die Glöckchen bimmelten fröhlich.

»Komischer Vogel«, sagte Paul und sah ihm kopfschüttelnd nach.

Marie hörte ihm gar nicht zu. Sie hatte die Akustikgitarre von ihrem Haken genommen und hielt sie ihm hin. »Hier. Einmal »Smoke On The Water« bitte.«

»Oh nein!« Paul wich erschrocken einen Schritt zurück. »Ich und spielen? Keine gute Idee.«

»Warum? Du hast die einmalige Chance, einen Traum zu leben.«

»Albtraum, meinst du wohl. Ich mache mich doch nicht zum Affen vor einer Profimusikerin!«

Marie musterte ihn mit schmalen Augen. »Heißt das, du kneifst?«

»Pass auf. Erst schlägst du einmal einen D-Dur-Akkord an und danach G-Dur. Auch einmal.«

Paul tat wie geheißen. Er saß neben Marie auf einer

wackligen Holzbank im Laden und hielt mit der linken Hand etwas verkrampft den Gitarrenhals umklammert.

»Genau. Jetzt einen E-Moll-Akkord und gleich im Anschluss C-Dur. Super. Und jetzt spiel das Ganze im Akustik-Klassik-Rhythmus. Sagt dir das was?«

»Ich bin mir nicht sicher«, murmelte Paul.

Marie demonstrierte ihm die Bewegungen, indem sie mit der rechten Hand über die imaginären Saiten strich als wolle sie Luftgitarre spielen. »Fang an, indem du abwärts schlägst, noch mal abwärts, dann aufwärts. Dann wieder ab und auf.«

Paul sah aufmerksam zu, dann lächelte er. »Ich glaube, ich hab's kapiert.«

»Okay, dann spielst du in diesem Rhythmus die Akkorde immer wieder hintereinander. G, D, E-Moll, C-Dur. Leg los.«

Bei den ersten beiden Malen war Paul noch langsam und seine linke Greifhand ungeübt. Aber dann kam er langsam in den richtigen Rhythmus.

»Irgendwie kommt mir die Melodie bekannt vor«, murmelte er beim Spielen.

Ohne nachzudenken warf Marie ihren Vorsatz, nicht mehr zu singen – und schon gar nicht vor Paul – über Bord und setzte beim nächsten G-Akkord ein. Was Paul spielte, war »Someone Like You« von Adele, und Marie sang den Refrain, in dem es darum ging, dass Liebe manchmal anhielt, manchmal aber auch sehr schmerzte. Flüchtig fragte sie sich, wieso sie ausgerechnet diesen Song ausgesucht hatte, um sich gleich darauf die Antwort selbst zu geben: Weil er für Anfänger leicht auf der Gitarre zu spielen war. Punkt.

Paul hatte bei den ersten Zeilen tapfer mitgehalten, aber irgendwann hörte er auf zu spielen. Marie war so versunken, dass sie erst nach einer Weile bemerkte, dass Paul sie nur ansah, die Finger über den Saiten des Instruments erstarrt.

Sie brach ab. »Sorry, ich war wohl zu schnell für dich.«

Paul schüttelte den Kopf. »Nein, das ist es nicht ... Ich war nur ... ich finde ... Also Harry hat nicht übertrieben. Du singst wirklich toll.«

Marie musste lächeln. »Danke.«

Paul schien noch mehr sagen zu wollen. Vielleicht sogar etwas, das – so ahnte Marie – ihr Argument, dass das Aufhören für sie der richtige Weg gewesen war, ins Wanken bringen würde. Daher redete sie schnell weiter. »Aber jetzt Schluss mit der Softie-Nummer. Jetzt zeig mir endlich, was du bei »Smoke On The Water« draufhast.«

Paul stöhnte. »*Oh must I, Miss Sophie*«, ahmte er den Tonfall des Butlers aus dem berühmten Sketch »Dinner for One« nach.

»*Just to please me, James*«, gab Marie lachend zurück.

»Na gut. Vorher gibst du ja doch keine Ruhe«, sagte Paul resigniert. Er holte tief Luft, dann legte er los.

»Ist doch gar nicht so schlecht«, rief Marie über die Akkorde hinweg, denn Paul spielte ziemlich laut. Durch das Lob ermutigt, begann Paul nun auch zu singen – und schlagartig wurde Marie klar, warum es mit seiner Karriere als Rockmusiker nichts geworden war. Paul lag immer einen Viertelton daneben, aber das schien seiner Begeisterung keinen Abbruch zu tun. »*Smoke on the water – fire in the sky*«, röhrte er, als auf einmal Nick mitten im Laden stand. Die Glöckchen über der Eingangstür hatten gegen Deep Purple akustisch keine Chance gehabt, und so hatten weder Paul noch Marie ihn gehört. Erst als Nick mit ungläubiger Miene vor Paul stand, entdeckte der ihn und brach peinlich berührt ab.

»Mein Gott«, rief Nick. »Das war ja grauenhaft! Die schlimmste Version von »Smoke«, die ich je gehört habe. Aber Respekt Mann, dass du dich das traust! An der Stelle von Deep Purple würde ich dich nämlich glatt wegen Blasphemie verklagen«

Marie wollte nicht lachen, aber sie konnte nicht anders. Sie hob noch ihren rechten Arm vors Gesicht und versuchte, es als Niesen zu tarnen – vergeblich. Paul schielte zu ihr hinüber, dann prustete auch er los. Kopfschüttelnd blickte Nick auf die beiden, die sich jetzt vor Lachen krümmten und rettete seine Gitarre vor noch mehr stümperhaften Versuchen. Dann zog er ein durchsichtiges Plastiktütchen aus seiner Jackentasche, das etwas enthielt, das vermutlich streng genommen nicht ganz als Tabak durchging, wie Marie mit einem Blick bemerkte.

»Ich wollte euch eigentlich was abgeben. Aber wie

ich sehe, seid ihr sowieso schon lustig drauf«, bemerkte Nick und begann, sich in aller Ruhe eine Tüte zu bauen.

»Wir sollten jetzt gehen«, fand Paul und schielte missbilligend auf Nicks Finger, mit denen er gerade ein Zigarettenpapier um die Gras-Tabak-Mischung rollte. Das war dann doch zu viel *Drugs and Rock'n Roll* für den Banker, dachte Marie und musste schon wieder kichern. Sie fühlte sich jetzt schon *high*, obwohl Nick seinen Joint noch nicht einmal angezündet hatte. Gleich darauf wurde ihr auch klar, warum. Weil ich wieder Musik gemacht habe, dachte sie. Diese wenigen Minuten hatten dafür gesorgt, dass die ganze Anspannung der vergangenen Tage von ihr abgefallen war und sie sich auf merkwürdige Weise frei fühlte – und sehr lebendig.

Da spürte sie Pauls Hand auf ihrer Schulter, mit der er sie sanft aber energisch zur Tür drängte. »Vielen Dank, dass wir die Gitarre ausprobieren durften, Nick«, sagte Paul höflich. Der schwenkte in einer Art Abschiedsgeste seinen unangezündeten Gutelaunemacher. »Ich habe zu danken. Fürs Hüten meiner alten Schätze und für ... nun ja eine sehr interessante Interpretation von »Smoke On The Water«. Apropos ...« Mit diesen Worten zog er ein Feuerzeug aus der Tasche. Ehe er den Joint aber angezündet hatte, waren Marie und Paul schon aus dem Laden.

»Spielverderber«, sagte Marie.

»Na hör mal! Ich habe keine Lust, völlig bedröhnt zu werden. Was soll denn Harry von mir denken? Was, wenn Nora bei ihm ist und er sie uns vorstellen will?«

»Das war ein Scherz, Paul«, seufzte Marie. »Nur, weil ich in einer Band gesungen habe, bin ich noch lange nicht erpicht aufs Kiffen.«

»Ach so, stimmt. Ihr Musiker schnupft ja alle Kokain«, sagte Paul todernst, und für den Bruchteil einer Sekunde dachte Marie, er meinte es auch so. Dann aber sah sie, dass er mühsam ein Feixen unterdrückte und knuffte ihn in die Seite. »Idiot!«

Dann aber wurde sie ernst. »Langsam müsste Harry sich doch mal bei dir melden, oder? Ich meine, er und Nora hatten jetzt lang genug Zeit.«

»Oder ich habe vor lauter Musik mein Telefon nicht gehört.« Mit schuldbewusster Miene zog Paul sein Handy aus der Jackentasche und warf einen Blick aufs Display. »Kein Anruf«, stellte er fest und runzelte die Stirn. Dabei ist es jetzt mehr als drei Stunden her, seit Harry aufgebrochen ist.«

Er wählte Harrys Nummer, doch es ertönte nur die Ansage, dass der Teilnehmer momentan nicht erreichbar war.

Marie wurde es mulmig. »Ist das nun ein gutes oder schlechtes Zeichen?«

Auch Paul sah besorgt aus. »Ich weiß es nicht.«

»Meinst du, es hat mit Nora zu tun? Vielleicht hat sie ihn tatsächlich versetzt?«

»Keine Ahnung. Ich frage mich eher, ob es wirklich eine gute Idee war, dass ich Harry überhaupt alleine dahin gehen habe lassen. Was, wenn er sich verirrt hat? Oder vergessen hat, wo er hin wollte?«

Maries Herz machte ein paar rasche, angstvolle Schläge. »Das glaube ich nicht. Ich meine, er hat seine Tablette genommen und sie hat gewirkt. Er hat dich erkannt und schien völlig klar im Kopf.«

»Aber unter Umständen ist genau das das Problem!«, rief Paul. »Wir halten Harry vielleicht für fitter, als er in Wirklichkeit ist! Ich gehe jetzt jedenfalls zu dieser Bank. Und wenn er da nicht ist, suche ich so lange nach ihm, bis ich ihn gefunden habe.«

»Ich komme mit«, sagte Marie entschlossen.

Paul warf ihr einen Seitenblick zu, den sie nicht deuten konnte. »Willst du nicht lieber ein Taxi nach Penzance und dort den Bus nach St Ives nehmen – zu deinem Mann?«

»Erstens habe ich alle meine Sachen noch in Jacks Auto, und zweitens lasse ich dich jetzt nicht hängen. Los, hör auf, hier herumzustehen und lange Reden zu halten.«

Paul schien etwas erwidern zu wollen, aber er schwieg, und sie machten sich im Laufschritt auf den Rückweg.

Kurz bevor sie zu dem Parkplatz kamen, wo das Auto stand, bogen sie in den schmalen Weg ein, den Harry gegangen war. Die nur mangelhaft geteerte Straße ging nach etwa hundert Metern in eine Art Trampelpfad über, an dessen Rändern Büsche und hohes Gras wucherten. Marie stapfte hinter Paul her, der vorsichtig die Zweige des Gebüschs für sie beide zur Seite bog, die über ihren Köpfen hingen. »Bist du sicher, dass es hier zu einem Aussichtspukt geht? Sieht eher nach einem total verwilderten Weg ins Nirgendwo aus«, flüsterte Marie. »Wieso sprichst du so leise?«, fragte Paul, aber er hatte ebenfalls seine Stimme gesenkt. Scheinbar spürte er, dass dieser Ort merkwürdig verwunschen war, dachte Marie. Die Luft war warm, und kein Windhauch war hier zu spüren. Selbst das Rauschen des nahe gelegenen Meeres und die schrillen Rufe der Möwen waren hier nicht zu hören. Es war vollkommen still und wirkte beinahe, als sei die Zeit stehen geblieben. Nachdem sie und Paul geduckt unter einem besonders üppigen Strauch mit gelben Blüten hindurchgeschlüpft waren, öffnete sich auf einmal der Blick, und man sah weit über die Bucht von Mousehole bis zu dem steinernen Schloss St Michael's Mount, das auf einer Gezeiteninsel stand, was bedeutete, dass sie nur bei Ebbe über einen schmalen Damm zu Fuß erreicht werden konnte. Während der Flut setzten Boote über.

»Da«, flüsterte Paul plötzlich. Marie folgte seinem Blick, und da war sie: die Bank von Harry und Nora. Doch nur Harry saß darauf und starrte regungslos in die Ferne. Marie warf Paul einen unsicheren Blick zu. Sollten Sie Harry ansprechen? Und wo war Nora? War sie hier gewesen und die beiden hatten sich erneut gestritten, sodass Nora ein zweites Mal gegangen war, diesmal aber für immer?

Kapitel 11

Bye Bye Blackbird

(Dean Martin)

Harrys Einsamkeit zerriss Marie fast das Herz, und sie blickte hilflos zu Paul. »Geh du zu ihm. Dir vertraut er«, raunte Paul. Marie zögerte kurz, dann setzte sie sich langsam in Bewegung. »Hallo, Harry. Ich bin's, Marie«, sagte sie. »Darf ich mich setzen?«

Harry drehte nicht einmal den Kopf und gab auch sonst durch kein Zeichen zu verstehen, dass er Maries Anwesenheit wahrnahm. Sie setzte sich ein Stück entfernt von ihm auf die Bank und schaute ebenfalls eine Weile auf die Dächer des Hafenstädtchens, die sich vor den sattgrünen Hügeln in Rot- und Brauntönen abhoben. Sie wollte Harry nicht direkt nach Nora fragen, sondern lieber abwarten, ob er sich aus seiner Starre löste und mit ihr sprach. Doch nichts geschah. Harry wirkte wie eine leblose Puppe, sein Gesicht wirkte grau und eingefallen, und selbst seine Augen starrten blicklos geradeaus. Unbehaglich drehte sich Marie zu Paul um. Der stand einige Meter entfernt und zuckte mit hilfloser Miene die Schultern. Beim Umdrehen fiel Marie eine Unebenheit im oberen Brett der hölzernen Banklehne auf. Es handelte sich um eingeritzte Buchstaben. Sie rückte ein Stück zur Seite, um sie zu entziffern. »*For Nora, who loves the view and doesn't get tired of it*«, las sie halblaut.

»Es war mein Geburtstagsgeschenk für sie.« Harrys Stimme war brüchig, aber immerhin sah er jetzt Marie an.

»Es ist wunderschön, Harry. Nora muss sich unbändig gefreut haben«, sagte sie leise.

»Sie ist nicht gekommen«, murmelte Harry. »Dabei hat sie es in ihrem Brief doch versprochen!« Er wedelte mit dem zusammengefalteten Papier. »Ich habe mich so beeilt, aber sie war nicht da.«

Marie überfiel augenblicklich ein schlechtes Gewissen. Während Paul und sie sich den Bauch mit *Scones* vollgeschlagen und wie zwei übermütige Teenager mit der Gitarre herumgealbert hatten, hatte Harry völlig verlassen hier gesessen. Vor ihrem inneren Auge sah sie ihn in wachsender Verzweiflung immer wieder auf seine Armbanduhr blicken und anschließend zu dem Blättertunnel, durch den Nora jeden Moment treten musste – doch nichts war geschehen. Nora war nicht erschienen, und vielleicht war Harry irgendwann klar geworden, dass sie heute auch nicht mehr kommen würde. Doch die Hoffnung hatte ihn auf dieser Bank, die Noras war, festgehalten, und so hatte er ausgeharrt, Stunde um Stunde. Bis doch noch jemand kam, aber nicht Nora, sondern Marie und Paul. Harrys Verzweiflung trieb Marie die Tränen in die Augen. Behutsam legte sie ihre Hand auf seine. Sie war kalt, und Marie erschrak. Sie mussten Harry dringend ins Warme bringen, damit er sich nicht erkältete. Doch würde er mitkommen? Oder sich weigern, weil er so lange auf Nora warten wollte, bis sie erschien? Marie drückte seine Hand. »Vielleicht war Nora verhindert, Harry«, sagte sie.

Harrys Kopfschütteln war eine Geste der Resignation, und Marie redete schnell weiter. »Doch, bestimmt. Es kann so viele Gründe geben. Vielleicht ist etwas in ihrer Wohnung passiert. Ein Wasserschaden zum Beispiel, sodass sie dortbleiben musste. Oder ihr Auto ist nicht angesprungen. Vielleicht hat sie etwas Falsches gegessen und ist deswegen heute krank.«

Oder sie hat das Warten einfach aufgegeben, dachte Marie bei sich. Vielleicht war Harry ein paar Tage zu spät, und Nora hatte geglaubt, er hätte ihr den Streit nicht verziehen. Doch all das sagte sie nicht, um Harry nicht zu beunruhigen.

Stattdessen bemühte sie sich, ihre Stimme fest klingen zu lassen. »Ich glaube, dass Nora kommen wollte, aber verhindert war. Wir kommen einfach morgen Nachmittag noch einmal hierher, ja?«

Der müde Ausdruck in Harrys Gesicht verschwand, und sein Blick wurde lebhafter. »Das ist eine gute Idee, meine Liebe.«

»In Ordnung, dann gehen wir jetzt.«

Harry sah sie verwirrt an. »Wohin?«

»Wir suchen ein Bed and Breakfast. Damit Sie morgen bei Kräften sind. Sie wollen Nora doch sicher frisch und ausgeschlafen gegenübertreten, oder?« Marie bemühte sich um einen munteren Tonfall, und zu ihrer Erleichterung lächelte Harry und stand tatsächlich auf.

»Paul ist auch da«, sagte Marie rasch, als sie bemerkte, wie Harry beim Umdrehen seinen Enkel stirnrunzelnd musterte.

»Das Auto steht nicht weit und dann trinken wir erst einmal einen heißen Tee, okay?« Paul gab sich betont pragmatisch, aber Marie spürte, dass auch er in Sorge war. Harry nickte zögernd und ging anschließend zwischen Paul und Marie im Gänsemarsch den Trampelpfad zurück. Nachdem Paul sie und seinen Großvater im nächstgelegenen Café abgeliefert und Harry eine Kanne Pfefferminztee bestellt hatte, machte Paul sich auf, eine Übernachtungsmöglichkeit zu finden. Marie hatte ihn gebeten, auch für sie ein Zimmer zu reservieren. Zum einen war es jetzt zu spät, um noch nach St Ives weiterzufahren und außerdem würde sie keine Ruhe finden, ehe sie nicht wusste, ob Harry und Nora sich getroffen hatten. Während Harry bereits am Cafétisch saß, hatte Marie mit Paul draußen vor der Tür noch rasch vereinbart, dass er morgen früh versuchen würde, Nora in Penzance ausfindig zu machen und mit ihr zu sprechen, damit sie wusste, dass Harry hier war und am Nachmittag in Mousehole auf sie wartete. Zu diesem Zweck mussten sie versuchen, in Erfahrung zu bringen, wo Nora in Penzance zu finden war.

Dummerweise hatte Paul natürlich nicht daran gedacht, auf einem von Harrys Briefen an seinen Vater nach einer Absenderadresse zu suchen. Daher hatte Marie außer dem Namen »Regent Terrace«, den Harry genannt hatte, keinerlei Anhaltspunkte. Wer wusste, ob Nora nach der Trennung noch dort wohnte. Jetzt versuchte sie bei einem Tässchen Tee im lockeren Plauderton Harry beiläufig einige Informationen zu entlocken.

»Noras Pub in Penzance, von dem Sie erzählt haben ... Hieß der auch Three Kings?«, fing sie an und hoffte, dass Harry ihre Strategie nicht durchschauen würde.

»Aber nein. Das war der Name des Pubs in Exeter.«

»Ach so, ja«, sagte Marie und hoffte, Harry würde jetzt nicht ausweichen oder in Schweigen verfallen.

»Fiddler on the roof«, sagte er schließlich. Schräger Name für einen Pub, dachte Marie, aber Nora hatte ja auch eine Art Musikkneipe dort drin betrieben. Harry nickte, als hätte er ihre Gedanken erraten.

»Klein, aber fein. Dort würde es Ihnen gefallen, meine Liebe. Wir haben eine Bühne, und jeden Freitag und Samstag treten dort junge Künstler auf.«

Marie fiel auf, dass Harry so sprach, als wäre sein Leben mit Nora in England nicht Vergangenheit, sondern noch – oder bald wieder – Gegenwart.

»Und die Wohnung in der Regent Terrace? Dort, wo man das Meer hört? Wissen Sie, ob Nora dort noch lebt?«

»*Chy-an-Mor*«, sagte Harry versonnen. »Das ist Kornisch und bedeutet ›Haus am Meer‹. Wussten Sie, dass diese Sprache keltischen Ursprungs ist? Leider starb sie im 17. Jahrhundert aus. Die letzte bekannte Muttersprachlerin stammte übrigens aus Mousehole. Verrückt, nicht wahr?«

Offensichtlich wollte Harry ablenken, dachte Marie. Trotzdem musste sie noch mehr in Erfahrung bringen, wenn sie und Paul sichergehen wollten, dass Nora morgen zum Hafen kam.

»Hatten Sie beide denn in Hamburg gar keinen Kontakt mehr?«

Harry schwieg und nippte an seinem Tee. Marie wartete geduldig, aber er gab ihr keine Antwort.

»Noras Brief, den Sie bekommen haben«, fuhr Marie fort. »Hat sie sich da zum ersten Mal wieder bei Ihnen gemeldet?«

»Sie schreibt, dass unser Streit ihr leidtut«, bemerkte Harry. »Und dass sie ein Scheusal war. Aber das ist sie nicht, wissen Sie? Nora hat Temperament, und sie kann ebenso leicht lachen wie weinen. Sie ist ein wunderbarer Mensch. Ich habe ihr wehgetan, und daher muss ich mich bei ihr entschuldigen.«

»Weil Sie hinter ihrem Rücken den Umzug nach Deutschland geplant haben?«

»Ja. Ich habe in diesem Moment nicht daran gedacht, was das für Nora bedeutet. Ich habe von ihr verlangt, alles aufzugeben, was sie hier hatte – wegen mir. Ich dachte zu diesem Zeitpunkt, das Haus in Hamburg wäre unser gemeinsamer Traum. Ich habe sie bloß vorher nicht gefragt, ob das stimmt.«

Marie schluckte. Ein vager Gedanke machte sich in ihrem Kopf breit, aber ehe sie ihn fassen konnte, griff

Harry überraschend nach Maries Hand und drückte sie. »Geben Sie niemals Ihre Träume auf, Marie. Weder durch die Angst vor dem Risiko noch einem anderen Menschen zuliebe. Nora und ich wollten immer ein kleines Cottage hier in Cornwall, aber ich hatte Angst vor der finanziellen Belastung. Hamburg war die naheliegende Lösung, doch was nutzt einem ein Kompromiss, wenn man damit nur einsam ist?«

Marie sah Harry an. »Sie stellen es so dar, als hätten Sie alleine Schuld. Aber hätte Nora nicht auch aus Liebe zu Ihnen mit nach Hamburg gehen können?«

»Darum geht es nicht.«

»Worum denn dann?«, fragte Marie. Insgeheim dachte sie, dass diese Nora wohl eine Diva war, die in der Beziehung die Hosen angehabt hatte.

»Nora hat immer zu mir gehalten. Anfangs hat Kristin mir die Hölle heißgemacht, weil ich sie und Oliver verlassen hatte. Sie hat mitten in der Nacht bei Nora angerufen und sie beschimpft. Sie angeschrien, dass Nora eine Familie kaputtmacht und einem Kind den Vater wegnimmt. Dabei war es Kristin, die jeden meiner Kontaktversuche zu meinem Sohn unterbunden hat. Sie hat ihm so lange eingeredet, was für ein charakterloser Mensch ich bin, bis er mich genauso gehasst hat wie sie. Nora hat alles ausgehalten. Auch meine Verzweiflung und meine Versuche, wenigstens mein Kind nicht ganz zu verlieren. Sie hat mir sogar angeboten, wieder zu meiner Familie zurückzugehen, wenn ich es nicht mehr aushalte.«

»Aber das wollten Sie nicht?«

»Ich konnte nicht. Mit Nora hat sich mein Leben verändert ... ich weiß nicht, wie ich es ausdrücken soll, aber bei ihr konnte ich immer so sein, wie ich war. Ich musste mich nicht verstellen, sondern durfte schwach, aber auch stark sein, froh und traurig. Ich musste keine Rolle spielen, keine Maske tragen, nur um geliebt zu werden, verstehen Sie? Neben Nora habe ich mich so frei wie nie gefühlt – und gleichzeitig hatte ich das Gefühl, endlich angekommen zu sein.«

»Das klingt ... wunderbar«, sagte Marie leise.

Harry, der immer noch seine Hand auf ihrer liegen hatte, drückte sie noch einmal. »So sollte Liebe sein, Mädchen. Alles andere ist ein Davonlaufen vor sich selbst. Aus Angst vor dem Alleinsein.« Damit zog er seine Hand zurück und trank den letzten Schluck seines Pfefferminztees.

Marie verspürte ein dumpfes Pochen in ihrer Brust. Harrys Worte hatten etwas in ihrem Herzen aufgewirbelt. War es, weil sie in den vergangenen Tagen öfter wieder die Sehnsucht nach ihrer Musik verspürt hatte? Hatte sie in Nicks verrücktem Trödelladen in ihrem Inneren eine Schublade geöffnet, die sie für immer verschlossen geglaubt hatte?

Doch ehe Marie weiter darüber nachdenken konnte, kam Paul ins Café. »Ich habe mit Müh und Not zwei Zimmer für uns gefunden«, sagte er etwas außer Atem. Allerdings liegt die Pension etwas außerhalb, und die Zimmer sind ... ein bisschen einfach.«

»Ach, das macht doch nichts«, sagte Marie. »Hauptsache, wir haben ein Dach über dem Kopf. Und wir machen es uns abends schon gemütlich, nicht wahr Harry?«

Eine Viertelstunde später war von Maries Optimismus nichts mehr übrig. Nun wusste sie, warum in dieser Absteige im Gegensatz zu den anderen Bed and Breakfasts noch Zimmer frei gewesen waren. Das *Bed* bestand aus einer uralten Matratze und einem morschen Lattenrost – über das *Breakfast* am nächsten Morgen dachte Marie lieber erst gar nicht nach. Das würden sie definitiv woanders einnehmen. Erschwerend kam hinzu, dass Harry nach seinem leidenschaftlichen Plädoyer für die Liebe von einer Unruhe befallen war, die ihn rastlos und ungeduldig machte. Er wusste nicht, ob er Hunger hatte oder nicht, ob er sich ausruhen oder lieber mit Marie und Paul noch in einen Pub gehen sollte. Dazwischen hatte er Momente, in denen er nicht ansprechbar war und einfach auf dem schäbigen Stuhl in seinem und Pauls Doppelzimmer saß und die Wand mit der vergilbten Tapete anstarrte. Schließlich ließ Paul ihn in Maries Obhut zurück und besorgte in der Apotheke ein leichtes Beruhigungsmittel für Harry. »Hier sind die Arzneimittel leichter rezeptfrei zu bekommen als in Deutschland«, sagte Paul und fügte leicht sarkastisch hinzu, »in diesem Fall ist das ein Glück.«

Tatsächlich wurde Harry nach der Einnahme einer halben Tablette deutlich ruhiger und lag eine halbe

Stunde später schlafend im Zimmer, während Marie und Paul sich mangels einer Alternative in Maries winzigem Raum an den kleinen Tisch quetschten. Sie wollten Harry nicht alleine lassen, daher fiel ein Abendessen im Pub flach. Da sich der Besitzer des Bed and Breakfast nach Pauls Reservierung nicht mehr blicken ließ, hatte dieser kurzerhand zwei Portionen *Fish and Chips* sowie einige Flaschen kaltes Bier aufs Zimmer geschmuggelt. Marie würde vor dem Schlafengehen lange lüften müssen, um den intensiven Essig- und Fischgeruch aus dem Zimmer zu kriegen, aber da sie sich momentan sowieso nicht vorstellen konnte, auf der durchgelegenen Matratze zu nächtigen, war es ihr egal. Sie hatte nach den süßen *Scones* richtig Appetit auf etwas Salziges, und da kamen die beiden fettigen Tüten von Paul gerade recht. »Wir haben allerdings keinen Flaschenöffner, und ich nehme nicht an, dass du rauchst«, sagte Marie und taxierte Paul. »Also fällt ein Feuerzeug ebenfalls flach.«

»Macht nichts«, erwiderte der lässig. Er hielt eine der Bierflaschen so an die Kante des schäbigen Tischs, dass der Kronkorken über den Rand zeigte. Dann schlug er mit Schwung von oben auf den Deckel. Tatsächlich sprang der Verschluss ab – zusammen mit einem Stück Tischplatte. Paul musterte das Werk der Zerstörung. »Jetzt passt der Zustand wenigstens zu dem des restlichen Zimmers«, bemerkte er trocken und öffnete die zweite Flasche auf dieselbe Weise, ehe er sie leicht gegen die von Marie stieß. »Cheers.«

»Auf Harry. Und darauf, dass er morgen mehr Glück hat.«

Paul nahm einen großen Schluck, ehe er die Flasche abstellte und dann Marie seinen Plan unterbreitete. »Du bleibst bei Harry und beschäftigst ihn, bis es Zeit wird, zu der Bank zu gehen. Ich fahre morgen früh gleich nach Penzance und versuche, Nora ausfindig zu machen. Funktioniert dein Handy wieder?«

Marie erschrak. Sie hatte ganz vergessen, in ihrer Reisetasche nach dem Ladekabel zu schauen. Doch so sorgfältig sie jetzt danach suchte, von dem Kabel fehlte jede Spur. Hektisch durchwühlte Marie ihr gesamtes Gepäck, sogar ihren Kulturbeutel – vergeblich. Langsam beschlich sie der Verdacht, dass das gesuchte Stück auf dem Küchentisch in Hamburg liegen geblieben war.

»Welches Handy hast du denn?«, fragte Paul und konnte sich ein »verdammt« nicht verkneifen, nachdem Marie ihm die Marke genannt hatte. »Ausgerechnet bei dem Modell ist das Ladegerät nicht kompatibel mit meinem Telefon. Das heißt, wir können uns morgen nicht gegenseitig auf dem Laufenden halten.«

Marie war kleinlaut. »Tut mir leid!«

Zu ihrer Überraschung verkniff Paul sich einen Kommentar, sondern dachte stattdessen nach. »Dann sorge ich dafür, dass Harry sein Handy dabeihat. Wenn es etwas Wichtiges gibt, schicke ich eine Nachricht an seine Nummer. Dann rufst du mich von dort aus an, okay?«

Marie nickte erleichtert und nahm gleich noch einen

Schluck Bier auf den Schreck. Erst danach wurde ihr bewusst, dass sie bis zu ihrer Ankunft in St Ives dadurch keine Gelegenheit mehr haben würde, Steven anzurufen und ihren Besuch anzukündigen. Zu ihrem eigenen Erstaunen war ihr diese Tatsache jedoch plötzlich egal. Vielleicht, weil gerade Harry das Wichtigste war – und dass er nicht vergeblich auf Nora wartete. Doch selbst wenn sie sich endlich wiedersahen, hätte dieses Happy End doch einen bitteren Beigeschmack. Harry konnte Nora die Diagnose Alzheimer wahrscheinlich nicht lange verschweigen, und wie würde sie dann reagieren? Die Angst, die Marie eine Weile verdrängen konnte, kam bei dem Gedanken mit Macht zurück, und sie stellte die Bierflasche mit einem Knall auf der lädierten Tischplatte ab. »Was ist, wenn Nora mit Harrys Krankheit total überfordert ist? Wer kümmert sich dann um ihn?«

Paul, der soeben seine leere *Fish-and-Chips*-Tüte zusammenknüllte, hielt mitten in der Bewegung inne. »Ich weiß es nicht«, sagte er leise. »Mein Vater will nichts von Harry wissen. Deswegen wäre es natürlich das Beste, ihn nach Hamburg in dieses Heim zurückzubringen. Dort kennt er sich zumindest schon aus, und die Umgebung ist ihm vertraut. Andererseits hat er dort niemanden. Ich lebe in der Nähe von München und kann nicht einfach meinen Job kündigen. Und trotzdem …«, er verstummte und knüllte das Papier in seiner Faust noch fester zusammen.

Marie sah ihn fragend an. »Was?«

»Harry ist mir wichtig geworden. Nicht nur, weil er mein Großvater ist. Auch wegen dem, was er aus seinem Leben erzählt hat. Ich wünschte, ich hätte ihn schon früher gekannt.«

Marie wurde die Kehle eng. Ja, dachte sie, ich auch.

»Ich muss versuchen, einen Kompromiss zu finden, wie ich mich um Harry kümmern kann, ohne ihn aber aus allem, was ihm wichtig ist, herauszureißen«, fuhr Paul fort. »Nur wie ich das bewerkstelligen soll, das weiß ich noch nicht.«

»Vielleicht kann ich dir ja helfen. Ich meine, ich wohne in Hamburg, und ich könnte ab und zu nach Harry sehen.«

Paul hob den Kopf, und Marie erschrak vor der Müdigkeit in seinem Blick. »Nein, Marie. Du hast dein eigenes Leben. Deinen Mann und ... naja, vielleicht bald ein Kind. Du wünschst dir doch eins, oder?«

»Woher weißt du das?«

»Ich habe deine Augen gesehen, als ich dich gefragt habe, ob du Kinder hast. Sie wurden ganz dunkel und irgendwie ... traurig. In diesem Moment hat es mir wahnsinnig leidgetan, dass ich behauptet habe, du könntest bei dem Thema Familie nicht mitreden. Das war richtig scheiße von mir.«

»Ach, du warst in dem Moment eben sauer auf mich. Und ich hab dir ja ordentlich Kontra gegeben. Von wegen keine Freundin und so.«

»Stimmt«, sagte Paul, »das hat auch gesessen.«

Marie nickte. »Ich würde sagen, wir sind quitt.«

Paul hob seine Flasche. »*Cheers again.*«

Sie tranken stumm ein paar Schlucke, aber es war kein peinliches Schweigen, sondern ein stilles Einverständnis zwischen ihnen. Inzwischen war es mitten in der Nacht, und die Zeit schien zu verschwimmen. Eigentlich hätten sie und Paul schlafen gehen sollen, aber die vergangenen Ereignisse tanzten einen wilden Ringelreihen in ihrem Kopf. Bei der Erinnerung an ihren Besuch in Nicks Laden und Paul, der »Smoke On The Water« grölte, musste sie lächeln. Seine dunklen Haare waren ihm in die Stirn gefallen, und er hätte in diesem Moment nichts mehr mit dem überkorrekten jungen Mann im Anzug gemein gehabt, der am Bahnhof King's Cross gestanden und sie im Laufe der Fahrt oft genug zur Weißglut getrieben hatte.

»Bist du eigentlich glücklich?«, platzte Marie heraus und sah Paul an.

Er antwortete, ohne Nachdenken. »Nicht besonders. Und du?«

»In letzter Zeit nicht. Das heißt ...«, korrigierte Marie sich hastig, »ich denke oft, ich sollte glücklich sein, aber ich schaffe es nicht. So als hätte ich es verlernt, verstehst du? Und gleich darauf komme ich mir egoistisch und undankbar vor.«

»Warst du es denn früher? Glücklich, meine ich.«

»Ich glaube schon. Da habe ich nicht so viel darüber nachgedacht. Jetzt habe ich Schuldgefühle, wenn ich unzufrieden bin und frage mich, warum ich es verdammt noch mal nicht schaffe.«

»Was, Glück zu empfinden?«

»Ein Kind zu kriegen«, sagte Marie leise. »Das wäre die Voraussetzung für mich, um glücklich zu sein.«

»Warum?«

»Weil ...«, fing Marie an, doch dann erkannte sie, dass es keine Worte dafür gab. »Es ist ein Gefühl, aber ich kann es nicht beschreiben. Willst du denn keine Familie – und Kinder?«

Paul zuckte mit den Schultern. »Weiß ich nicht. Mit dem Ende meiner letzten Beziehung habe ich aufgehört, Pläne für die Zukunft zu machen. Es kommt sowieso alles anders, als man denkt, und wenn man nichts erwartet, wird man auch nicht so schnell enttäuscht.«

»Aber du musst doch auch Träume haben. Oder Wünsche!«

»Die hatte ich mal. Hat nur leider nichts genutzt, weil sie nicht in Erfüllung gegangen sind«, sagte Paul kurz angebunden. »Und jetzt sollten wir schlafen gehen, es ist schon spät, und wir müssen morgen schließlich fit sein.« Er nahm seine leere Bierflasche und das fettige *Fish-and-Chips*-Papier und ging zur Tür. Dort drehte er sich noch einmal um. »Gute Nacht, Marie. Danke, dass du wegen Harry hiergeblieben bist. Ich hoffe wirklich, dass sich morgen alles klärt und du dann endlich zu deinem Mann fahren kannst.«

Marie nickte nur und hörte gleich darauf, wie die Tür leise ins Schloss fiel. Nachdenklich nahm sie noch einen Schluck aus ihrer Flasche, aber das Bier schmeckte plötzlich schal. So wie die letzten Minuten mit Paul.

Warum hatte sie ihm von ihrem verzweifelten Kinderwunsch erzählt? Und war das Eingeständnis, nicht besonders glücklich zu sein, gleichzeitig ein Verrat an Steven? Er arbeitete schließlich und tat alles dafür, dass es ihnen gut ging, nicht wahr? Und dass sich Maries sehnlicher Wunsch nach einem Kind nicht erfüllte, war nicht seine Schuld, genauso wenig wie ihre. »Sie sind beide körperlich gesund, und Ihre Fruchtbarkeit ist nicht beeinträchtigt«, hatte man ihnen damals im Kinderwunschzentrum bestätigt. Es war der erste und letzte Termin gewesen, zu dem Steven mitgekommen war. »Du hast die Bestätigung. Jetzt hör bitte auf, dich weiter unter Druck zu setzen. Und mich dazu«, waren Stevens abschließende Worte zu diesem Thema gewesen. Seitdem war Marie alleine geblieben mit ihrer brennenden Sehnsucht und ihren Zweifeln. Aber warum wollte sie so unbedingt ein Kind? Diese Frage hatte ihr vor Paul noch niemand gestellt. Und obwohl sie keine Antwort darauf wusste, ahnte Marie tief in ihrem Inneren, dass sie vielleicht den Grund in Wahrheit gar nicht wissen wollte.

Nach einer unruhigen Nacht mit wirren Träumen, die beim Aufwachen jedoch nur noch Erinnerungsfetzen waren, saß Marie mit Paul und Harry am nächsten Morgen in dem Café von gestern. Sie hatten das schmuddelige Bed and Breakfast – ohne Letzteres wahrzunehmen – schnell verlassen, nachdem Paul darauf bestanden hatte, Maries Zimmer zu bezahlen. Sie hatte zwar protestiert, war aber insgeheim erleichtert gewesen. Ihre Kreditkarte war durch die Kapriolen dieses Englandtrips sowieso schon stärker strapaziert worden, als geplant.

Jetzt nippte sie an ihrem Kaffee und beobachtete Harry, der vor seiner Tasse Tee saß und sich offenbar nicht entscheiden konnte, ob er Milch oder Zucker dazu wollte, denn er musterte die Dose und das Kännchen, als wären sie völlig fremde Gegenstände. Oder war es die Krankheit, die ihn langsam an diesen einfachen Dingen verzweifeln ließ? Marie wurde es bang. »Harry, wie trinken Sie denn Ihren Tee? Schwarz?«

»Mit Zitrone«, sagte er und wies vorwurfsvoll auf den Tisch. »Aber die bekommt man ja heutzutage fast nirgends mehr frisch«.

Erleichtert winkte Marie der Kellnerin und bat um das Gewünschte. Sie war einfach überängstlich, dachte sie. Harry befand sich erst im Anfangsstadium der Krankheit, und mit Hilfe seiner Tabletten, auf deren Einnahme Paul vorhin bestanden hatte, konnte er vielleicht noch eine ganze Weile gut zurechtkommen. Vorausgesetzt, es kamen keine Stressfaktoren dazwischen – und einer davon hieß leider Nora.

»Was halten Sie davon, wenn Sie mir Mousehole zeigen, bis es Zeit wird, Nora am Nachmittag zu treffen?«, schlug Marie vor.

Harry runzelte die Stirn. »Und der junge Mann hier?«

»Ich fahre nach Penzance. Hab dort was zu erledigen«, sagte Paul betont beiläufig.

»Oh, da komme ich mit. Penzance ist viel interessanter als Mousehole, meine Liebe«, sagte er zu Marie gewandt.

»Verdammt«, zischte die zu Paul hinüber, während Harry angefangen hatte, mit der jungen Kellnerin zu plaudern, die ihm seine Zitronenscheibe für den Tee brachte. »Was machen wir jetzt?«

Paul zuckte die Schultern. »Dann musst du dich eben mit ihm ans Meer setzen oder einen Spaziergang machen, während ich in der Regent Terrace vorbeischaue. Wenn ich dort kein Glück habe, suche ich nach Noras Pub.«

»Und wenn wir Harry einweihen und ihm sagen, dass wir Nora suchen?«

»Ich habe Angst, dass wir ihn damit nur unnötig aufregen. Was, wenn Nora nicht mehr in der alten Wohnung lebt? Und sollen wir wirklich mit Harry im Schlepptau in einen Pub voller Leute reinplatzen? Wir wissen doch nicht mal, ob sie da noch arbeitet.«

»Du hast recht.«

»Oliver hat immer recht«, schaltete sich Harry ein, der seinen Smalltalk mit der Bedienung beendet und den letzten Satz gehört hatte. Er drückte seine Zitronenscheibe in das Teewasser und lächelte. Marie und Paul tauschten einen alarmierten Blick. »Harry, ich bin Paul. Dein Enkel.«

»Natürlich, das weiß ich doch. Aber der Apfel fällt nicht weit vom Stamm«, erwiderte Harry, und Marie fragte sich, ob sie und Paul einem Irrtum aufgesessen waren – oder ob Harry trotz seiner Krankheit bloß ziemlich raffiniert war.

Eine Stunde später schlenderte sie an seiner Seite über die Seepromenade von Penzance. Es wehte eine steife Brise, und graue Wolken jagten wie eine Horde gehetzter Geisterpferde am Himmel entlang, aber bisher hatte es keinen einzigen Tropfen geregnet. »Das Klima ist durch den Golfstrom begünstigt«, sagte Harry und blickte in den Himmel. »Dadurch herrschen für England oft ganz ungewöhnliche subtropische Temperaturen. Dafür geht es mit dem Königshaus bergab. Wenigstens spielt der Prince of Wales Polo. Aber gegen die Gentechnik in Lebensmitteln kann man nicht viel tun.« Er sprach zunehmend hastiger und blickte sich dabei immer wieder um, als würden sie verfolgt werden.

Marie blieb stehen. »Harry, alles okay?«

»Nein, ich ... wo sind wir hier, junge Frau?«

»In Penzance, Harry. Nun setzen Sie sich erst mal.« Behutsam führte Marie den älteren Mann zu einer der zahlreichen Steinbänke, die an der Uferpromenade aufgestellt waren. Ihr Herz raste. Was war mit Harry los? Hatte er einen akuten Anfall von Verwirrung, wirkten seine Tabletten nicht mehr? Schwerfällig ließ Harry sich auf die Sitzfläche fallen. »Wie viel Uhr ist es?«

»Elf. Wir haben also noch viel Zeit, ehe wir nach Mousehole zurückmüssen.«

»Warum?« Harry blickte verwirrt drein.

»Weil …«, setzte Marie zu einer Antwort an, da rollten seine Augäpfel plötzlich nach oben, und er kippte zur Seite.

»Harry!«, schrie Marie erschrocken und fing ihn ungeschickt auf, sodass er immerhin nicht von der Bank fiel. Ein paar Passanten waren stehen geblieben und fragten, ob sie helfen konnten. Einer bot an, die Ambulanz zu rufen, und weil Marie nicht wusste, was sie tun sollte und außerdem schreckliche Angst hatte, dass etwas Schlimmes mit Harry war, nickte sie. Bereits zehn Minuten später war der Krankenwagen da, und Marie griff in Harrys Jackentasche und fischte sein Handy heraus. Zum Glück hatte es keinen Sperrcode. Sie rief Paul an, dessen Nummer sie ganz oben in der Anrufliste fand. Nachdem sie ihm gesagt hatte, in welches Krankenhaus man Harry brachte, stieg Marie ebenfalls in den Ambulanzwagen ein. Harry lag hinten auf einer Trage und hatte die Augen geschlossen. Marie konnte vor lauter Sorgen kaum klar denken, doch dann schoss ihr eine Idee durch den Kopf, und sie ging nochmals in das Nummernverzeichnis von Harrys Handy. Normalerweise war es ein absolutes Tabu für sie, jetzt aber sah sie keine andere Möglichkeit mehr, als Noras Nummer zu suchen und sie anzurufen. Doch zu ihrer absoluten Verblüffung waren in Harrys Telefon nur zwei Nummern gespeichert. »Haus Schwanenpark« und »Arzt«. Marie ließ das Handy sinken. Der Bruch zwischen ihm und Nora schien endgültig gewesen zu sein.

»Mister Thomsen hat so weit nichts Schlimmes. Er war nur etwas dehydriert und daher wohl auch so desorientiert. Wir geben ihm gerade eine Infusion mit Natriumchlorid, Magnesium und Calcium, um seinen Elektrolythaushalt wieder ins Gleichgewicht zu bringen.« Der junge englische Krankenhausarzt sah Marie und Paul freundlich an. »Das passiert bei alten Menschen öfter. Sie vergessen zu trinken. Genau wie Ihr Großvater.«

»Wenn er nur das vergessen würde …«, murmelte Paul, aber er verzichtete darauf, den Doktor über Harrys Diagnose aufzuklären.

»Was hätte das für einen Sinn gehabt, ihm das mit der Demenz auf die Nase zu binden? Ich muss Harry so oder so morgen zurückbringen. Du siehst ja selbst, dass wir ihn unmöglich noch länger hier in England lassen können«, sagte Paul, nachdem der junge Arzt sich verabschiedet hatte und davongeeilt war. Sie würden Harry noch ein paar Stunden zur Beobachtung im Krankenhaus behalten und hatten Paul gebeten, seine Handynummer zu hinterlassen.

Marie nickte schweren Herzens. »Dann lass uns jetzt die Zeit nutzen, solange Harry hier gut aufgehoben ist – und Nora finden«, bat sie Paul.

Zu ihrer Erleichterung nickte er. »Wir müssen sie vorwarnen, ehe wir sie zu Harry bringen. Die Erkenntnis, dass er unheilbar krank ist, wird sowieso ein Schock für sie sein. Zu blöd, dass ich in der *Regent Terrace* nicht fündig geworden bin. Die Straße ist zwar nicht besonders lang, aber auf keinem der Klingelschilder stand »Nora Jones«. Und die Nachbarn waren entweder nicht da, oder sie haben die Tür nicht geöffnet. Wahrscheinlich waren einige kurz davor, die Polizei zu rufen, weil ich die Straße entlanggegangen bin und die Namen auf den Briefkästen studiert habe. Dabei trage ich doch halbwegs seriöse Klamotten, verflixt noch mal!«

Beinahe musste Marie lächeln. »Vielleicht vermuten sie einen dieser gut aussehenden Schurken in dir.«

Paul grinste gequält. »Dann lass mich meinen Schurken-Charme mal im Einwohnermeldeamt ausspielen. Vielleicht werden wir dort fündig.«

»Werden wir nicht. In England existiert nämlich keine offizielle Meldepflicht. Daher gibt es auch keine Bürgerbüros oder Ämter wie in Deutschland. Das weiß ich von Steven. Schließlich lebt seine Familie hier.«

»Schei… Ich meine Mist! Und jetzt?«

»Entweder wälzen wir das Telefonbuch, was beim Namen Jones sehr zeitaufwendig werden dürfte, oder wir gehen zum Pub.«

»Letzteres«, entschied Paul.

Doch das Pech schien sie zu verfolgen. Weder die Karten-App noch die Suchmaschine auf Pauls Handy fanden einen Pub namens Fiddler on the roof. Fluchend scrollte sich Paul durch gefühlt hundert Einträge, die »Fiddler« im Namen hatten, da stieß er mit einem Mal ein triumphierendes »Aha!« aus. »Hier, das ist ein Eintrag von ... oh, vor drei Jahren. Da ist eine Bewertung auf so einem Reiseportal für einen Pub in Penzance. Das muss er sein!«

Marie sah über Pauls Schulter. »Steht eine Adresse dabei?«

»Ja – und dass das Lamm in Minzsoße eine Katastrophe ist.«

Trotz ihrer Anspannung musste Marie kichern. »Dann ist es der richtige. Nichts wie hin.«

Doch als sie mit Jacks altem Wagen bei der angegebenen Adresse hielten, war kein Schild mit dem gesuchten Namen darauf zu finden. Marie stieg zusammen mit Paul aus dem Auto, und sie gingen langsam an den grauen Fassaden der Häuser entlang, die die Straße säumten.

»Da«, rief Marie und deutete auf eins der Gebäude, dessen Tür offen stand. Darüber befand sich ein bogenförmiger Halter aus Schmiedeeisen, der durchaus für ein Schild konstruiert sein konnte. Obwohl es fehlte, war Marie hoffnungsvoll.

»Ich glaube, dass wir hier richtig sind. Das muss das Fiddlers sein«, sagte sie zu Paul, als sie den dämmrigen Schankraum betraten.

»Das Fiddlers hat vor zwei Jahren dichtgemacht, Lady. Seit elf Monaten bin ich jetzt hier«, sagte ein Hüne im karierten Hemd, der plötzlich auftauchte. Offenbar hatte er gerade ein paar Flaschen Bier aus dem Kühlraum geholt, die er jetzt auf der Theke abstellte. Die Einrichtung schien noch von früher zu stammen, aber die Bühne, von der Harry gesprochen hatte, war hinter einem staubigen schwarzen Vorhang verschwunden. Dafür piepten und klingelten im hinteren Teil der Kneipe zwei Spielautomaten vor sich hin, obwohl niemand davorsaß. Der bullige Typ kratzte sich seinen fast kahlen Kopf. »Tja, das ist jetzt das Boozer's. Bin nur noch nicht dazu gekommen, ein neues Schild machen zu lassen.«

»Oh Mann«, murmelte Paul. »Dann kennen Sie wahrscheinlich auch keine Nora, die früher hier gearbeitet hat, oder?«

»Keine Chance. Ich hab die Bude hier übernommen, nachdem sie schon monatelang leer gestanden hat. Kontakt hatte ich nur mit Rich, dem Besitzer des Gebäudes.«

»Wo können wir den finden?«

»Versucht es mal auf Barbados. Dort wollte er nämlich hinziehen, nachdem er ein paar Wohnungen über dem Pub hier verkauft hat. Wurde ihm wohl alles zu viel Verwaltungskram.«

Marie ließ sich auf einen Barhocker sinken. Das Schicksal war heute wirklich ein Verräter, dachte sie wütend.

»Wen sucht ihr beiden eigentlich? Rich oder diese Laura?«

»Nora«, berichtigte Paul den Barkeeper. »Wir suchen Nora. Das ist eine längere Geschichte …«

Der bullige Wirt wies auf den um diese Zeit leeren Gastraum. »Um die Mittagszeit ist sowieso nichts los, also nur raus damit. Vielleicht kann ich ja doch behilflich sein.«

Marie sah ihn an. »Haben Sie Gin Tonic?«

Nachdem Boozer – der sein Etablissement kurzerhand nach sich selbst benannt hatte, nämlich »Schluckspecht« – zwei Gläser vor Marie und Paul hingestellt und sich Harrys Geschichte angehört hatte, schenkte der Wirt sich auch ein Glas ein. Seine aufgekrempelten Hemdsärmel enthüllten mehrere Tattoos auf den Unterarmen, darunter einen Totenkopf und eine Spinne.

»Heilige Hölle, die Geschichte geht einem richtig zu Herzen«, murmelte Boozer und leerte seinen Drink in einem großen Schluck. *Nomen est omen* dachte Marie, aber die Anteilnahme des grobschlächtigen Engländers rührte sie. »Ich würde euch gerne helfen, aber ich weiß nicht wie! Als ich den Schuppen hier übernommen habe, war von den ehemaligen Pächtern nichts mehr da, bis auf so einen alten Schreibtisch im Hinterzimmer ...« Boozer riss die Augen auf. »Moment!« Im Laufschritt verschwand er durch einen ominösen Durchgang hinter der Theke. Kurz darauf hörten Marie und Paul ein gedämpftes Poltern und einen weniger gedämpften Fluch. Dann erschien Boozer mit einem alten Karton unterm Arm. Er stellte ihn schwungvoll auf der Theke ab, sodass eine kleine Staubwolke aufstieg. »Hier. Da sind Papierkram und ein paar Kalender oder so was übrig geblieben. Vielleicht werden wir ja fündig.«

Vorsichtig lugte Marie in die Schachtel und zog mit spitzen Fingern einen abgegriffenen Ordner heraus. Doch darin befanden sich bloß alte Abrechnungen, und Marie legte ihn nach flüchtigem Durchblättern achtlos beiseite.

»Bestellscheine, Kontoauszüge – oha, das Fiddlers hat aber zum Schluss ganz schön rote Zahlen geschrieben«, murmelte Boozer, während er sich durch die Zeugnisse vergangener Zeiten wühlte. »Ein alter Kalender von ... *gosh* – 1997!« Er warf das in billiges Kunstleder gebundene Buch achtlos auf die Seite. Marie schlug es trotzdem auf. Unter den jeweiligen Tagen standen in unterschiedlichen Handschriften Namen. Einige schienen die von Musikbands zu sein, und Marie erinnerte sich an Harrys Erzählungen, dass jedes Wochenende verschiedene Künstler hier aufgetreten waren. Sie wollte den Kalender schon zuklappen, da sah sie, dass die letzten Seiten kein Datum mehr enthielten, sondern ein alphabetisches Register – und darunter standen mit Kugelschreiber Namen samt mehrstelligen Ziffern – eindeutig Telefonnummern. Fieberhaft rechnete Marie nach. Harry musste mit Nora irgendwann Mitte der Achtzigerjahre nach Penzance gekommen sein. Mit etwas Glück könnte der Kalender aus dem Jahr 1997 sich tatsächlich als Volltreffer erweisen. Mit vor Aufregung zitternden Fingern schlug Marie die Seite mit dem Buchstaben »J« auf. Tatsächlich fand sie in einer geschwungenen Handschrift den Namen »Jones, Nora« und die dazugehörige Telefonnummer.

Marie stieß erleichtert die Luft aus und hob den Kopf. »Ich habe Nora gefunden«, sagte sie noch ganz benommen.

»Echt? Zeig mal!« Paul beugte sich zu ihr und zog das Buch zu sich heran. Durch den Nebel in Maries

Hirn drang der Gedanke, dass Paul gut roch und seine Nähe ihr alles andere als unangenehm war. Doch da war er schon wieder von ihr abgerückt und hatte sein Handy aus der Tasche gezogen, um bei der angegebenen Nummer anzurufen. Immerhin hatte Paul hier im Pub endlich Netzempfang. Alle – Boozer eingeschlossen – warteten mit angehaltenem Atem, und die Sekunden schienen sich mit jedem Tuten in die Länge zu ziehen. Schließlich gab Paul enttäuscht auf. »Es geht keiner ran, nicht mal der Anrufbeantworter. Wahrscheinlich ist die Nummer nach mehr als zwanzig Jahren sowieso nicht mehr die richtige.«

»Wäre auch zu schön gewesen, nach dem ganzen Pech heute«, seufzte Marie.

»Es gibt noch eine Möglichkeit«, sagte Boozer. »Wir könnten versuchen, die Nummer rückwärts zu verfolgen.«

»Hä?« Marie wusste selbst, dass sie sich nicht gerade gewählt ausdrückte, aber Boozers Gin ließ keine gewählte Artikulation mehr zu. Doch Paul verstand. »Ich soll die Nummer in die Telefonsuche im Internet eingeben?«

Boozer nickte. »Oft erscheint dann der Name des Anschlussinhabers und manchmal auch eine Adresse.«

Paul war bereits eifrig dabei zu tippen, und Sekunden später überzog ein triumphierendes Lächeln sein Gesicht. Mit funkelnden Augen sah er Marie an. »23 Tredavoe Lane, Newlyn.«

»Das ist auf dem Weg nach Mousehole«, mischte Boozer sich ein.

Marie atmete auf und lächelte Paul an. »Jetzt wissen wir endlich, wo wir nach Nora suchen müssen.«

Paul schüttelte Boozers Pranke. »Vielen Dank für den Tipp! Was bin ich Ihnen für den Gin schuldig?«

»Der geht aufs Haus. Ein Tribut für die Liebe. Ich hoffe, Harry findet seine Nora.«

Ehe Marie noch etwas erwidern konnte, fasste Paul in seine Tasche, wo das Handy zu vibrieren begonnen hatte. »Unbekannte Nummer«, murmelte er, und Marie hoffte, es wäre Nora, die zurückrief. Paul meldete sich und lauschte, wobei seine Miene erst ungläubig, dann wütend und schließlich besorgt wurde. Nach ein paar kurzen Sätzen auf Englisch legte er auf und wandte sich Marie zu. »Harry ist aus dem Krankenhaus raus. Er hat sich selbst entlassen.«

»Was? Aber … das geht doch nicht so einfach!«

»Anscheinend schon«, sagte Paul grimmig. »Er ist mündig und nicht akut krank und somit nicht gefährdet. Also kann er tun und lassen, was er will.«

»Aber hat er denn wenigstens gesagt, wo er hinwill?«

»Klar doch! Mein Großvater hat detaillierte Aufzeichnungen über seinen Weg hinterlassen, schließlich ist er völlig klar im Kopf!«

»Kein Grund, mich anzumeckern! Vielleicht hättest du mal lieber dem Arzt gesagt, was wirklich mit Harry los ist.«

»Du hast recht, entschuldige bitte. Ich mache mir ja selbst am meisten Vorwürfe. Irgendwie scheine ich alles falsch zu machen.«

»Nein, tust du nicht. Dass Harry aus dem Hospital abhaut, konnte keiner ahnen.«

»Und was machen wir jetzt? Eigentlich müsste ich die Polizei alarmieren, damit sie ihn sucht.«

»Ich glaube, ich weiß, wohin Harry unterwegs ist«, sagte Marie. »Aber wir müssen uns beeilen.«

Langsam lenkte Paul das schwarze Ungetüm von Wagen die schmale, ansteigende Straße entlang, die Richtung Mousehole führte. »Keine Spur von Harry. Was machen wir, wenn er sich irgendwo verlaufen hat? Hier gibt es überall Wege, die an den Klippen enden.«

Marie schauderte und dachte an den Tag, als sie mit Buck vor Paddys Pub angehalten hatten. Da war Harry schon einmal verschwunden, und sie spürte erneut Angst in sich aufsteigen.

Paul tastete nach seinem Handy. »Ich glaube, ich alarmiere doch lieber die Polizei.«

»Warte«, rief Marie und zeigte nach vorne. Über dem Hügelkamm tauchte eine einsame Gestalt auf, die mit entschlossenem Schritt am Straßenrand entlangging.

»Gott sei Dank«, seufzte Paul und kurbelte das Fenster herunter, während er den Wagen neben Harry zum Stehen brachte.

»Hallo Paul«, sagte der mit größter Selbstverständlichkeit, »Was machst du denn hier?«

Paul schien zu einer sarkastischen Antwort ansetzen zu wollen, aber Marie verpasste ihm einen mahnenden

Knuff, und er verbarg seinen Ärger. »Steig ein«, sagte er stattdessen zu seinem Großvater, »ich bringe dich zu Nora.«

Nachdem sie sich mehrmals in dem Gewirr der kleinen Straßen Newlyns verfahren hatten, bog Paul nach links ab, während Marie versuchte, das ziemlich verwitterte Straßenschild zu entziffern. Im Gegensatz zu Penzance befanden sie sich hier in einer eher ländlichen Gegend mit kleinen Steinhäusern. Man konnte sie zwar nicht wirklich als Cottages bezeichnen, dazu waren sie zu unscheinbar, aber es waren auch keine lieblosen Vorstadtklötze wie das Haus von Elsie und Pete.

»Das ist die Tredavoe Lane«, sagte Harry unvermittelt vom Rücksitz und überrascht drehte Marie sich zu ihm um. »Sie kennen diese Straße?«

Harry runzelte die Stirn. »Nun ja, kennen ...«, wich er aus. »Wissen Sie, die Gegend hier bietet eine Vielfalt von Sehenswürdigkeiten. So sind Newlyn und Mousehole als frühere Schmugglerhochburgen bekannt ...«

»Er erinnert sich und hat es gleichzeitig doch vergessen«, flüsterte Paul, und Marie fragte sich, woher Harry wusste, dass Nora hier wohnte, wenn sie nach der Trennung keinen Kontakt mehr gehabt hatten. Oder hatte Nora ihn zwischenzeitlich angerufen und Harry war ebenso das entfallen – bis ihr Brief kam, den er immer wieder lesen und sich daran erinnern konnte? Doch sie ahnte, dass es keinen Zweck haben würde, ihn danach zu fragen. Harry verdrängte seine Krankheit, und gegenüber Menschen, die ahnungslos waren, gelang es ihm mit seinen geschickten Ausweichmanövern auch gut. Würde er Nora zunächst ebenfalls täuschen können? Oder kannte sie Harry von früher zu gut, um nicht zu merken, dass etwas nicht stimmte?

»Bereit?« Paul war ausgestiegen und öffnete von außen für Harry die Wagentür. Der nickte, und erneut bemerkte Marie, wie sehr ihn die Vorfreude aufleben ließ. Nichts erinnerte mehr an den erschöpften und verwirrten Mann von heute Morgen. Es mochte an der Infusion im Krankenhaus liegen, doch wahrscheinlicher war, dass es die Aussicht war, gleich der Liebe seines Lebens gegenüberzutreten, dass Harry ganz der alte zu sein schien. Hoffentlich war Nora inzwischen zu Hause, dachte Marie angespannt. Sie und Paul blieben vor dem hölzernen Gartentor stehen und warteten, während Harry den gepflasterten Weg entlangging, der zu einer blau gestrichenen Tür führte. Er betätigte die Klingel und drapierte rasch noch seinen dunkelroten Schal.

Hinter dem Fenster bewegte sich eine Gardine, und unwillkürlich fasste Marie nach Pauls Hand. Gleich darauf ertönte das Klicken des Schlosses, und die Tür schwang auf. »Ja bitte?« Die junge Frau mit dem Baby auf dem Arm konnte unmöglich Nora sein, dachte Marie und fühlte sich wie vor den Kopf geschlagen. Auch Harry sah verwirrt aus.

»Wer sind Sie? Und was machen Sie hier?«

Marie und Paul näherten sich nun ebenfalls dem

Häuschen. »Wir möchten zu Nora. Nora Jones«, kam Paul seinem Großvater zu Hilfe, während die junge Frau sie irritiert musterte.

»Hier wohnt niemand mit diesem Namen«, sagte diese und pustete sich eine Strähne ihrer hellblonden Haare aus der Stirn, während sie ihr Kind sanft schaukelte, weil es zu quengeln begann.

Paul lächelte sie an. »Verzeihen Sie, dass wir stören, aber wir haben diese Adresse in einem alten Verzeichnis gefunden ... Wie lange wohnen Sie schon hier?«

Die blonde Frau überlegte kurz. »Ich bin mit meinem Mann vor etwa drei Jahren hier eingezogen. Wir haben das Haus von seinen Eltern zur Hochzeit geschenkt bekommen«, fügte sie etwas verlegen hinzu, »deshalb kann ich Ihnen nichts über die Vormieter sagen, tut mir leid.«

Marie schaute zu Harry hinüber. Er ließ seinen Blick über die Fassade wandern. »Das Zimmer nach hinten zum Garten eignet sich besonders gut als Schlafraum«, murmelte er, und Marie starrte ihn an. Also kannte Harry dieses Haus, was bedeutete, dass er entweder mit Nora hier gelebt hatte oder irgendwann noch einmal in England bei ihr gewesen sein musste. Die ganze Sache wurde immer mysteriöser.

Doch die junge Frau lächelte jetzt und sah Harry neugierig an. »Das ist Amys Kinderzimmer«, sagte sie und strich ihrem Baby über das flaumige Köpfchen. »Haben Sie früher hier gewohnt?«

Harry machte eine vage Geste, als wolle er eine

Mücke verscheuchen, dann lächelte er. »Im Winter wird die Hafenbucht von Mousehole mit Holzbalken verschlossen. Wegen der Flut. Haben Sie das gewusst?«

Marie sah den verwirrten Blick der blonden Frau, und auch Paul bemerkte ihn. »Vielen Dank, dass Sie mit uns gesprochen haben«, sagte er hastig und fasste Harry sanft am Arm. »Auf Wiedersehen.«

»Wiedersehen«, antwortete die Frau, doch dann drehte sie sich noch einmal um. »Fragen Sie doch Mrs Scott nach Ihrer Bekannten. Sie wohnt gleich nebenan, und soviel ich weiß, lebt sie hier schon seit fast fünfzig Jahren.« Beinahe lautlos schloss sie die Tür hinter sich.

Marie sah Harry an. Der hatte den Kopf in den Nacken gelegt und betrachtete die gelben Blätter der Baumkronen. Er schien mit seinen Gedanken weit weg zu sein – oder hatte sich an einen Ort in seinem Inneren zurückgezogen, an dem Nora und er noch zusammenlebten. »Ich finde, wir sollten diese Nachbarin aufsuchen«, sagte sie laut, um Harry aus seiner Apathie zu reißen. Jedoch vergeblich. Zwar folgte er ihr und Paul, aber er blieb stumm und abwesend. Das Haus nebenan war nicht renoviert und deutlich weniger herausgeputzt. Paul sah Marie an und hob ratlos die Schultern. Umso entschlossener marschierte sie auf die braun gestrichene Tür zu.

»Lydia Scott«, las Marie auf dem Schild, während sie den Klingelknopf drückte. Schlurfende Schritte ertönten, dann ging auch diese Tür auf, und vor ihnen stand eine Frau, die Marie auf beinahe achtzig schätzte.

Die kurz geschnittenen weißen Haare standen wie ein Heiligenschein um ihren Kopf, und ihre braunen Augen in dem runden, von vielen Fältchen durchzogenem Gesicht verliehen ihr das Aussehen eines freundlichen Eichhörnchens.

Ehe Marie sich vorstellen oder ihr Anliegen loswerden konnte, fiel der Blick der Frau auf Harry, und sie riss die Augen auf. »*Good gracious*«, rief sie und stürmte an Marie vorbei. »Harry! Wo zum Teufel hast du die ganze Zeit gesteckt?« Ohne Umschweife schloss sie den älteren Mann in die Arme, und nach einer Sekunde des Zögerns erwiderte er die Umarmung. »Lydia?«, sagte er und musterte sie von oben bis unten. »Meine Güte, was ist mit deinen Haaren passiert?«

Lachend wandte sich die Frau an Marie und Paul. »Immer noch der alte Charmeur.« Dann drehte sie sich wieder zu ihm. »Ich bin alt geworden, Harry. Was sonst? Aber nun erzähl! Wie geht es dir?«

»Ähm, Moment mal, Entschuldigung«, mischte Paul sich ein und blickte von Harry zu Lydia. »Sie kennen meinen Großvater?«

Die ältere Frau sah Paul stirnrunzelnd an. »Sie sind sein Enkel? Olivers Sohn? Ich dachte, seine Familie hätte keinen Kontakt mehr zu ihm.«

Das wurde ja immer merkwürdiger, dachte Marie, und Paul schien ebenfalls zunehmend verwirrt.

»Eigentlich suchen wir Nora«, erklärte Marie daher. Sie wollte langsam auf den Punkt kommen. Doch das war ein Fehler, denn jetzt wurde Lydias Gesicht steinern. »Was soll das, junge Frau? Wer sind Sie überhaupt?«

»Das ist Marie«, schaltete Harry sich ein und lächelte stolz, offenbar, weil er ihren Namen wusste. »Ich bin mit ihr zusammen von Hamburg bis hierher gefahren, weil Nora mich sehen will. Heute Nachmittag werde ich sie endlich in Mousehole treffen.«

Die alte Nachbarin wich einen Schritt zurück und starrte Harry an. »Was zum Teufel ist in dich gefahren …«, fing sie an, da trat Paul vor. »Mein Großvater hat Alzheimer«, sagte er so leise, dass Marie es gerade noch hören konnte. »Ich muss ihn bald zurück nach Deutschland bringen, damit er sich in ärztliche Behandlung begibt. Aber er hat den ganzen weiten Weg nach England gemacht, um Nora zu sehen. Wenn es also etwas gibt, das Sie über sie wissen, dann …«

Lydias Gesichtsausdruck hatte bei seinen Worten gewechselt, von Ungläubigkeit zu Betroffenheit, und nun sah es aus, als würde sie gleich weinen. Sie schüttelte den Kopf und rieb sich die Augen. »Tut mir leid, wirklich«, flüsterte sie. Ich hatte ja keine Ahnung, dass Harry … Oh, wie furchtbar. Dann hat er all das hier vergessen, oder?«

Marie schluckte, und eine eisige Kälte breitete sich langsam in ihrem Inneren aus. »Was meinen Sie damit?«

Doch Lydia antwortete nicht, sondern fasste mit beiden Händen nach denen von Harry und drückte sie. »Der Tag damals im Sommer, Harry, erinnerst du dich nicht?«

Harry sah Lydia befremdet an. »Ich verstehe nicht, was das soll. Was redet die Frau da? Ich habe vor ein paar Tagen einen Brief von Nora bekommen, in dem sie schreibt, dass sie auf mich warten wird. Hier, bitteschön ...« Er nestelte aus der Innentasche seines Jacketts den zusammengefalteten Papierbogen. Marie erkannte die geschwungene Handschrift wieder, die sie schon einmal flüchtig gesehen hatte. Doch irgendetwas stimmte nicht, sonst hätte Lydia nicht so reagiert. Die alte Frau schwieg, sie kämpfte immer noch mit den Tränen.

»Harry, darf ich bitte Noras Brief einmal sehen«, sagte Marie ruhig.

»Natürlich, meine Liebe, natürlich. Lesen Sie nur. Dort steht alles schwarz auf weiß, was ich sage. Ich bin doch nicht verrückt!«

Vorsichtig entfaltete Marie den Brief und las, bis sie zu der Stelle kam, an der Nora schrieb:

... Harry, mein Geliebter, ich werde von heute an jeden Nachmittag zu unserer Bank am Hafen gehen und auf Dich warten – solange bis Du kommst und mich in Deine Arme nimmst.

Für immer in Liebe, Nora

»Mein Gott«, hörte sie Paul auf einmal murmeln. Er hatte sich über ihre Schulter gebeugt und mitgelesen. Jetzt zeigte er auf die obere rechte Ecke des Briefs. »Sieh nur!«

Marie wusste erst nicht, was Paul meinte, doch dann begriff sie, und unter ihr schien sich der Boden zu öffnen und sie in die Tiefe zu ziehen: Das Datum des Briefes lag dreizehn Jahre zurück.

Mit bebenden Händen ließ Marie das Blatt sinken.

»Was haben Sie denn, ist Ihnen nicht gut?« Harry sah Marie fragend an, dann nahm er das Papier an sich und studierte noch einmal Noras Worte.

»Harry, siehst du die Jahreszahl hier oben? Nora hat den Brief vor langer Zeit geschrieben«, sagte Paul und legte seinem Großvater die Hand auf den Arm. Stirnrunzelnd blickte Harry auf die Zahlen. »Sieh mal, das ist der heutige Tag«, erklärte Paul behutsam und hielt ihm sein Handy unter die Nase. Marie bemerkte, wie Harrys Blick vom Brief zum Display wanderte, und dann spiegelte sich in seinem Gesicht ein jähes Begreifen. Marie sah zu Lydia hinüber. Der älteren Frau lief eine Träne über die Wange. »Es tut mir so leid, Harry. Du hattest es vergessen, nicht wahr?«

Harry schwieg erst, dann aber nickte er, und seine Mundwinkel bogen sich nach unten. Die Grimasse stummen Schmerzes traf Marie bis ins Innerste, und ohne nachzudenken, ging sie zu Harry und legte ihm den Arm um die Schultern.

»Nora kam vom Einkaufen. Sie trug ein blaues Kleid«, flüsterte er, aber seine Worte waren an Lydia gerichtet.

»Wovon ist hier eigentlich die Rede?«, rief Paul aufgebracht, aber Marie hörte die Furcht in seiner Stimme.

»Nora hatte vor zwölf Jahren einen Autounfall«, sagte Lydia tonlos, und als sie die unausgesprochene Frage in Maries Augen sah, nickte sie unter Tränen. »Sie hat es nicht überlebt. Am nächsten Tag ist sie im Krankenhaus gestorben.«

Harry und Nora

Das permanente Klingeln eines Telefons und der Geruch von Kaffee weckten Harry, und er tappte verschlafen in die Küche. An der eingeschalteten Kaffeemaschine klebte ein Zettel, der Noras *Handschrift trug.* »There's no life before coffee«, *las Harry und lächelte, ehe er den Hörer des schnurlosen Telefons nahm, der auf dem Tisch lag. »Thomsen hier!«*

»Hier ist Jones.«

»Nicht mehr lange. Du solltest dich schon mal umgewöhnen, mein Herz! Übermorgen ist der große Tag.«

Durch das Knistern des Mobiltelefons, das Nora *sich vor einem Jahr angeschafft hatte, hörte er ihr Lachen. »Ich habe keine Ahnung, wovon du sprichst.«*

Jetzt lachte Harry ebenfalls. »Wurde auch Zeit, dass du endlich ja sagst.«

»Du meinst, nachdem du mich vorher verdächtigt hast, mit Richard eine Affäre zu haben?«

»Ich war ein riesengroßer Idiot, ich weiß. Aber als ich seinen Wagen vor dem Pub stehen und ihn bei dir oben im Büro gesehen habe …«

»... hast du ihn gleich verdächtigt. Dabei wollte er mir nur mit der Pacht entgegenkommen.«

»Wirst du mir meinen Fehler je verzeihen?«

Nora kicherte. »Als du mir vergangenes Weihnachten einfach diesen Ring geschenkt hast, konnte ich ja nicht mehr anders.«

»Es wird die beste Entscheidung sein, die du jemals getroffen hast, glaub mir«, sagte er.

»Das wird sich herausstellen«, neckte sie ihn. »Aber jetzt gibt es wohl kein Zurück mehr – ich habe gerade mein Kleid von der Schneiderin geholt. Kannst du mit dem Auto in die Stadt kommen? Dann spare ich mir das Taxi, und wir frühstücken zusammen irgendwo.«

»Ich eile, meine Schöne. Erst unter die Dusche und anschließend zu dir.«

Zwanzig Minuten später hatte Harry endlich einen Parkplatz gefunden, da sah er Nora an der Ecke der Straße auftauchen. Sie trug ein blaues Wickelkleid, das in der Taille gebunden war und ihre Zartheit hervorhob. Die Farbe passte zu ihrer blassen Haut und den kupferfarbenen Haaren, in die sich trotz all der Jahre nur wenige graue Strähnen gemischt hatten. In der Hand hielt sie eine große Tüte, und bei dem Gedanken an ihren Inhalt durchströmte Harry ein warmes Glücksgefühl. Er konnte es kaum abwarten, sie in diesem Kleid zu sehen und danach endlich seine Frau zu nennen. Obwohl sie das eigentlich seit vielen Jahren schon war, aber in zwei Tagen würde es besiegelt sein. Ihre Sommerhochzeit.

Lächelnd blickte Harry in den blauen Julihimmel und fühlte die Wärme der Sonnenstrahlen auf der Haut. Kinderlachen drang an seine Ohren und der Aufprall eines Balls, mit dem sie spielten. Ein Hund bellte einen Fahrradfahrer an, der fröhlich klingelte. Er öffnete die Augen und genoss das Leben, das um ihn herum tobte.

In diesem Augenblick entdeckte ihn Nora und hob strahlend die Tüte in die Höhe, während sie mit den Lippen »I love you« *formte. Er warf ihr einen Handkuss zu, und sie beschleunigte ihren Schritt, um die Straße zu überqueren.*

Plötzlich schien alles wie in Zeitlupe abzulaufen: Der Ball, der auf die Straße rollte. Ein dunkelblauer Wagen, der in dieser Sekunde viel zu schnell um die Ecke bog. Ein Schatten glitt an Harry vorbei, und ohne nachzudenken griff er zu und hielt den kleinen Jungen am Arm fest, der blind seinem heiß geliebten Ball hinterherjagte. Bremsen kreischten, und das Auto schlingerte bei dem Versuch auszuweichen nach rechts. Harry sah in die erschrockenen Augen des Kindes, und dann hörte er das dumpfe Geräusch eines Aufpralls. Nicht auf seiner, sondern auf der gegenüberliegenden Straßenseite. Eine Gestalt im blauen Kleid, die wie eine Puppe durch die Luft geschleudert wurde, ehe sie auf der Straße zum Liegen kam. Harry rannte los.

Neben Nora fiel er auf die Knie. Ihre Augen waren geschlossen, und Harry nahm den leichten Duft nach grünen Äpfeln und Vanille wahr, der zu Nora gehörte, seit er sie kannte, und den er liebte – genau wie sie. Er strich ihr eine blutverklebte Haarsträhne aus dem Gesicht, während um ihn herum Menschen aus Häusern und Geschäften strömten und nach einem Arzt riefen. Harry nahm nichts von all dem wahr. »Verlass mich nicht«, flüsterte er und beugte sich noch tiefer über Nora. Sie atmete schwach – aber sie atmete. »Ich werde dich in diesem Kleid sehen, mein Schatz, das verspreche ich dir. Halt durch, ich liebe dich«, flüsterte Harry ihr ins Ohr und hoffte, dass sie ihn hören konnte.

Als man Nora in den Krankenwagen schob, hielt sie die Tüte mit ihrem Brautkleid immer noch fest umklammert.

Kapitel 12

I Wish I Didn't Love You So
(Bing Crosby)

»Sie wurde in ihrem Brautkleid beerdigt.« Lydia schloss kurz die Augen, als könnte sie die schrecklichen Bilder von damals ausblenden. Sie saß mit Marie in ihrer kleinen Küche bei einer Tasse Tee, nachdem sie Harry kurzerhand ins Innere ihres Hauses geschoben und ihm einen doppelten Whiskey eingeflößt hatte. Seit die Erinnerung ihn eingeholt hatte, war Harry nicht mehr ansprechbar. Er hatte weder auf Fragen noch auf Pauls Bitte reagiert, wenigstens mit ihm, seinem Enkel, zu reden. Leblos wie eine Skulptur aus Stein hatte er vor Lydias Tür gestanden, blind und taub für alles, was um ihn herum geschah. Bis die resolute alte Frau ihn vor sich her ins Wohnzimmer bugsiert hatte, wo sie die Whiskeyflasche aus dem Schrank genommen und ihm eine Handbreit von der bernsteinfarbenen Flüssigkeit in ein Glas gefüllt hatte. »Trink!«, hatte sie Harry befohlen, und ihr strenger Tonfall drang zumindest so weit zu ihm durch, dass er tat, wie geheißen. Danach half Lydia ihm behutsam, sich auf ihr hellblaues Samtsofa zu setzen. Obwohl er noch immer stumm und wie erstarrt war, hatte Harrys bleiches Gesicht danach zumindest wieder etwas Farbe angenommen.

Marie und Lydia hatten leise den Raum verlassen und ihn mit Paul alleine gelassen. Marie wusste, dass nun das Gespräch anstand, vor dem sich alle fürchteten. Doch es musste sein. Paul würde Harry eröffnen, dass er ihn morgen zurück nach Hamburg und ins Heim brachte.

»Dann hat Nora sich also gar nicht von Harry getrennt, wie ich vermutet habe, sondern Harry ist nach ihrem Tod zurück nach Deutschland gezogen.«

Lydia nickte. »Er hat England damals Hals über Kopf verlassen, ohne sich von mir zu verabschieden oder eine Nachricht zu hinterlassen, wohin er geht. Ich habe es sogar verstanden. Noras Verlust hat Harry völlig aus der Bahn geworfen. Die beiden haben sich so sehr geliebt, wie ich es noch nie bei zwei Menschen gesehen habe.«

Marie schluckte. »Wussten Sie, dass Harry für Nora seine Familie in Hamburg verlassen hatte?«

Lydia nickte. »Ja, er hat es einmal erwähnt. Aber ich glaube nicht, dass Harry das alles geplant hatte. Er und Nora haben sich nicht gesucht, und trotzdem gefunden. Vielleicht wollte es das Schicksal so. Denn wenn Sie die beiden einmal zusammen gesehen hätten, würden Sie verstehen, was ich meine. Harry und Nora haben nicht ständig Händchen gehalten oder in der Öffentlichkeit herumgeturtelt, das war nicht ihr Stil. Aber wie sie sich angesehen haben … als seien sie die Welt füreinander. Und so war es auch.«

»Warum haben die beiden eigentlich nicht viel früher geheiratet?«, wollte Marie wissen.

Erneut schossen Lydia die Tränen in die Augen und ihre Stimme war brüchig. »Nora hat sich lange gegen eine Heirat gewehrt. Sie war ziemlich unkonventionell, und außerdem wollte sie nicht ›Ehefrau Nummer zwei‹ sein, wie sie immer sagte. Darüber gab es auch einmal ziemlich Krach zwischen den beiden.«

Ob das wohl der Streit gewesen war, von dem Nora in ihrem Brief geschrieben hatte, dachte Marie. Offenbar hatte die Alzheimererkrankung bei Harry dazu geführt, dass er der festen Überzeugung war, sich mit Nora versöhnen zu müssen. Er hatte jedoch nicht nur vergessen, dass dies längst passiert war, sondern auch, dass Nora nicht auf ihn warten konnte, weil sie längst tot war.

»Ich weiß nicht mehr, was ich tun soll. Harry hat komplett dichtgemacht. Ich komme einfach nicht an ihn ran.« Paul fuhr sich mit beiden Händen durch sein akkurat frisiertes Haar und seufzte.

»Das ist der Schock, Paul. Harry muss die Erkenntnis erst mal verkraften, dass Nora tot ist. Bis vor Kurzem war er noch fest davon überzeugt, dass sie auf ihn wartet.«

»Ich weiß. Und er tut mir unendlich leid, glaub mir. Aber was bleibt mir denn anderes übrig? Er muss sich behandeln lassen – und zwar zu Hause.«

»Nora war sein Zuhause«, sagte Marie leise. »Mit ihr hat er alles verloren. Auch seine letzte Hoffnung.«

Paul schaute sie an, und Marie sah die Trauer in seinen Augen. »Was soll ich nur tun, Marie? Ich habe doch keine Wahl.«

Impulsiv nahm sie seine Hand in ihre. Seine Finger fühlten sich warm und fest an als sie sich um ihre schlossen. Ein gutes Gefühl. Marie schluckte. »Ich weiß. Mach dir keine Vorwürfe. Du hast nichts falsch gemacht, im Gegenteil. Harry war in den letzten Tagen sehr glücklich. Vielleicht mehr als in den vergangenen Jahren. Es ist doch nicht deine Schuld, dass er krank ist – und es für ihn und Nora kein Happy End gibt.«

»Ich habe vorhin kurz mit meinem Vater telefoniert. Er hat inzwischen lange mit Harrys Arzt gesprochen und sich selbst über Alzheimer schlau gemacht. Die Krankheit verläuft nach keinem allgemeingültigen Muster, aber scheinbar könnte ein solches Trauma, wie es bei Harry durch Noras Tod ausgelöst wurde, durchaus später den Ausbruch der Krankheit begünstigt haben.«

»Und allmählich hat er die Jahre, die seit Noras Tod vergangen sind, vergessen«, sagte Marie leise.

Paul nickte traurig. »Menschen mit Alzheimer haben oft unruhige Phasen, in denen sie rastlos umhergehen oder in ihren Sachen kramen. Wahrscheinlich ist Harry in seinem Zimmer im Heim beim Herumräumen zufällig auf Noras Brief gestoßen. Dann hat ihm sein Gedächtnis einen Streich gespielt, und er glaubte, das Schreiben sei eben erst mit der Post gekommen.«

»Du meinst, er hat überhaupt nicht realisiert, dass das Datum schon so lange zurückliegt?«

»Nein, bis vor Kurzem war für ihn die Vergangenheit Gegenwart.«

»Dann hat er sich nicht aus Eitelkeit jünger gemacht«, fiel Marie ein, »sondern weil er wirklich geglaubt hat, er wäre Anfang sechzig.«

»Das ist die Tücke an der Krankheit«, bestätigte Paul. »Sie zeigt sich bei jedem anders, und niemand kann den Verlauf voraussagen. Es gibt gute Phasen, in denen die Betroffenen völlig normal wirken. Aber ebenso plötzlich kann sich ihr Zustand wieder verschlechtern. Ich fürchte, bei Harry ist das gerade der Fall. Deswegen muss ich ihn so schnell wie möglich zurückbringen.«

»Macht dein Vater dir Vorwürfe, weil du ihn bis hierher gebracht hast?«

»Nein«, antwortete Paul. »Ich habe ihm gleich gesagt, dass er dazu kein Recht hat, nachdem er Jahrzehnte keinen Kontakt zu Harry wollte.«

Marie sah Paul überrascht an. Auch er hatte sich in den vergangenen Tagen verändert, stellte sie fest. Der steife Banker mit Krawatte, der in seiner kleinen, überschaubaren und kontrollierten Welt gelebt hatte, war zu einem Mann mit Gefühlen geworden. Marie hatte ihn ärgerlich und hilflos erlebt, aber er hatte auch die Tür zu seinen Träumen und Wünschen einen Spalt geöffnet und ihr einen Einblick gewährt. Auch wenn er nicht Gitarre spielen konnte und grauenhaft sang. Als sie jetzt darüber nachdachte, gestand Marie sich ein, ihn zunehmend ins Herz geschlossen zu haben. Genau wie seinen Großvater.

»Wenigstens habe ich morgen Vormittag einen Flug ab Newquay bekommen«, erklärte Paul jetzt. »Zwar ist es ein Gabelflug, aber ich hoffe, dass Harry bis morgen wieder ansprechbar ist und keine Schwierigkeiten machen wird.«

»Was ist mit deinem Vater?«

»Jetzt, da er Bescheid weiß, wie es um Harry steht, wird er wohl nach Hamburg kommen.«

Zu spät, dachte Marie, aber sie sprach es nicht aus. Dann traf ihr Blick den von Paul, und sie wusste, dass er dasselbe dachte.

»Ich will nichts von einem Hotel hören. Mein Haus ist nicht sehr groß, aber ein Plätzchen für euch findet sich allemal!« Lydia duldete keine Widerrede, und einmal mehr war Marie von der unerwarteten Gastfreundschaft einer bislang völlig Fremden überrascht und gerührt. Auch Paul schien trotz anfänglichen Protests froh zu sein, hierbleiben zu können.

Nachdem es nicht einmal Lydia gelungen war, Harry aus seiner Apathie zu holen, hatte sie ihn vorhin in das Gästezimmer verfrachtet, das zum Garten hinaus lag – ähnlich wie das frühere Schlafzimmer von Harry und Nora. Doch selbst der Blick ins Grüne vermochte Harry an diesem Spätnachmittag kein einziges Wort zu entlocken, und langsam machte Marie sich ernsthaft Sorgen um den älteren Mann. Er schien blind und taub für alles zu sein, was um ihn herum passierte, und Marie fragte sich, in welchem Jahr er sich wohl gedanklich gerade befand oder ob sein Geist in einem zeitlosen Niemandsland herumirrte.

Paul blieb bei ihm, und Marie half Lydia beim Geschirrspülen, während sie der älteren Dame von ihrer abenteuerlichen Reise mit Harry und den teils skurrilen Begegnungen erzählte. Bei dem Bericht über Tilda, die ihnen nicht nur das Auto ihres verstorbenen Mannes überlassen hatte, sondern auch behauptete, immer noch mit ihm zu kommunizieren, lächelte Lydia und zuckte mit den Schultern. »Auch eine Möglichkeit, an der Liebe festzuhalten, nicht wahr?«

»Ist Ihr Mann verstorben?«, wollte Marie wissen.

»Ich war nie verheiratet. Ich hatte kein Talent für Männer im Allgemeinen und Beziehungen im Besonderen. Nicht mal zwei zugelaufene Katzen wollten bei mir bleiben. Wahrscheinlich haben sie alle gespürt, dass ich nicht dazu geboren bin, mich um jemand anderen zu kümmern.«

»Diesen Eindruck machen Sie aber nicht auf mich, Lydia. Uns haben Sie doch sofort gastfreundlich aufgenommen.«

»Ja, weil ich weiß, dass Sie wieder gehen werden«, sagte die ältere Dame und lächelte, um ihren Worten die Schärfe zu nehmen. »Verzeihen Sie meine Offenheit, aber ich fürchte, ich ertrage auf Dauer niemanden um mich. Außer mich selbst, aber mir kann ich ja auch schlecht entkommen, nicht wahr?«

»Ihre Nachbarin meinte, Sie leben schon seit fast fünfzig Jahren hier.«

»Nun ja, wie man's nimmt. Ich habe das Haus von meinen früh verstorbenen Eltern geerbt. Aber eigentlich war ich bis vor zwanzig Jahren ständig unterwegs. Ich bin durch die Wüste gewandert und habe einmal drei Monate in einem winzigen Fischerdorf auf Bali verbracht. Eine Zeit lang war ich in Island unterwegs, ehe ich auf einem Schiff über Grönland nach Spitzbergen gefahren bin.«

Verblüfft sah Marie die zierliche Frau mit den kurzen weißen Haaren an. Die zwinkerte Marie zu. »Das hätten Sie nicht gedacht, was? Aber das Fernweh saß mir schon von Kindesbeinen an in den Knochen. Ende der Siebzigerjahre saß ich als eine der ersten weiblichen Piloten im Cockpit eines Flugzeugs. Ich wollte immer unterwegs sein, aber um einen Mann zu halten, hätte ich sesshaft werden müssen. Und als ich's dann endlich war, wollte kein Mann bei mir bleiben.« Sie lachte.

»Haben Sie die Liebe nie vermisst? Ich meine, Sie haben so warme Worte für Nora und Harry gefunden …«, fragte Marie.

Lydia sah sie nachdenklich an. »Wissen Sie, ich glaube, dass das Schicksal für jeden Menschen seinen eigenen Weg vorgesehen hat, deswegen habe ich nie gehadert. Ich bin dazu bestimmt, alleine zu sein. Im Gegensatz zu Nora und Harry.«

Marie war neugierig. »Was war so besonders an den beiden?«

»Das ist mit Worten kaum zu beschreiben. Eigentlich hat alles dagegen gesprochen, dass die beiden zusammenfinden. Nora war zehn Jahre jünger als Harry, sie kamen aus verschiedenen Ländern, hatten keinerlei Gemeinsamkeiten im Job – und auch ein ganz unterschiedliches Temperament. Die meisten hätten gesagt, dass sie überhaupt nicht zusammenpassten. Aber da gab es etwas, das die beiden verband – diese Gewissheit, die keine Zweifel zuließ. Niemand musste in dieser Beziehung kämpfen oder sich verbiegen. Nora war Nora, und Harry war Harry. Beide zusammen bildeten jedoch ein stimmiges Ganzes. Und nur darauf kommt es in der Liebe an, Marie. Dass man mit unerschütterlicher Gewissheit spürt, den Einen und Einzigen gefunden zu haben. Nora mag lange tot sein, aber ich hoffe von ganzem Herzen, dass Harry sich noch lange daran erinnern wird, welches Geschenk es war, eine solche Liebe einmal im Leben erlebt zu haben.«

Marie hatte Tränen in den Augen, und ihr dröhnte der Kopf. Lydias Worte erschütterten sie, aber weshalb wusste sie nicht – oder vielleicht wollte sie auch gar nicht darüber nachdenken.

»Selbst wenn sein Gedächtnis nicht mehr lange funktionieren wird, hätte ich Harry wirklich gewünscht, dass er mit einer schönen Erinnerung von hier fortgeht«, fuhr Lydia leise fort. »Aber ich fürchte, das wird nicht möglich sein.«

Marie dachte an Harry, der in Lydias Gästezimmer saß: auf sich selbst zurückgeworfen und ohne Hoffnung, Nora noch einmal zu sehen. Marie zerriss der Gedanke an seine Verlorenheit fast das Herz. »Wenn wir nur irgendetwas für ihn tun könnten! Am liebsten würde ich noch einmal mit ihm zu der Bank gehen, auf der er und Nora immer gesessen haben. Aber man kann sie nur zu Fuß erreichen, und das schafft Harry in seinem momentanen Zustand nicht.«

Lydia seufzte. »Er wird all die vertrauten Orte erneut zurücklassen müssen. So wie wir alle irgendwann.«

Ein Gedanke schoss Marie durch den Kopf, glimmte kurz auf wie ein Funke und wollte schon fast wieder verschwinden, doch in letzter Sekunde hielt Marie ihn fest. »Vielleicht gibt es doch noch eine Möglichkeit, Harry eine Freude zu machen«, sagte sie langsam, und aus dem Funken Hoffnung wurde eine kleine Flamme, die beharrlich loderte. Sie blickte auf die altmodische Wanduhr in Lydias Küche, die stoisch tickte. Es war fünf Uhr nachmittags, und der Abend war noch lang …

»Lydia, könnten Sie Paul ausrichten, dass ich mit Jacks Wagen weggefahren bin? Ich werde mich später bei ihm melden«, sagte sie und schnappte sich entschlossen die Autoschlüssel, die auf dem Küchentisch lagen. Lydia nickte und stellte zu ihrer Erleichterung keine Fragen. Ehe Marie sie und Paul einweihen würde, wollte sie sichergehen, dass ihr Plan funktionieren konnte.

»Du bist verrückt, Lady.« Der Wirt des Pubs musterte Marie, als hätte sie von ihm verlangt, auf dem Tisch Cancan zu tanzen. Marie hatte ihm die Geschichte mit

Nora erzählt, ehe sie ihn um einen letzten Gefallen vor ihrer Abreise bat.

»Komm schon, Boozer«, sagte sie jetzt. »Es ist kein Ding der Unmöglichkeit, gib es zu!«

»Schon, aber ... Himmel, deine Idee ist Wahnsinn! Wie soll ich das meinen Gästen erklären? Ich kann's mir nicht leisten, am Abend zuzusperren.«

»Wie wär's mit einer Runde Freibier? Ich übernehme das.«

Der tätowierte Hüne beugte sich über den Tresen und musterte Marie kopfschüttelnd. »Der alte Knabe ist dir echt ans Herz gewachsen, oder?«

Marie nickte, und nach einigen Sekunden des Schweigens seufzte Boozer tief. »Ich fürchte, du gibst ja doch keine Ruhe. Also gut, wir ziehen das Ding durch. Zufrieden?«

Impulsiv lehnte Marie sich über die zerkratzte Holztheke und drückte ihm einen Kuss auf die Wange. »Du bist der Beste.«

Boozer grinste breit. »Das kannst du doch nicht wissen. Aber wir können gerne nach oben gehen ...«

»Vergiss es, ich bin verheiratet«, fiel Marie ihm lachend ins Wort. »Außerdem gibt es noch eine Menge zu tun.«

Der Kneipenwirt patschte mit beiden Händen auf seine Theke. »In einer Stunde ist alles bereit, du wirst schon sehen.«

Marie wurde ernst. »Danke, Boozer.«

»Bedanken kannst du dich, wenn alles geklappt hat«,

brummte der, aber Marie bemerkte sehr wohl, dass er mit seiner rauen Art die Rührung überspielte. Daher wechselte sie das Thema. »Gibt es hier irgendwo ein Telefonbuch und ein Handy? Mein Akku ist leer, und ich muss einen wichtigen Anruf erledigen …«

»Kannst du mir jetzt bitte mal erklären, was das soll?« Paul war durch die Tür des Boozer's gestürmt, und seine Gewittermiene verhieß nichts Gutes. »Du rufst bei Lydia zu Hause an, bestellst mich mitsamt Harry hier ein und legst dann einfach auf!« Finster musterte er erst Marie und dann das halbe Dutzend Männer in derben Arbeitsklamotten. Die Gäste saßen an den Tischen und tranken Bier, während sie sich leise unterhielten.

»Wo ist Harry?«, fragte Marie besorgt.

»Im Auto. Zusammen mit Lydia. Es hat uns große Mühe gekostet, ihn überhaupt so weit zu bringen einzusteigen. Und bevor ich ihn hier reinbringe, will ich wissen, was du vorhast!«

Doch ehe Marie zu einer Antwort ansetzen konnte, ertönte eine vorwurfsvolle Stimme von der Tür her. »Warum hängt kein Schild mehr vor dem Fiddler on the roof?«

Sie und Paul fuhren herum und sahen Harry, der hereingekommen war, gefolgt von Lydia. »Tut mir leid, aber ich konnte ihn nicht dazu überreden, im Auto sitzen zu bleiben«, sagte sie. Marie wurde es nun doch bang als sie sah, wie Harry sich umblickte. Er war etwas zu früh aufgetaucht, und jetzt befürchtete sie, dass er nach Nora fragen würde. Was sollte sie dann antworten?

»Es sieht aus wie immer«, stellte Harry da fest. Sein Blick fiel auf Boozer, der in diesem Augenblick mit einem Verlängerungskabel durch den hinteren Eingang kam. Harry runzelte die Stirn und schien nachzudenken, ehe er fragte, »Sind Sie der Besitzer?«

»Der Pächter. Boozer heiße ich«, antwortete der vorsichtig und schielte zu Marie. Er ahnte wohl, dass er es mit Harry zu tun hatte und schien unsicher, was er jetzt sagen oder tun sollte.

»Ach, dann hat Richard also jemand neuen gefunden.«

Marie starrte ihn verblüfft an. »Sie erinnern sich?«, rutschte ihr heraus, ehe Paul sie warnend anstupste und sie erschrocken verstummte.

Harry sah beide an und lächelte traurig. »Ich weiß, dass Nora tot ist. Sie fehlt mir jeden einzelnen Tag. Aber es ist schön, wieder an dem Ort zu sein, wo sie glücklich war.«

Marie musterte ihn heimlich. Harrys Augen waren wach und klar, und er wirkte aufrecht und gefasst. Wer ihn nicht kannte und keine Ahnung von der grausamen Diagnose hatte, würde nie vermuten, dass Harry bis vor Kurzem ein Jahrzehnt seines Lebens einfach vergessen hatte. Vielleicht stand es doch nicht so schlimm um ihn, wie sie bisher dachten?

Ein Seitenblick zu Paul zeigte Marie, dass er genauso erstaunt über Harrys Veränderung war, obwohl er schwieg. Aber seine angespannte Haltung lockerte sich, und als er ihren Blick bemerkte, lächelte er ihr kurz zu. Mit einem Nicken nahm Marie sein wortloses Versöhnungsangebot an und wandte sich an Harry. »Ich habe noch eine Überraschung für dich.« Dass sie ihn duzte, merkte sie erst danach, aber es schien ihn nicht zu stören. Marie lotste ihn, Paul und Lydia zu einem der wackligen Kneipentische. Ihr Herz fing an, heftig zu klopfen, und kurz befürchtete sie, dass sie viel zu nervös war, um ihren Plan durchzuziehen. Ihre Knie fühlten sich an, wie mit Pudding gefüllt. Dieses Gefühl war heftiger als das Lampenfieber, das sie früher immer erfasst hatte, und Marie fragte sich, ob es daher rührte, dass sie so lange ein anderes Leben geführt hatte. Oder war die Aufregung so groß, weil es das Mutigste war, das sie seit Langem tat? Doch jetzt konnte sie nicht mehr zurück.

Mit einem Kopfnicken gab sie Boozer zu verstehen, dass sie bereit war. Der Kneipenwirt hielt den Daumen hoch und ging zu dem schwarzen Vorhang hinter den Tischen. Mit einem Ruck zog er ihn herunter, und dahinter kam die kleine Bühne zum Vorschein, auf der zu Noras Zeiten so viele Musiker gestanden hatten.

Ein überraschtes »Oh« von Harry bewies Marie, dass er sich auch daran erinnerte, und sie spürte, wie sie – neben all der Furcht vor einer Blamage – eine Welle der Freude und Erwartung durchströmte. Sie würde es für Harry tun und schon allein deswegen nicht versagen.

Im Pub gingen die Lichter aus, nur auf der Bühne flammte ein einzelner Scheinwerfer auf. Unter dem verwunderten Gemurmel der Gäste ging Marie langsam zu dem Mikrofonständer, der in der Mitte stand. Von dort aus konnte sie Boozer sehen, der ein paar Tasten seines Smartphones drückte. Marie hoffte, dass die Bluetoothverbindung mit den zwei Lautsprechern auf der Bühne funktionierte. Doch ihre Angst war unbegründet, denn nun erklang aus den Boxen gut hörbar sanftes Klavierspiel. Es waren die Anfangstakte von »More Than You Know«, und Marie sah, wie Harrys Augen sich weiteten, als er die Melodie erkannte, zu der Nora manchmal gesungen hatte. »Ihr Timbre erinnert mich an Sie«, hatte Harry zu Marie einmal gesagt, und als sie jetzt begann zu singen, glaubte sie beinahe, Noras unsichtbare Gegenwart zu spüren. Plötzlich war alles Lampenfieber verschwunden, und die Angst, die Zuhörer könnten ihr Lispeln hören und sich über sie lustig machen, löste sich in Nichts auf. Es gab nur noch die Musik, und Marie ließ sich in den Klang hineinfallen wie in eine weiche Wolke und sich von ihr davontragen, leicht und schwebend. Ihre Stimme lockte und flehte und füllte mühelos den Raum. Marie hielt die Augen geschlossen, während sie an die starke, unverbrüchliche Liebe dachte, die Nora und Harry verbunden hatte, und sie hoffte, dass Nora – wo immer ihr Geist auch sein mochte – sie hörte und wusste, dass Marie auch für sie sang.

Erst als sie zu den Klängen der Klaviermelodie aus

den Lautsprechern die letzten Zeilen ins Mikro hauchte, öffnete sie die Augen. Sämtliche Gespräche der raubeinigen Männer vor ihren Bierkrügen waren verstummt. Harry hatte den Kopf gesenkt und lauschte mit einem verträumten Lächeln auf den Lippen. Für ein paar Minuten schien die Vergangenheit lebendig geworden zu sein und der Pub wieder zu einem Ort, an dem Harry mit Nora glücklich war und von keinem Schmerz wusste.

Auch die übrigen Gäste saßen schweigend da, und Boozer, der mit allen Wassern gewaschene Barbesitzer, stand regungslos hinter seinem Zapfhahn, und Marie glaubte beinahe, Tränen in seinen Augen glänzen zu sehen. Sie trat einen Schritt vom Mikrofon zurück und jetzt spürte sie das altvertraute Glücksgefühl, das sie endlich, nach so vielen Jahren, wieder durchströmte. Ihr Blick streifte Paul und Lydia, die regungslos zu ihr hinauf sahen. Dann begann Paul zu klatschen, und alle anderen Gäste fielen in den Applaus ein. Als sei sie gerade eben aus einem Traum erwacht, stieg Marie langsam die drei ausgetretenen Holzstufen der Bühne herunter.

»Mädchen, das war einsame Spitze«, rief jetzt einer der Gäste, und die anderen stimmten rufend und klatschend zu. Marie ging zu Harry und beugte sich zu ihm hinunter. »Hat es dir gefallen?«

Harry antwortete nicht. Er blickte mit gesenktem Kopf auf seine Hände, die locker gefaltet in seinem Schoß lagen und schien über eine Antwort nachzudenken. Marie erschrak. Hatte sie vielleicht einen Fehler gemacht, die Erinnerung an Nora auf diese Art und

Weise wachzurufen? Doch dann sah sie, dass Harry immer noch lächelte, und sie atmete auf. Trotzdem kam es ihr merkwürdig vor, dass er nicht mit ihr sprach.

»Harry?«, flüsterte sie und fasste ihn behutsam an der Schulter. Langsam und sacht, wie eins der Blätter im Herbstwind, fiel Harry zur Seite und kam an Pauls Schulter zum Liegen. Und da erkannte Marie, warum er nicht geantwortet hatte. Harry atmete nicht mehr.

Kapitel 13

My One And Only Love

(J. Coltrane & J. Hartman)

»Das Herz«, sagte der Notarzt, den Boozer hastig gerufen hatte, während die übrigen Männer hilflos und betroffen um Harry herumstanden. Zwei von ihnen hatten seinen Körper behutsam auf eine Decke auf den Boden gelegt, und Paul hatte sofort versucht, Harry durch Beatmen und Herzmassage wiederzubeleben, doch vergeblich. Auch der Notarzt konnte nichts mehr für ihn tun und schüttelte nun Paul die Hand. »Mein Beileid. Ihr Großvater hatte offenbar einen plötzlichen und unerwarteten Infarkt.«

Das stimmt nicht, dachte Marie und betrachtete Harry, der dort auf der Decke lag und so friedlich aussah, als würde er sich nur kurz ausruhen. Auch wenn es für den Mediziner nicht so wirken mochte, aber Marie wusste, dass er nicht an einem Infarkt gestorben war. Sondern an gebrochenem Herzen, nachdem die Wahrheit über Nora und seine Erinnerungen ihn eingeholt hatten. Sie ging zu Paul, der stumm zusah, wie der Arzt und zwei Sanitäter Harry hochhoben und sorgsam auf eine Trage legten, die sie dann zur Tür hinaustrugen.

Ohne zu überlegen schlang Marie ihre Arme um Paul, und sie hielten einander lange fest. Als sie sich voneinander lösten, holte er tief Luft. »Weißt du, ich hatte wirklich gehofft, dass Harry Nora finden würde.«

»Nora hat *ihn* gefunden, Paul. Und nun ist er endlich dort, wo er immer hinwollte«, sagte Marie leise, aber sie konnte nicht verhindern, dass ihr die Tränen übers Gesicht liefen. Sie würde Harry trotz allem vermissen.

»Hier, das war sie. Das ist Nora.« Lydia hatte aus einer Schublade ein Foto herausgekramt, das vor ungefähr zwanzig Jahren aufgenommen worden sein musste. Ein deutlich jüngerer Harry stand halb zur Kamera gewandt und lächelte überrascht, so als hätte der Fotograf ihm gerade etwas zugerufen. Doch Maries Aufmerksamkeit galt der Frau, die im Vordergrund saß und frontal in das Objektiv blickte. Ihre Haare leuchteten in der tief stehenden Sonne beinahe roségold, und ihre großen, ausdrucksvollen Augen schienen dem Betrachter direkt ins Herz zu blicken. »Sie sieht glücklich aus«, stellte Marie fest, und Lydia nickte.

»Ich hatte die alten Fotos fast vergessen. Merkwürdig, die beiden zu sehen, wie sie damals mitten im Leben standen – und jetzt ist keiner von ihnen mehr hier.«

Da betrat Paul die Küche, in der Hand Harrys blaue Reisetasche. »Ich habe seine Sachen zusammengeräumt, und dabei habe ich das hier gefunden. Ich glaube, Harry hat es für dich gemacht.« Mit diesen Worten überreichte er Marie ein schwarzes Papier. Ein Scherenschnitt, erkannte sie.

Sie hielt ihn gegen das Licht, und ein Laut der Überraschung und des Entzückens entfuhr ihr. Das filigrane Bild zeigte die Seitenansicht einer Frau in einem langen Kleid. Den Kopf hatte sie etwas zurückgeworfen, und ihre halb geöffneten Lippen lagen dicht an dem Schattenriss eines Mikrofons. Ihre mit der Schere meisterhaft angedeuteten Locken, die Form des Kinns sowie der Schwung der Nase ließen keinen Zweifel daran, dass Harry Marie dargestellt hatte.

Überwältigt blickte sie Paul an. »Das muss er schon vor ein oder zwei Tagen gemacht haben. Aber da konnte er doch noch gar nicht wissen, dass ich für ihn singen würde!«

»Ich glaube, er hat gewusst, dass du immer eine Sängerin geblieben bist, Marie. Und nachdem ich dich vorhin bei Boozer gehört habe, kann ich nur sagen: Was auch immer der Grund dafür war, dass du aufgehört hast – es war ein Fehler.«

Marie schluckte. Sie suchte nach Worten, um Paul zu erklären, dass er unrecht hatte, und warum es besser war, wenn sie nicht auf die Bühne zurückkehrte. Sie wollte ihm von der Einladung nach Tennessee erzählen und von dem Moment, als sie die Mail geöffnet hatte. Darin stand, dass eine amerikanische Jury Marie und ihre Band ausgewählt hatte, beim internationalen Bluesfestival zu spielen. Das Gefühl beim Lesen dieser Mail war unbeschreiblich gewesen. Marie würde vor

Hunderten von Zuhörern stehen, und unzählige Menschen würden ihren Auftritt später noch auf Video- und Musikportalen verfolgen. Sie hatte die Augen geschlossen und ein paar Mal tief durchgeatmet, weil sie das Gefühl gehabt hatte, ihr Herz würde sonst aus ihrer Brust springen. Doch nach der Euphorie kamen die Nervosität und schließlich die Angst. Was, wenn die Jury sie singen hörte und erkannte, dass sie Marie überschätzt hatten? Oder anschließend hämische Kommentare im Netz auftauchten – über ihre Stimme und darüber, dass sie das englische »th« nicht aussprechen konnte, ohne zu lispeln? Am Abend hatte sie Steven die Mail gezeigt und von ihrer Unsicherheit berichtet. Er hatte sich Zeit gelassen, den Einladungstext sorgfältig zu lesen, ehe er den Kopf drehte und sie ausdruckslos ansah. »Du musst selbst wissen, ob du da hinfährst, Marie«, sagte er freundlich. »Aber, wenn du dich entscheidest, vor so vielen Leuten aufzutreten, musst du auch mit ihren Reaktionen leben. So ist das nun mal mit dem Internet. Selbst unsere Enkel werden später noch irgendeinen Clip von dir finden. Gesetzt den Fall, du möchtest überhaupt noch Kinder.«

Am nächsten Tag hatte Marie ihren Auftritt bei dem Festival per Mail abgesagt, und danach war die Sache mit Zoe eskaliert. Doch kurz darauf hatte Steven ihr den Heiratsantrag gemacht, und seitdem hatte Marie jeden Gedanken an eine Gesangskarriere erfolgreich verdrängt. Bis sie Harry begegnet war, der durch sein Vergessen dafür gesorgt hatte, dass Marie sich an die

Musik erinnerte – und daran, dass sie einmal das Wichtigste auf der Welt für sie gewesen war.

Paul, der Marie beobachtet hatte, nahm sie jetzt bei den Schultern und schüttelte sie sanft, als wolle er sie aus einem bösen Traum wecken. »Als du heute bei Boozer gesungen hast, war es, als würde man einer unscheinbaren Blütenknospe zusehen, die auf einmal ihre Blätter öffnet und zu einer wunderschönen Blume wird. Du musst das doch selbst gefühlt haben!«

Marie sah ihn mit offenem Mund an. »Das hast du gerade nicht wirklich gesagt, oder? Seit wann hast du einen Hang zur Poesie?«

Paul verdrehte die Augen und ließ sie los. »Lenk nicht ab!«

Marie stieß heftig den Atem aus. »Paul …«

»Sag nichts«, unterbrach er sie. »Ich möchte nur, dass du über meine Worte nachdenkst, okay?«

»Meinetwegen« sagte Marie matt. Sie fühlte sich wie erschlagen von all den Gefühlen, die sie in den vergangenen Stunden überschwemmt hatten. Doch es war nicht nur die Trauer um Harry, die ihr zu schaffen machte. Sie wollte es vor Paul nicht zugeben, aber tief in ihr war das Glück zu singen wieder erwacht.

»Ich muss mich um Harrys Beerdigung kümmern«, sagte Paul, und Marie wurde aus ihren Gedanken gerissen.

»Kann ich irgendetwas für dich tun?«, fragte sie, doch Paul schüttelte den Kopf. »Lydia meint, es wäre wohl das beste, hier in England eine Einäscherung vornehmen zu lassen, und ich glaube, sie hat recht. Die Überführung nach Deutschland wäre ein enormer bürokratischer Aufwand, und außer mir und meinem Vater hat Harry weder Angehörige noch Freunde in Deutschland. Ich habe gerade mit Haus Schwanenpark telefoniert und dort sagte man mir, dass mein Großvater wie ein Einsiedler gelebt hat. Offenbar wollte er zu niemandem Kontakt.«

Wie einsam muss Harry ohne Nora gewesen sein, dachte Marie, ehe ihr einfiel, dass all ihre gemeinsamen Freunde eigentlich die von Steven waren. Doch sofort brachte sie ihre innere Stimme wieder zum Schweigen. »Ich komme auf jeden Fall zur Beisetzung«, sagte sie entschlossen und sah Paul an.

»Das ist wirklich lieb von dir, aber du solltest jetzt erst einmal zu deinem Mann fahren. Du hast sowieso durch mich und Harry viel länger gebraucht, als geplant.«

»Das macht doch nichts«, erwiderte Marie schnell, und erst dann wurde ihr bewusst, dass es stimmte. In den letzten zwei Tagen hatte sie kaum noch an Steven gedacht. Hinter Harrys Geschichte und den sich überschlagenden Ereignissen war ihre eigene Reise in den Hintergrund getreten. Obwohl St Ives nur wenige Meilen entfernt war, erschien Marie ihr eigentliches Ziel nunmehr wie ein unwirklicher, verblasster Schemen am Horizont. Gleich darauf fand sie diesen Gedanken jedoch verdreht und überspannt. Reiß dich zusammen, befahl sie sich innerlich, ehe sie sich an Lydia wandte. »Würden Sie mir bitte ein Taxi rufen?«

Die ältere Dame nickte und ging hinaus. Wortlos blickten Marie und Paul sich an. Sie hätte ihn gerne wegen Harry getröstet, aber sie wusste nicht, wie, und ihr fehlten die Worte. Paul schien zu ahnen, was in ihr vorging, denn er schüttelte sacht den Kopf. Es gab nichts mehr zu sagen. Lydia kam zurück ins Zimmer. »Das Taxi ist unterwegs.«

»Du hättest auch Jacks Wagen nehmen können«, sagte Paul, aber Marie verneinte. »Behalte du ihn. Wer weiß, was du noch alles erledigen musst. Zwanzig Minuten Taxifahrt werden mich finanziell nicht ruinieren.«

Paul zuckte mit den Schultern. »Zurück kommst du ja sowieso mit deinem Mann und seinem Auto«, sagte er leichthin.

In diesem Moment hupte es schon draußen, und Lydia blickte durchs Fenster. »Der Fahrer ist da.«

Marie griff nach ihrer Reisetasche und umarmte Lydia flüchtig, ehe sie sich zu Paul wandte. »Ich komme wieder. Bitte ruf mich an, wenn du weißt, wann die Beisetzung ist.«

»Wenn bis dahin dein Akku wieder funktioniert«, sagte Paul mit einem kleinen Lächeln.

»Stevens Familie hat alles. Auch ein passendes Ladekabel, das wette ich«, versuchte Marie zu scherzen. Draußen hupte es erneut, und sie beeilte sich, aus der Haustür und ins Taxi zu kommen. Paul hatte recht. Nachdem sie das Rätsel um Harrys Vergangenheit gelöst hatte, war es nun Zeit, sich um ihre Zukunft zu kümmern.

Der Taxifahrer war ein mürrischer junger Mann, aber Marie war sein Schweigen ganz recht. Obwohl sie sich bemühte, nur an Steven und ihre bevorstehende Begegnung zu denken, schweiften ihre Gedanken immer wieder ab. Im Geiste sah sie Elsie und Pete vor sich, hörte Paddy in seinem Pub über Liebe sprechen und erinnerte sich an den Schmerz in Tildas Gesicht, während sie von Jacks Doppelleben erzählte und gleichzeitig seinen Tod nicht verwinden konnte. Dann aber erinnerte sie sich an Lydias Worte. »Nur darauf kommt es in der Liebe an. Dass man mit unerschütterlicher Gewissheit spürt, den Einen und Einzigen gefunden zu haben.«

Mit einem Mal verstand Marie, dass es das war, was alle Menschen verband, die sie auf ihrem Weg mit Harry kennengelernt hatte. Der Automechaniker und seine Frau mochten täglich streiten, aber der eine wusste, was der andere dachte. »Snap« war ihr Ausdruck für »Ich liebe dich«. Auch bei Jack war es wohl Liebe gewesen, denn sonst wäre er nicht immer zu Tilda zurückgekehrt – sogar nach seinem Tod als Geist. Auch der alte Seebär Paddy verschenkte jedes Mal sein ganzes Herz, selbst wenn es viele Frauen waren, die er liebte – und jede nur für kurze Zeit. Und plötzlich wusste Marie mit absoluter Klarheit, was sie zu tun hatte.

Das Taxi rollte mit knirschenden Reifen über den Kies der Einfahrt und hielt schließlich direkt vor dem Cottage, das Stevens Eltern gehörte. Während Marie den Fahrer bezahlte, ging über dem gemauerten Eingangsbogen des Cottages Licht an. Offenbar hatte man drinnen das Motorengeräusch gehört, denn gleich darauf schwang die Haustür auf, und Steven stand in dem gelblichen Lichtkegel. Er blinzelte in die Scheinwerfer des Taxis. Sein Haar war leicht zerzaust, und er trug einen Fünftagebart, den Marie noch nie an ihm gesehen hatte und der ihn ungewohnt und beinahe fremd aussehen ließ. Sie stieg aus und ging langsam auf ihren Mann zu, der ungläubig die Augen zusammenkniff. »Marie? Was machst du denn hier – und warum warst du nicht erreichbar? Ich habe die letzten zwei Tage mehrmals versucht, dich anzurufen.«

Auf einmal meldete er sich, dachte Marie. Laut aber sagte sie »Hallo Steven. Kann ich reinkommen? Ich werde auch nicht lange bleiben …«

Kapitel 14

How High the Moon
(Charlie Parker)

»Das ist nicht dein Ernst! Du hast dich von deinem Mann getrennt? Aber warum?« Paul ließ Marie nicht aus den Augen, während sie von ihrem Kaffee trank. Es war ihre dritte Tasse, trotzdem konnte das starke Gebräu die Müdigkeit der schlaflosen Nacht nicht vertreiben. Kein Wunder, dachte Marie. Nachdem sie und Steven bis zum Morgengrauen geredet hatten, war Marie erneut in ein Taxi gestiegen. Sie hatte nicht zurückgeblickt. Gestern war sie so spät gekommen und hatte das Cottage so früh verlassen, dass sie weder Stevens Eltern noch seine Schwester zu Gesicht bekommen hatte. Wie ein flüchtiger Geist war Marie aufgetaucht und wieder verschwunden, und sie überließ es Steven, seiner Familie zu erklären, warum er fortan alleine in der Wohnung in Hamburg leben würde.

Auch er hatte anfangs ihre Gründe nicht verstanden. »Du hast eine Krise, Marie. Das ist absolut verständlich! Der unerfüllte Kinderwunsch, der Streit mit deinem Boss im Café und die Tatsache, dass ich als Journalist oft weg bin und Erfolg habe … Natürlich ist das schwierig für dich.« Steven hatte wie immer ruhig und vernünftig geklungen, aber diesmal war Marie nicht bereit nachzugeben.

»Nein, Steven, das ist es nicht, und das weißt du. Weder meine noch deine Arbeit ist das Problem – und auch nicht die Tatsache, dass ich immer noch nicht schwanger bin. Ja, ich habe mir ein Kind gewünscht, und vielleicht wärst du auch ein toller Vater. Das Problem ist nur der Grund, warum ich so unbedingt Mutter werden wollte.«

»Na, da bin ich mal gespannt«, hatte Steven mit dem leicht ironischen Lächeln gesagt, das Marie früher so anziehend gefunden hatte. Jetzt wusste sie jedoch, dass er damit auf Distanz ging. Zu seinen eigenen Gefühlen, aber auch zu ihr. Die Erkenntnis schmerzte Marie, trotzdem musste sie ihm die Wahrheit sagen. Das war sie ihrem Mann schuldig. »Ich wollte jemanden haben, der mich braucht – und mich bedingungslos liebt«, sagte sie leise. »Weil ich wusste, dass ich dich schon vor langer Zeit verloren habe. Sag nichts«, kam sie ihm hastig zuvor, weil sie sah, wie er den Mund öffnete, »es ist nicht deine Schuld. Ich habe mich aufgegeben und mich dafür selbst nicht leiden können. Wie solltest du mich da noch lieben?«

Steven lehnte sich in seinem Stuhl zurück und verschränkte die Arme über der Brust. »Was wäre denn deiner Meinung nach die Lösung gewesen? Dass du weiterhin von Auftritt zu Auftritt tingelst und wir uns nur alle paar Wochen sehen? Wäre das deine Vorstellung von Ehe gewesen?« Er wirkte gefasst, beinahe überheblich.

Aber statt sich wie sonst unterlegen zu fühlen, spürte Marie, dass sie innerlich zu ihm immer weiter auf Abstand ging. All das Schweigen und Nebeneinanderher-Leben der letzten Monate drängte an die Oberfläche, und Marie wusste, dass es jetzt Zeit für eine Entscheidung war. »Nein. Meine Vorstellung von Ehe war, dass man einander liebt und jeder den anderen so sein lässt, wie er ist. Das habe ich auf der Fahrt hierher erkannt. Eigentlich bin ich aus Hamburg mit dem Ziel aufgebrochen, dich zurückzuholen. Erst jetzt ist mir klar geworden, dass du mich schon vor deiner Reise hierher verlassen hattest.«

Bei ihren letzten Worten hatte Steven den Kopf gesenkt, und Marie wusste, dass sie ins Schwarze getroffen hatte, auch wenn er selbst es sich bisher noch nicht eingestanden hatte. Daher lehnte sie auch seinen Vorschlag, doch noch zu bleiben, ab. Sie hatte sogar den leisen Verdacht, dass Steven nur deshalb mit ihr reden wollte, damit nicht sie diejenige war, die ihre Ehe beendete. Aber Marie wollte nicht, dass sie beide sich in endlosen Diskussionen und Vorwürfen zerfleischten. Dafür hatte sie ihn einmal zu sehr geliebt.

Der Abschied von Steven, der gleichzeitig auch das Ende ihres gemeinsamen Lebens sein würde, schmerzte Marie zwar mehr, als sie sagen konnte, gleichzeitig mischte sich in die Traurigkeit und den Verlust jedoch die

Gewissheit, das Richtige getan zu haben. Und als das Taxi auf die Landstraße einbog und das geduckte Cottage aus Maries Blickfeld verschwand, spürte sie noch ein Gefühl, das sich nach und nach in ihr Bahn brach – Freiheit. Sie würde wieder singen, und vielleicht war ja Zoe unter ihrer alten Nummer noch zu erreichen. Marie hatte das Gefühl, sie beide würden eine Menge zu bereden haben. Vielleicht sogar endlich die Teilnahme an dem Bluesfestival in den USA mit Mo und Rick. Und vielleicht würde sie doch noch einmal ein Kind haben. Irgendwann. Dann aber nicht um ihrer selbst willen, sondern weil dann die Zeit reif wäre, einem kleinen Menschen Raum und ganz viel Liebe in ihrem Leben geben zu können.

Marie lächelte mit Tränen in den Augen, während draußen die Landschaft Cornwalls wie ein verschwommenes Aquarell an ihr vorbeiflog, das den Abschied vom Sommer in seinen herbstbunten Farben zeigte.

In Mousehole hatte sie den Taxifahrer anhalten lassen und war zu Noras Bank gelaufen. Dort hatte Marie sich niedergelassen und die Sonne beobachtet, die langsam über den Dächern der kleinen Hafenstadt aufging. Ihre Strahlen hatten allmählich die graue Dämmerung sowie den zähen Nebel über der See durchdrungen. Lange hatte Marie einfach dagesessen und die milde Wärme auf ihrem Gesicht genossen. Erst als eine ferne Kirchenglocke acht Uhr schlug, hatte sie noch ein letztes Mal über die geschnitzte Inschrift auf der Lehne gestrichen, die Harry Nora einst gewidmet hatte, dann war sie den zugewachsenen, versteckten Weg entlang der Klippen zurückgegangen. Während ihres langen Gesprächs mit Steven im Cottage hatte sie ihr Handy aufgeladen, weshalb sie jetzt Paul anrufen konnte und ihn in das Café bestellte, in dem sie mit Harry gestern noch zum Frühstück gewesen waren. Zunächst war es Marie seltsam vorgekommen, wieder an jenem Tisch zu sitzen, an dem Harry vor Kurzem noch seinen Tee getrunken hatte, aber allmählich machte sich ein Gefühl des Friedens in ihr breit. Als Paul auftauchte, der ebenfalls nicht so aussah, als hätte er die Nacht viel geschlafen, konnte Marie ihm ruhig und ohne Tränen von ihrem Besuch bei Steven berichten.

»Was hat er gesagt? Hat er nicht versucht, dich umzustimmen?«

Marie schüttelte den Kopf. Sie wollte nicht die Einzelheiten ihres Gesprächs wiedergeben. Das war eine Sache zwischen ihr und Steven.

»So ein Idiot«, platzte Paul heraus, und ohne es zu wollen musste Marie schmunzeln.

»Nein, Paul. Steven ist kein Idiot, er hat nur erkannt, dass ich recht habe und wir uns besser trennen, als uns noch weiter zu quälen. Innerlich hat er sich schon vor ein paar Monaten von mir entfernt, er hat es bloß nicht zugeben können. Nicht vor mir, nicht vor seiner Familie und schon gar nicht vor sich selbst.«

»Und was wirst du jetzt tun?«

»Mir irgendwo ein Zimmer suchen. Ein Soloprogramm für Jazz und Blues entwerfen und meine alte Band ausfindig machen. Oder die Augen nach einer neuen Band offen halten, die eine Sängerin sucht. Bis alles klappt, trage ich eben noch ein paar Wochen Tabletts mit Kaffee und Kuchen durch die Gegend. Oder Biergläser, je nachdem was sich so ergibt.«

»Bestimmt dauert es nicht lange, bevor du wieder auf der Bühne stehst, darauf wette ich!«

Marie lächelte. »Weißt du was? Genau das glaube ich auch.«

Nach dem Frühstück trennten sie sich, denn Paul hatte wegen Harrys Tod eine Menge Behördenkram zu erledigen, und Marie sehnte sich nach ein paar Stunden Schlaf. Als Lydia von Maries Rückkehr erfuhr, bestand sie noch einmal darauf, dass sie und Paul bis zur Beisetzung bei ihr blieben, und dankbar verkroch Marie sich in der kleinen Kammer, die hinter Lydias Wohnzimmer lag. Paul würde im geräumigeren Gästezimmer mit Blick ins Grüne wohnen.

Trotz ihrer wirren Träume, durch die Harry, Nora, aber auch Steven geisterten, schlief Marie bis zum Nachmittag. Sie erwachte von Lydias und Pauls gedämpften Stimmen und setzte sich benommen auf. Nachdem sie die letzten Traumreste abgeschüttelt und ihre dunklen Locken nachlässig zu einem Zopf zusammengebunden hatte, ging sie ins Wohnzimmer. Paul saß mit Harrys alter Nachbarin beim Tee. Dunkle Ringe lagen unter seinen Augen, und an seinem Hemd fehlte der oberste

Knopf. Als er Marie sah, lächelte er jedoch. »Die Behörden in Penzance waren sehr kooperativ. Dank Lydias Fürsprache haben sie es möglich gemacht, dass Harrys Einäscherung schon morgen stattfindet.« Sein Gesicht wurde traurig. »Außer uns dreien und meinem Vater wird sowieso keiner dabei sein.« Er trank seinen Tee aus und stand auf. »Entschuldigt mich, ich muss telefonieren.«

Marie sah ihm nach, als sie Lydias Hand auf ihrer Schulter spürte. »Ruhen Sie sich noch ein wenig aus. Oder gehen Sie spazieren. Sie haben eine harte Zeit hinter sich – und morgen wird noch einmal ein schwerer Tag. Für uns alle.« Marie nickte, aber ausruhen kam nicht infrage. Es gab noch einen letzten Dienst, den sie Harry erweisen wollte.

Ein einzelner Lichtstrahl fiel durch das runde Kuppeldach der kleinen Halle, die an das Krematorium grenzte und tauchte die wenigen Trauergäste für einige Sekunden in goldenes Licht. Alle lauschten schweigend Leonard Cohens »Halleluja«, das Paul und Marie gemeinsam für Harrys Trauerfeier ausgesucht hatten. Nachdem die letzte Note verklungen war, trat Paul nach vorne. »Ich danke euch, dass ihr alle gekommen seid. Ihr habt Harry nur kurz gekannt, und trotzdem seid ihr heute hier, um ihn nun auf seine letzte Reise zu verabschieden. Ich weiß, wie viel ihm das bedeutet hätte.«

Marie drehte den Kopf und fing Tildas Blick auf. Wie die rothaarige Frau es ohne Auto hierhergeschafft hatte, blieb ihr Geheimnis, aber sie war gekommen. Heute ausnahmsweise ganz in Schwarz gekleidet, was sie beinahe fremd wirken ließ. Marie überlegte flüchtig, ob Tilda diese Sachen auch bei der Beerdigung ihres Ehemannes Jack getragen hatte. Ihr Lächeln, das sie Marie schenkte, war jedoch herzlich wie eh und je, und vielleicht würde sie nun außer mit Jack auch ab und zu mit Harry sprechen – falls dessen Geist einmal nach Badbury zu Besuch kommen sollte, dachte Marie.

Elsie dagegen schien Harrys Tod sehr nahezugehen, denn sie schluchzte in ein Taschentuch, während ihr Mann Pete sie fest im Arm hielt und ihr ab und zu tröstende Worte ins Ohr flüsterte. Die beiden würden Marie später im Wagen mit zu sich nach Hause nehmen, denn inzwischen war ihr eigenes Auto repariert, und Marie hatte mit Steven vereinbart, dass sie damit nach Hamburg zurückfahren würde, während er seinen Englandaufenthalt bei seiner Familie noch um ein paar Tage verlängern und anschließend den Flieger nehmen wollte.

Neben Elsie und Pete standen mit ernsten Mienen der ehemalige Seefahrer Paddy sowie Buck, den Harry in seinem Scherenschnitt als den bocksbeinigen Gott Pan dargestellt hatte. Marie fielen die geröteten Augen des Lkw-Fahrers auf. Buck trauerte scheinbar aufrichtig um den älteren Mann, den er einige Meilen durch England kutschiert hatte. Maries Blick wanderte weiter zu Boozers massiger Gestalt. Auch er war gekommen und nickte ihr jetzt leicht zu, so als wollte er sagen: Alles richtig gemacht, Mädchen.

Als Erster legte Paul nun eine einzelne weiße Rose vor dem schlichten Sarg nieder. Marie sah, wie sich seine Lippen bewegten, als er seinem Großvater einen letzten, stummen Gruß mit auf dem Weg gab. Es folgte ein schlanker Mann mit grauen kurzen Haaren, der wie eine zwanzig Jahre ältere Version von Paul aussah: Oliver, Harrys Sohn. Er war der einzige Trauergast, den Marie nicht kannte. Er blieb nur kurz vor dem Sarg seines Vaters stehen, dann schüttelte er sacht den Kopf – vielleicht eine Geste der Verneinung, weil er nicht einmal jetzt mit Harry Frieden schließen konnte, vielleicht aber auch im stillen Bedauern darüber, es zu Lebzeiten nicht getan zu haben.

Nachdem er zur Seite getreten war, drehte sich Paul zu Marie um und forderte sie mit einem kaum merklichen Lächeln auf, als Nächste Harry Lebewohl zu sagen.

Marie umklammerte die weiße Lilie, die einen schweren Duft verströmte und trat nach vorne. Auf einmal schien es ihr völlig absurd, dass Harry, der so voller Leben und Liebe für Nora gewesen war, in dieser starren Holzkiste liegen sollte. Ob es ihm vor dreizehn Jahren ähnlich gegangen war, als er vor Noras Sarg gestanden hatte und gezwungen war, von der Liebe seines Lebens Abschied zu nehmen?

Behutsam legte Marie die wachsweiße Lilie vor sich auf den Boden und spürte, wie ihr die Tränen übers Gesicht liefen. Sie weinte um Harry und all die Jahre, die er hatte ohne Nora verbringen müssen, gleichzeitig trauerte sie um den Verlust von Stevens Liebe. Auch wenn sie tief in ihrem Herzen wusste, dass sie das Richtige getan und Harrys Geschichte ihr bei der Entscheidung geholfen hatte, schmerzte Marie das Scheitern ihrer Ehe. Sie hätte sich auch so eine unverbrüchliche Liebe wie zwischen Harry und Nora gewünscht und die Gewissheit, den einen und einzigen Menschen gefunden zu haben, mit dem sie ihr restliches Leben verbringen wollte. Doch ihr und Steven war das nicht vergönnt gewesen, und damit würde sie fertig werden müssen. Die Trauer um all das Verlorene würde noch eine Weile anhalten, doch irgendwann würde es vorbei sein. Denn das war das Leben, und mit jedem Sonnenaufgang würde auch Marie einen weiteren Schritt ihres Weges gehen.

Nach dem herzlichen Abschied von Buck, Paddy, Tilda und Boozer ging Marie zu Paul, der leise mit seinem Vater sprach. Der grauhaarige Mann legte seinem Sohn soeben kurz die Hand auf die Schulter, dann wandte er sich zum Gehen, wobei er Marie kurz zulächelte. Er sah nett aus, und erneut spürte Marie einen Stich des Bedauerns, dass Harry und er ihre Chance auf eine Annäherung verpasst hatten.

Paul schien dasselbe zu denken, denn er sah seinem Vater mit einem leichten Schulterzucken nach, ehe er sich an Marie wandte. »Wann wirst du fahren?«

Sie blickte zu Elsie und Pete hinüber, die Schulter an Schulter unter den Zweigen einer ausladenden Trauerweide standen und in die milchige Septembersonne blinzelten. »Ich hole nur meine Sachen bei Lydia ab, und dann brechen wir auf.«

Paul nickte, aber er sah dabei Marie nicht an, sondern starrte auf den Boden als gäbe es dort etwas Interessantes zu entdecken. »Ich bekomme später die Urne ausgehändigt, daher werde ich nicht mit meinem Vater zusammen zurückfliegen.«

»Aha«, sagte Marie, die nicht recht wusste, worauf er hinauswollte.

Paul hob den Kopf und sah Marie an. »Ich werde seine Asche bei Noras Bank ins Meer streuen.«

»Ist das denn erlaubt?«

Paul grinste und sah plötzlich eine Sekunde lang Harry derart ähnlich, dass Marie die Luft anhielt. »Für englische Bürger schon. Nach deutscher Vorschrift eigentlich nicht, denn bei uns herrscht die sogenannte Friedhofspflicht. Aber da ich die Urne später beisetzen lasse, wird wohl kaum jemand vorher nachsehen, ob noch Asche drin ist. Notfalls gibt es ja noch Lydias Kamin …«

Gegen ihren Willen musste Marie lachen, als sie sich Paul und Harrys ehemalige Nachbarin als *partners in crime* vorstellte. Doch Harry hätte es gefallen, dessen war sie sich sicher. »Schade, dass du nicht bleiben kannst«, sagte Paul ohne Vorwurf, »ich wünsche dir jedenfalls eine gute Heimreise. Und …« Er stockte und schien nicht so recht weiter zu wissen, doch Marie verstand.

»Das wünsche ich dir auch«, sagte sie leise. Es war nicht klar, wer wen zuerst in den Arm nahm, aber so standen sie eine ganze Weile lang, und Marie ertappte sich bei dem Gedanken, dass sie ohne Weiteres noch länger so verharren hätte können. Trotzdem war es zu früh für solche Gefühle, daher machte sie sich sanft von ihm los. »Eins ist jedenfalls sicher, ich werde diese Reise nach Cornwall nie vergessen«, sagte sie und lächelte mit Tränen in den Augen.

»Du hast Harry seinen größten Wunsch erfüllt, und dafür danke ich dir«, antwortete Paul, und auch seine Stimme klang leicht kratzig.

Mit einer letzten, flüchtigen Berührung ihrer Schulter drehte er sich um und ging. Kurz darauf war er zwischen den alten Weiden verschwunden und Marie stand unter dem leeren Himmel Englands. Plötzlich fühlte sie sich so verlassen wie nie zuvor in ihrem Leben.

Der Wind hatte aufgefrischt, riss wie ein übermütiges Kind die ersten gelben Blätter von den Bäumen und trieb sie vor sich her. Auf der grauen See hüpften weiße Schaumkronen in einem ruhelosen Tanz, und mit lautem Klatschen warf sich die Brandung gegen die Felsen. Die Menschen hatten sich in ihre Häuser zurückgezogen, um sich bei Kaminfeuer und Tee zu wärmen.

Eine einzelne, einsame Gestalt näherte sich dem schmalen, zugewachsenen Weg nahe der Klippen – Paul. Mit beiden Händen trug er die Urne und seine Schritte waren langsam und etwas schwerfällig. Kurz bevor er zu Noras Bank kam, hielt er inne, und der Wind zerzauste seine dunklen Haare. Es war das ideale Wetter, um Harrys Asche dem Wind zu schenken, der sie über das Meer bis zum Horizont tragen würde, und entschlossen nahm sein Enkel die letzten Meter bis zu der Bank am Aussichtspunkt in Angriff.

»Hallo Paul. Du hast also Wort gehalten.«

Der dunkelhaarige Mann starrte die Frau, die auf der Bank saß, mit offenem Mund an. »Marie?«

»Nun guck nicht so, als wäre ich ein Geist. Das Herumspuken überlasse ich Jack.«

»Aber wieso bist du nicht ... Ich meine, du wolltest doch ... also was ich sagen will ...« Paul holte tief Luft und sah Marie in die Augen. »Es ist schön, dass du hier bist.«

»Ich dachte, du könntest jemanden an deiner Seite gebrauchen, wenn du Harrys letzten Wunsch erfüllst.«

Paul lächelte und nahm die Urne unter den linken Arm. Dann bot er Marie seine Rechte, die sie ergriff und von der Bank aufstand. Hand in Hand gingen sie beide anschließend zum Rand der Klippe. Erst dort ließ Paul Maries Finger los. Mit dem Wind im Rücken nahm er vorsichtig den Deckel der schlichten metallenen Urne ab und kippte das Gefäß leicht. Eine feine Staubspur stieg daraus empor und wurde sogleich von einer Böe erfasst und davongetragen. Behutsam schüttelte Paul die Urne, und Harrys Asche verteilte sich in der Luft und verdeckte sekundenlang als dichte graue Wolke den Blick auf die Dächer und Hügel von

Mousehole, ehe sie mit dem nächsten Windstoß davonwirbelte und verschwunden war. Klar und grün lagen die Hügel wieder im Herbstlicht, als hätte man einen Schleier gelüftet.

Regungslos standen die beiden nebeneinander und blickten schweigend über die raue See. Paul wandte sich als Erster ab. Er ging zurück zu Noras Bank und stellte sachte die Urne auf der hölzernen Sitzfläche ab. »Falls du eine Mitfahrgelegenheit brauchst, ich wüsste da jemanden«, sagte er in Richtung Marie, die mit dem Rücken zu ihm stand.

Langsam drehte sie sich um. »Ach ja? Ich hoffe, es ist kein solcher Yuppie wie der vom King's Cross in London. Sonst nehme ich den Zug.«

»Na ja, der Typ ist Banker und fährt eine alte, schwarze Benzinschleuder. Aber dir zuliebe würde er auf seine Krawatte verzichten …«

Marie kam näher und legte den Kopf schief. »In Anbetracht dessen könnte ich mich überreden lassen, bis Harbrough mitzufahren. Ab da steige ich sowieso in meinen eigenen Wagen um.«

Paul überlegte. »Kann Pete nicht Jacks Wagen für Tilda verkaufen? Als Automechaniker hat er doch sicher Kontakte?«

»Gute Idee«, sagte sie. »Aber wie kommst du dann zum Flughafen?«

Er sah ihr erneut eine Sekunde zu lang in die Augen. »Vielleicht nehme ich die Fähre. Beim Fliegen wird mir immer so schnell übel, weißt du?«

»Das heißt, ich soll dich mit meinem Auto nach Immingham zum Fährhafen mitnehmen, richtig?«

»Es wäre – wie man in England sagt – *tit for tat*, ein Ausgleich dafür, dass ich dich auch ein Stück kutschiere. Und immerhin bliebe mit mir das Per-Anhalter-Fahren ja quasi in der Familie.«

»Aha. Und wie kommst du dann von Cuxhaven nach Hause?«

»Kannst du mal aufhören zu fragen? Es gibt Züge, Busse, Mietwagen und Flugzeuge. Und vielleicht sehe ich mir ja vorher noch Hamburg ein bisschen an. Ich war noch nie auf der Reeperbahn.«

»Vergiss es, da lassen sie keine Krawattenheinis rein.«

»Ich könnte behaupten, dass ich Rockstar bin. Schließlich beherrsche ich ja ein paar Akkorde auf der Gitarre.«

»Aber wehe, du singst »Smoke On The Water«. Dann fliegst du sofort auf.«

Paul verdrehte die Augen. »Können wir jetzt zum Auto gehen? Mir wird nämlich langsam kalt.«

»Geh du schon mal vor. Ich komme in zwei Minuten nach, okay?«

Paul stellte keine Fragen, sondern nickte nur und ging. Marie wartete, bis er unter den dicht herabhängenden Zweigen verschwunden war und seine Schritte verklungen waren. Dann holte sie den roten Samtbeutel mit dem Tarotkartenspiel aus ihrer Tasche. Sie ging zum Rand der Klippen und zog das Kartendeck heraus. Noch einmal fächerte sie die bunten Motive auf und dachte an den Tag in Hamburg, als sie für sich im

Hinblick auf Steven Antworten gesucht hatte. Sie hatte auch welche gefunden, und die Karten hatten nicht gelogen. Sie hatten nur eine andere Wirklichkeit gezeigt als die, die Marie sich gewünscht hätte. Doch jetzt war es Zeit, der Zukunft ohne Bilder und Symbole ins Gesicht zu sehen.

Sie bog das Deck in ihrer rechten Hand zusammen, ehe sie es wie ein Kartentrickspieler beim *Riffle* auffächerte, sodass die Karten nach vorne sprangen. Sofort war der Wind da, fuhr fröhlich unter die bunten Pappdeckel und wirbelte sie durcheinander, ehe er die einzelnen Karten wie Harrys Asche vorhin mit sich fort trug.

Marie wandte sich ab und lief Paul nach, der am Ende des Blättertunnels auf sie wartete.

Während sie in einträchtigem Schweigen zum Wagen liefen, wobei sich ihre Finger immer wieder wie zufällig streiften, verstand Marie endlich, warum Harry auf ihrer Reise einmal gesagt hatte, dass die Liebe wie das Meer war: Sie kann alles Vertraute mit einer einzigen Welle davonreißen. Aber ebenso überraschend schwemmt diese Woge vielleicht auch einen Schatz vor deine Füße. Du musst nur Herz und Augen öffnen und ihn aufheben.

ENDE

Nachwort

Die Leser mögen mir verzeihen, wenn ich nicht nur die Geschichte und die darin vorkommenden Personen frei erfunden habe, sondern auch bei der Fähre nach England ein paar Details »beschönigt« habe. Tatsächlich gab es bis vor wenigen Jahren eine Möglichkeit, per Fähre von Hamburg nach England zu kommen. Diese Verbindung wurde eingestellt, und auch von Cuxhaven aus geht eigentlich nur eine Frachtfähre. Offenbar war oder ist es dennoch möglich, als normaler Passagier damit überzusetzen, aber nicht so spontan wie im Roman beschrieben. Doch habe ich mir hier eine kleine literarische Freiheit erlaubt, da mir die Geschichte von Marie und Harry und ihrer gemeinsamen Reise nach England sehr am Herzen lag.

Durch zwei Familienangehörige wurde ich schon vor einigen Jahren mit der Diagnose Alzheimer beziehungsweise Demenz konfrontiert und habe erlebt, wie diese Krankheit einen Menschen langsam verschwinden lässt, obwohl er körperlich noch anwesend ist. Es kommen jedoch auch Erinnerungen und Wesenszüge zum Vorschein, die sonst vielleicht für immer verschüttet geblieben wären.

So war dieses Buch für mich eine Reise in die Vergangenheit – in eine Zeit, in der ich selbst im Aufbruch war: Neue, wunderbare Menschen kamen in mein Leben und sind geblieben, zugleich musste ich erfahren, wie zerstörerisch aufkeimende Missgunst für eine Freundschaft ist. Doch oft kommt das Glück erst durch Loslassen und daher danke ich von Herzen:

- Anna Baubin und dem Diana-Verlag, die mir die Zeit und ihr Vertrauen für dieses Buchprojekt geschenkt haben;
- Wiebke Bach für ihr scharfes Auge beim Lektorat;
- Anja Koeseling von Scriptzz – immer aufs Neue;
- Katie, die das schönste B&B in St Ives betreibt und mich mit Tee und Keksen verwöhnt hat;
- Petra Stragies von der Alzheimer-Gesellschaft für ihre Zeit und Geduld, meine vielen Fragen zu beantworten;
- den Foren für Alzheimerangehörige für ihre Offenheit;
- Dieter und seinem fabelhaften Musikklub, in dem ich mir nicht nur Inspiration, sondern auch eine Menge guter Songs und Laune geholt habe;
- allen Freunden/innen, die an meiner Seite sind, mir durch manche Krise hindurch helfen und dafür sorgen, dass das »Leben« nicht zu kurz kommt;